ダッシュエックス文庫

魔王をプロデュース!
ドルヲタの俺が異世界で
亜人種アイドルユニットのPになるまで

ジョニー音田

序章 ★ アイドルを愛した。死んだ。

俺はただ、アイドル好きなだけだった。

それだけだった。

「な、なんですか、アナタ!? け、警察呼びますよっ!?」

「うるせえっ!! お……俺がテメエのライブに、いくらつぎ込んだと思ってんだ!?」

深夜の十二時過ぎ。秋葉原《あきはばら》の路地裏にて。

目を見開きながらナイフを構える男と、彼に怯《おび》えながら後ずさる女の子の声が、人気《ひとけ》のない夜道に響き渡っていた。

女の子は、秋葉原の小さなライブハウスを拠点に活動しているソロアイドル・関根《せきね》みかちゃん。いわゆる地下アイドルってヤツだ。

そして会話の内容から察するに、男はみかちゃんの熱狂的なファンなのだろう。

「なのに……クソ、クソッ! なんで俺の書き込み無視すんだよ!? ライブ行ったって目も合わせねえしよ! ふざけてんのか、あぁっ!?」

男は荒い呼吸を繰り返しながら、一歩、また一歩と、彼女に向かってにじり寄っていった。

……なんてやつだ！　そんな理由でアイドルをストーキングしてナイフで脅《おど》すなんて、完全にどうかしてる。ふざけてるのはお前のほうじゃないか！

……え？　どうして俺が、この場面に出くわしているかって？

そんなのは決まっている。

ライブが終わって、帰路につくみかちゃんのあとを、こっそりとつけていたからだ。

……勘違いしないでほしい。俺はみかちゃんをストーキングしていたわけではない。

あんなストーカーのナイフ男と一緒にされちゃ困る。

あくまでもいちファンとして、みかちゃんを家まで送り届けようと思っただけだ。

十メートルくらい後ろを隠れて歩きながら、『フヒ、フフヒェィ』みたいに鼻息を荒くしながら、見守っていただけなのだ。

俺もみかちゃんの大ファンだ。ファンクラブの会員番号は一桁台だし、物販もＣＤもアホほど買っている。

だから当然、ライブ終わりの彼女が無事に家までたどり着けるかを、見守る義務がある。家路をたどる彼女の後ろをつけ、彼女が家に帰って、部屋の電気が点くのを確認してから、微笑《ほほえ》ましい気分で家に帰る。数か月前から行っている俺のルーティンだ。

ヤバいファンが、みかちゃんの家を突き止めようなんて思ったら大変だからね。

この日もそのルーティンを遂行しようとしていると、幹線道路から外れた細い路地で、彼女が誰かに呼び止められているのが見えた。

そいつがこのナイフ男だった。やつは目をギラギラさせながらみかちゃんに近づくと、冒頭のような恫喝《どうかつ》の声をあげて、彼女に向けてナイフを突きつけたんだ。

そうして俺は、五メートルくらい離れた路地の陰から、『ヒェッ……ヒッ、ヒィ……』って感じで息を殺して、その様子を眺めているというわけだ。

完全な不可抗力だ。

「……た、助けて！　誰かぁ、助けてっ!!」

みかちゃんが取り乱したように大声を出す。

それと同時に俺は我に返って、リュックから携帯を取り出そうとしたが……。

この状況で通報したら、俺も捕まりますよね？

アイドルを見守るためにあとをつけていたって……いやなにそれ!?　誰も信じねえよ、そんなクソみたいな言い訳！

はい、そうです！　俺ストーキングしてました！　でも信じてください！　あのナイフ男みたいに危害を加えるつもりなんてこれっぽっちもないんです！　見てるだけで興奮できるタイプの変態なんです！　ストーカーはストーカーでもいいストーカーなんです！

「デケエ声出すんじゃねえぇえええっ!!」

俺がテンパっていると、ナイフ男も冷静さを失ったように大声を出して、彼女に向かって突っ込んでいった。

――考えるより先に、身体が動いていた。

「……やめろおおおっ!!」

そう叫びながらダッシュする。

びっくりしてこちらを向いた男に、俺は全力のタックルを喰《く》らわせた。

「ぐぅむっ！」

助走距離はそんなになかったし、ヒョロガリの俺だったけど、リュックに入ったPCなんかが重りの役割を果たしてくれたようだ。俺の一撃で男は吹っ飛び、路駐されていた原付にぶち当たって、動かなくなった。

「……っあ……え……？」

反動で倒れる俺を、みかちゃんは真っ青な顔をしながら見ている。いきなり出てきた変な男を、いきなり出てきた変な男が倒したんだ。当たり前の反応だろう。

……うわあぁぁ、やっちまったよこれ。

言い訳……できないよなあ。こんな時間にこんな場所にいるなんて不自然すぎるもん。目的を聞かれたら即死だよ。はは……明日のネットニュースで、どんな見出しつけられちゃうんだろう。

……でも、まあ、うん。みかちゃんが怪我しなくて、よかった。

なんて思っていたら、胸のあたりに熱を感じた。なんだろうと思って触《さわ》ってみたら、

「…………おふっ」

そこには、ナイフが深々と突き刺さっていた。

……お、おお。確かにぶつかる寸前、男は俺のほうにナイフを向けていたけど、こんな根元のほうまで、がっつり刺さるとは……。

「きゅ、救急車！　救急車呼びますね！」

彼女は震える手で119番に通報し、テンパりながらもオペレーターに状況を説明してくれた。

みかちゃん……優しい子だ。俺みたいな変態のために、こんなに一生懸命になってくれるなんて。

でももう、自分の感覚で分かる。

たとえいますぐ救急車が来たって、俺はもう助からないだろう。

だけどそんなに心残りはない。

二十三歳、童貞、Fラン大卒のフリーター。趣味はアイドル鑑賞と楽曲製作。

なんのとりえもないドルオタの俺が、アイドルを守って死ねるんだ。

物心ついた頃からアイドルが大好きだった。学校でイジメにあって不登校になった時も、就活に失敗して落ち込んでいる時も、アイドルたちの歌と踊りがあったからやってこられた。

そんなアイドルのために死ねるんだ。むしろ大往生と言っても……。

「え、さ、刺された人の、ね、年齢ですか？」

安らかな気持ちに浸《ひた》っていると、みかちゃんがそんなことを言いながら俺に近づいてきて、

「あなた、お財布とか携帯とか、どこに入れてますか？　身分証を確認しますよ！」

……………………ヤベエ。

携帯も財布もリュックの中だ。だけど携帯には、みかちゃんの日常風景を盗撮した画像がアホほど入っているし、リュックの中のPCには『みかちゃんに捧げる歌』という、クソ寒いタイトルのフォルダの中に、彼女のために作った楽曲が何十曲と入っている。

まずい。このままならまだ美談で終われる可能性があるのに、携帯やPC（パンドラの箱）を開けられたら、まあまあのキモオタ野郎としてネット掲示板をザワつかせてしまう。

「……ふへっ。だ、大丈夫っすよ。俺、あの、刺されたりとか、わりと平気なほうなんで」

わけの分からないことを言いながら、俺は最後の力を振り絞って立ち上がった。全身に激痛が走ったが、気合でなんとか歩く。少し行った先に神田川《かんだがわ》がある。そこに全力でリュックを叩き落とせば、全てをなかったことにできるかもしれない。

「な、何してるんですか!?　じっとしてなきゃダメですよ！」

そんな俺を止めるようにして、みかちゃんは俺の腕を摑《つか》む。

な、生アイドルがこんな近くに！　しかも俺みたいなゴミ虫に触って、本気で心配してくれている!?

「あふんっ！」

感動で全身の力が抜け、俺は膝《ひざ》から崩れ落ちた。

「……っ!!」

そして、そのまま勢いよくうつぶせに倒れ込んで、

「ちょ……あなた、大丈夫ですか!?　ねえ、ねえっ!?」

ナイフがより深く突き刺さったことによって、俺は死んだ。

一章　★　アイドルの卵は頭を抱える

DEMIKA

そう。確かに俺は死んだのだ。

だから疑問だ。死んだのならなぜ、こんなにもはっきりと意識が残っているのか。

なぜ、うららかな木漏れ日の差し込む森の中にいるのか。

……なにこれ、どういう状況？

死んだって思ってたけど、実は昏睡状態か何かで、夢とか見てる感じ？

そう思って太ももあたりを強めにつねってみたけど、こめた力の分だけの痛みが正常に返ってくる。

……現実？　いや、でも俺、秋葉原《あきはばら》にいたし、そもそも死んだし……でも夢にしては色々リアルな気もするし、痛みは感じるし……明晰夢《めいせきむ》ってヤツならこんな感じなのかな？

「……そうだ」

俺は適当な切り株に腰かけると、リュックから出したノートＰＣを起動させた。パスコードを入力し、ひとつひとつのフォルダを漁《あさ》ってみる。

いくら鮮明な夢でも、ＰＣの中身までは完璧《かんぺき》に再現できないだろう。

もし、全てのフォルダが正常に開き、それが俺の記憶通りの内容だったとしたら……。

「…………っ」

デスクトップにある全てのフォルダは、正常に開いた。その内容も俺の記憶の通り。どころか、ずいぶん前に作ったまま忘れていたような曲なんかも、しっかりとあった。

ついでにリュックの中身も確認してみる。財布、スマホ、みかちゃんの物販。ポータブルソーラー充電器。やっぱりこれも、俺の記憶の通りだ。

……言いようのない不安が、お腹の中に広がっていくのが分かった。

え、なにこれ？　マジでなにこれ？

マジで現実なの？　でもさっきも言った通り、俺は秋葉原にいたわけで、死んだわけで……じゃあやっぱり、死後の世界的な？　いや、でも死んだ後にPCとかスマホとか持ち込んでいいルールとかあるの？　三途《さんず》の川の渡り賃って電子マネーとかで払えるの？

……ダメだ。分からない。っていうか、パズルを完成させるためのピースが少なすぎるんだ。これじゃいくら考えたってらちが明かない。まずは情報を集めないと。

「って言ってもな……」

右は森。左も森。前後も同上。こんな知らないところで歩き回るのは危ない気がする。とはいえ、PCはネットに繋《つな》がらないし、スマホも圏外だ。

……どうしよう。人が通るまで待ってみようか？　いやでもこんな森の中、そうそう人なんて通らないだろう。そもそもこんなわけの分からない状況、どう伝えたらいいのさ？

「……いやまあ、よくある話なんですが、アイドルをストーキングしてたら、そのアイドルが刺されそうになってるところにばったり出くわしちゃったんですよね、はは」

とりあえず練習してみた。ダメだな。話の内容に違和感はないけど、もっとこう、笑顔を自然にする感じで……。

…………って。

「……アレ？」

俺いま、何語で喋ってんの？

日本語じゃない。っていうかこんな言葉、聞いたことも学んだこともない。なのになぜかすらすらと喋れるし、その意味を理解することもできる。

……いよいよなにこれ？　一瞬で新しい言語を修得できたとか……意味が分からないというより、怖い。マジで俺の身に何が起こってんの？

けど、現にそうなってるんだから信じるしかないわけで……。

「……ダメだ、分からない」

結局はさっきと同じだ。情報が不足しすぎている。いや、いくら情報を集めたって、こんな非常識な状況に説明がつくようには思えないけど、ここで突っ立っていたって状況は変わらないだろう。

「……歩く、か」

覚えたての言葉で言ってから、ＰＣをリュックにしまう。とりあえずこの周辺の散策だけでもしてみよう。コンビニ……ないよなあ。ああ、ドクペ飲みたい。

　そう思いながら立ち上がった、その時、

「……！」

　馬の蹄《ひづめ》のような音と一緒に、人が会話する声が聞こえた気がした。

　馬？　近くに農場でもあるのかな？　なんて思いながらも、リュックを背負い直して声のしたほうに歩いてみる。こっちの状況を上手に伝えられるかどうかは分からないけど、人がいるのなら接触しておいたほうがいい。ここがどこかだけでも聞いておかないと。

　道なき道を歩くこと十数秒。そんなに離れていないところに、複数の人影を見つけた。

　彼らは全部で六人。馬は一頭だけで、その馬に乗っているひとりを囲うようにして、残りの人たちは歩いているみたいだけど……。

　なぜか彼らは、ガチガチの鎧《よろい》に身を包んでいた。

　それも、コスプレイヤーがよく着てるような軽装化されたものなんかじゃない。グ○ンブルーファンタジーとかで見る、ゴリゴリの全身鎧《プレートアーマー》だ。馬に乗っている人なんて、フルフェイスの兜《かぶと》で顔まで覆っちゃってるよ。息できるのかな、ってか前見えるのかな、あれ。

　話しかけようとしていたのだけど、あまりに異様な光景だったので、身を隠してしまった。

　なにこの人たち。コアなレイヤーの集団かな？　いや、それにしても雰囲気がありすぎなような……。

　だってこの人たち、格好もそうだけど、顔面の迫力もとんでもないんだもの。スキンヘッドにヒゲの人、顔の右半分が刺青《いれずみ》だらけの人、顔に傷《スカーフェイス》の人……って、なにこれ、世界観間違えすぎでしょ。完全にヤから始まる自由業の人たちの顔面の造形ですよね？　鎧からスーツに着替えれば、そのままアウト○イジに出られる人たちですよね？

……ヤバい。関わっちゃいけない人たちだ。ここがどこかを聞く前に、埋められるのがいいか沈められるのがいいかを聞かれるヤツだ。俺は持ち前のストーキング・スキルで気配を消し、彼らが通り過ぎるまで身を潜《ひそ》めていようとしたのだけど、

「……止まれ」

フルフェイスの人がそう言うと、彼らの行軍が止まった。

俺が身を隠している茂みの、ほぼ目の前で。

ひぃぃぃぃぃやぁぁぁぁぁぁぁぁぁっ！

「それではいつも通り、所定の場所で待機していろ、合図をするまで、絶対に戻ってくるんじゃないぞ」

フルフェイスはそう言うと、ガションガションと馬から降りた。

どうやらこの場所で何かを始めるつもりらしい。

そんでこの人が喋っている言葉は、さっき俺が喋れるようになった言葉と同じだ。どうやらこの国？　地域？　の言葉のようだ。

……って、いや、そんなことより、ちょっと待って、何をするか知らないけども、もうちょっと先でやろう！　ここ変態出るらしいですよ！　ネットニュースに上がるようなキモオタ野

郎が出るらしいですよ！　逃げて！　っていうか、逃がして!!

「ベル様、毎日欠かさず戦闘訓練をなさるのは、大変結構なことなのでございますが……」

俺の思いが通じたのか、スキンヘッドの男がフルフェイスに向けて、恐る恐るっていう感じでそう言った。

「何度も言うように、我々もご一緒させてください。訓練中に何かあっては危険です。我々はいついかなる時も、ベル様をお守りしていたいのです」

……って、え、なに？　よく分かんないけど、この顔面凶器の人たちって、あのフルフェイス――ベルっていう人のボディガードみたいなもんなの？

で、ベルはこれから戦闘の訓練を始める、と。

でもその間、ボディガードは下げさせておくことにしているみたいだ。だったらチャンスだ。ベルひとりになれば、こっそりこの場を離れることだって難しくないはずだ。

……と、思ったんだけど、

「……ほう」

ヒュン、と。

速すぎて何が起こったのか分からなかった。瞬《まばた》きをするくらいの時間だったと思う。

その、一瞬で、

「……もう一度申してみよ――誰が誰を守るのだ？」

ベルは、スキンヘッドの首元に、ぶっとい剣を突きつけていた。

剣を振る動作はおろか、抜剣すらも目で追えなかった。超絶技巧の早業だ。

「貴様らの護衛などなくとも、自分の身くらいは自分で守れる。それとも、なにか？　このわたしが、危険な状態に陥《おちい》るとでも言いたいのか？」

……え？　誰かな？　ベルひとりになれば、この場から逃げ出すのも難しくない、とか言ってたおバカさんは？

「い、いえ！　決してそういうわけではございません！　しかしベル様ほどのお方が、ひとりの兵士も従えずに、こんな森の中で長時間過ごされるのは……」

「ですから、毎回このキュリアがご一緒しているではないですか」

そこで会話に入ってきたのは、ハ○ポタを彷彿《ほうふつ》とさせる長いローブを着ている女の子だ。フードをかぶっているから顔は分からないけど、声の感じからしてだいぶ幼いように思える。馬の陰に隠れていて分からなかったけど、こんな小さな子もいたのか。

「……キュリア殿。あなたは兵士ではなく宮廷魔術師だ。それに、ベル様の正式な護衛隊でもないだろう」

「肩書はなくとも役割は果たせます。現にいままでもそうしてきたではないですか」

スキンヘッドの苦言に、女の子――キュリアは臆《おく》した様子もなく答えた。

……なになに？　宮廷魔術師？　護衛隊？　出てくる単語がいよいよグ○ブってきたぞ？

「しかし、ベル様の身に何かあったとなれば……」

「……くどいぞ、貴様」

ベルは剣を引いたけど、代わりとばかりに声を尖《とが》らせて、

「はっきり言おう。貴様らに見られていては訓練に集中できん。邪魔だ。二度は言わぬぞ、わたしの視界から去《い》ね」

超怖《こえ》ぇぇぇぇ！　殺気っていうのかな？　そういうのがベルの全身からにじみ出て、護衛たちを萎縮させているのが、この場所からでもはっきりと分かる。

それを真正面から浴びているスキンヘッドの顔が、みるみるうちに青ざめていった。

「出すぎた真似を……いたしました。申し訳ございません」

彼は震える声でそう言うと、一礼してから踵《きびす》を返し、残りの護衛もその姿に倣《なら》った。

なんだろう、俺が思うのも違う気はするが、ちょっとかわいそうだ。

「おい、これを預かっておけ」

その後ろ姿に向けて言いながら、ベルはフルフェイスの兜を取った。

「……おう」

なんていう声が出てしまうほど、俺はびっくりした。

なんとベルは、かわいらしい女の子だったのだ。

道理で小柄だと思った、とか、考えてみればベルっていう名前も女子っぽいし、とか、色々思うところはあったけど、俺の口から小さく漏れ出た言葉は、

「マジ、かわいい……」

というものだった。

いや、もうマジで、とんでもねーかわいさなのだ。

年齢は十五、六歳くらいだろうか。ややウェーブのかかったセミロングの金髪。髪と同色の潤んだ瞳。顔なんて両手で包めるんじゃないかってくらい小さい。ファンタジー世界の女騎士、みたいなキャッチコピーがしっくりくる感じの美少女だ。

え、ちょ、こんな状況でなんだけど、これはテンション上がるヤツだぞ！　こんなかわいい子が、表情ひとつ変えずに冷たいことを言っていたって思うと、ギャップがたまらないというか、あとをつけたくなるというか……とにかく、オラ、性的な意味でわくわくすっぞ！

「……それに、そこまでせずとも、貴様らの忠義はわたしに伝わっている」

俺がエロ悟○を発動させていると、ベルがスキンヘッドに兜を投げ渡しながら言った。

「いつも感謝している。帰りの護衛もよろしく頼むぞ」
ク、クーデレだ。女戦士でクーデレだなんて……テンプレだけど、生で見るとすごいエロ戦闘能力だ。俺の中での暫定一位『子だくさんのママドル』をしのぐかもしれない。
「……もったいない、お言葉でございます」

スキンヘッドは感極まったような顔で、もう一度深々と一礼をしてから去っていった。

それを確認してから、ベルは彼らと反対の方向に少し移動し、彼らは俺の前を通り過ぎながらヒソヒソ話をしている。

耳を澄ませてみると、

「……ヤベ！　ヤベ！　ベルたんとまあま長いことお話ししちまったよ！」

「いいな、お前！　めっちゃ睨《にら》まれてたじゃん！　ああ、俺も罵倒《ばとう》され倒してえ！」

「お、おい！　次、俺が言う番だからな、『我々もご一緒させてください』っていう、あれ！」

「っつーかテメエ、俺にもベルたんの兜持たせろよ！」

おっさんおっさん。聞こえてる聞こえてる。っていうか、意外とそんなこと言うキャラなんだ、あの人たち。ちょっと仲良くなれそうだ。

……って、そんなこと思ってる場合じゃない。スキンヘッドたちはだいぶ離れた場所まで行っている。ベルはガションガションさせながら準備運動らしきものをしていて、キュリアは馬に括《くく》りつけている鞄を漁っていた。

ここを離れるなら、いまのうち……。

「よし、キュリア。周囲に人の気配はないな？」

「ありませんが、少しでも動くものがあれば、すぐさまキュリアが呪殺《じゅさつ》しますので、安心して訓練をしてください」

はい。おとなしくしてますすいません。っていうか呪殺ってなんだよ。何かのたとえとか隠語だろうけど、逆に怖いわ。

そしたら、ベルの訓練が終わってここから離れるまでは、身動きが取れない感じかな。そんなに長いこと気配を消していられるだろうか？

いや、でもやるしかないか。いまのところうまいことといってるみたいだし、訓練だってそんなに長い時間するわけじゃないだろう。

オラ、気配消して女の子見てんの、すげえ得意だぞ。

「映像魔法で連絡が来ました。護衛たちが所定の場所に着いたようです」

エロ悟〇がぶつぶつ言っている間に、準備が整ったようだ。キュリアは小さなモニターのようなものを見ながらそう言っている……え、あのモニター、ここからだと宙に浮いているみたいに見えるんだけど？　さすがに見間違いだよね？

それに対して深く考える間もなく、ベルは準備運動を終えて、足を肩幅に開いた。

おお、なんだか緊張する。護衛にすら見られたくない秘密の特訓が、いまから俺の目の前で始まろうとしてるんだ。怖いのもあるけど、ちょっと楽しみかも。

「……では、いくぞ」

短く言ってから息を吐き、キュリアに目配せをする。

キュリアは無言で頷《うなず》く。それを確認してから、ベルも神妙な面持《おもも》ちで正面に向き直った。

そして――。

「――Ａｈ～♪　欲・し・い・のぉ☆　君のぉ生首っが欲っしいのぉっ☆」

ベルは、いきなり、歌いながら、踊り始めた。

「…………え？」

さすがにちょっと声が出た。

だって、さっきまで恐ろしく冷厳に振舞っていた女の子が、いきなりニコニコと笑いながら、ノリノリで歌を歌って、かわいらしく横ピースしちゃったりなんかして、

「ベッドサイドに飾るのぉよぅ～、目玉に触《さわ》ぁってあげるぅわ All night ☆」

めっちゃ、踊り始めたんだ。

「き・み・はＳｏ、わたしに（わったしにぃ）、腐るまで飼われてねぇ～☆Ｆｕ～～（↑裏声）」

っていうか歌詞怖っ！

じゃなくて……えーと、え？　戦闘訓練をするって言っていたよね？　けどこれ、どんな角度から見たって歌って踊ってるよね？　アイドルのパフォーマンスみたいなことしてるよね？　この地域の戦闘訓練ってこういうことなの？　こんなに地域差が出るものなの？

なんていうツッコミが次々と浮かんできたけど、段々と俺は、彼女から目が離せなくなっていった。

「……すげえ」

彼女のダンスに、魅了されていったからだ。

「（セリフパート）ねえねえちょっとぉ、聞いてるの？　さっきから黙ってばっかり！」

圧倒的なまでのダンスのキレ。

キレとは、動きのスピードとストップの緩急の差だ。動作が速く、ピタッと動きを止められるとキレのある動きに見えるけど、もちろん言うほど簡単じゃない。大きな動きをするほど止めるのが大変だし、次の動作に繋げるのも難しくなってくる。

ベルの場合、恐ろしく動作が大きくて速いのに、それを定位置でピッタリ止めてくる。次の動作に繋げるのもスムーズだし、目線の切りかたや表情にまで気を配っている。

しかも彼女は鎧を着ているんだ。さすがにレプリカか何かだろうが、それでも相当な重量だろう。小柄なのにものすごい体幹の強さだ。

「もぉ～ぅ！　なにかお話してよぅ～。鼻をそぎ落としちゃうよ～？」

歌は完璧とは言えないけど、伸びのあるハイトーンボイスは耳に心地よいし、個性的だ。ボイストレーニングを重ねていけば、すぐに競合性の少ない武器として成立するだろう。

「あ、ごめぇん！　耳の穴に、ウジ虫がびっしり詰まってたんだね☆」

でも歌詞怖ぇ!!　なんだろう、ほかはすごくいいのに、歌詞がすげー邪魔だ。なんならムカつくレベルだ。その人が返事しないのはアレだよ、生首だからだよ。ウジ虫関係ねーよ。

……ん？　っていうかこの曲、曲調がちょっと違うし、振り付けもだいぶアレンジされてるから気づかなかったけど、もしかして……。

「――どうだった、キュリア!?」

なんてことを思っているうちに、ベルはダンスを踊りきったようだ。だいぶ激しい振り付けだったのに、息ひとつ上がっていない。スタミナも規格外なのか。

「……いや、ですから、どう、と言われましても」

褒《ほ》めるところはたくさんあったと思うけど、キュリアは困ったようにほっぺたを掻《か》いて、

「申し訳ありませんが、何度も言いますように、キュリアには歌も踊りもよく分からないのです。ですから、どうと言われても、何をお答えしたら良いやら……」

「それは、分かっているのだが……わたしのこの趣味を知っているのはキュリアだけなのだ。

毎度付き合わせて申し訳ないが、頼む！　なんでもいいから感想が欲しいのだ！」

……なるほど。なんとなくだけど事情が飲み込めてきた。

どういう理由かまでは分からないけど、ベルはダンスが趣味だということを、キュリア以外には内緒にしているらしい。だから護衛の人たちも遠ざけたのだろう。

だけどやっぱり誰かに見てほしいし、感想ももらいたいから、こんな人里離れたところまでやってきて、事情を知っているキュリアに見てもらっていた、と、そんなところだろう。

感想厨乙。なんて言うなかれ。一生懸命やってきた何かっていうのは、誰かに見てもらいたいっていう願望もついて回るものだ。

「……えーっと……そうですね……」

とはいえ、聞かれる側からしたらまああの無茶振りだろう。よく分からないことの感想をよこせって言われてるんだ。俺だってアングラ劇団の前衛劇の感想を言えとか言われたらちょっとシンドい。

うーん。どっちの気持ちも分かる。それだけに歯がゆい。俺ならもう少しだけまともな感想を言えるとは思うけど、さすがにここで出ていく勇気はない。周りに隠しているっていうことは、それなりの事情があるんだろうしね。

……でもなあ。さっき気づいたんだけど、この曲は俺にとっても思い入れのある曲なんだよなあ。なんとか歌詞だけでも直してあげたいところだけど。

「なんていうんですかねえ……こう、全体的に素晴らしいのですが、何かが邪魔をしているというか……違和感があるというか……」

そんなもやもやを抱えていると、キュリアが的を射たことを言い出した。歌も踊りも分からないって言っても、さすがにあの歌詞には違和感があるのだろう。

「な……何かって、なんだ⁉　……あ、髪をほんの少し切ったのがまずかったか⁉」

違うよ。歌詞だよ。毛先の表現力に何をゆだねるつもりなんだよ。

「それとも、鎧を着ているのがおかしいか⁉」

違うよ。歌詞だよ。でも、うん、それもおかしいよ。

「やはり……あれか？　わたしの踊りでは、世界観を表現できていないか？」

違うよ。歌詞だよ。表現する世界のほうに天変地異が起きているんだよ。

……なんだろう、段々イライラしてきた。

ベルの歌やダンスが下手《へた》くそだったら、無感情で見ていられたのかもしれない。

だけど、彼女は間違いなく逸材なのだ。歌詞さえ直せば、ものすごく良くなるのだ。

加えて言えば、この曲は俺の好きな曲でもある。それに変な歌詞を乗せられたままでは、腹立たしいとまではいかずとも、すごく残念な気分になるのだ。

「……うーん。そういう枝葉の部分ではなく、もっと根本的な部分で……あ！」

俺の願いが通じたのか、キュリアはポンと柏手を打つようにして、

「ベル様、アレですよ、肘当《ひじあ》てのところに変な虫がついてます！」

「歌詞だよぉおおおおっ!!」

気が付くと俺は、ものすごい勢いで立ち上がり、瞳孔を全開にしながら、言っていた。

「歌詞だよ歌詞！　歌声もダンスもめっっっっちゃくちゃいいんだよ！　でも歌詞が！　歌詞がすげー勢いで事故っててんだよっ!!」

……ああ、やっちまった。

ベルもキュリアもびくりと身じろぎし、愕然《がくぜん》としたように俺のことを見ている。

けど、もういいや。ここまできたら全部言っちゃえ。

「ヤンデレな女の子の心情を歌った曲とか、キワモノ系で攻めるとかだったら、百歩……いや、千歩譲ってアリかもしれないよ!?　でもそれにしたって、振り付けとの不調和がエグいよ！　キラッキラの笑顔で横ピースされながら『ウジ虫が詰まってたんだね☆』とか言われても、どういう感情で見ていいか分からな……っ！」

ゴガッ！

最後まで言いきる前に、俺の腹部を激痛が襲った。

一瞬のうちに目の前まで肉薄していたベルが、俺に鋭い当て身を喰《く》らわせたんだ。

「あふんっ！」

俺はもんどりうって倒れ込み、そのまま肩口を踏みつけられ、身動きを封じられた。

……超痛《いて》ええええ！　え、ちょ、怒鳴られたりとか、護衛呼ばれたりとかならまだ分かるけど、いきなりこんなんされる？

「ふ、不審者です！　不審者を確保しました！　皆さん、来てください!!」

一拍後《おく》れてキュリアが、モニターに向けてそんなふうに叫ぶ。ベルは顔を真っ赤にしながら拳を振り上げて、

「……殺す……貴様、殺してやる…………!!」

なんていう殺人予告をしながら、俺の腹に鋭いパンチを送り込む。

「ごふっ!」

俺は、意識を手放した。

「…………」

次に俺が目を覚ましたのは、石造りの仄暗《ほのぐら》い部屋の中だった。

六畳あるかないかくらいの小さな部屋だ。中には安普請《やすぶしん》なベッドがひとつと、薄汚れた壺《つぼ》がひとつだけ置いてある。

そして部屋の前面には、堅牢な鉄格子ががっつりと嵌《は》め込《こ》まれていた。

これって、もしかして……。

「牢獄です」

「!!」

俺の胸中をすくったような声は、鉄格子の向こう側からだ。

視界を左にずらしてみると、そこにはフードをかぶった女の子——キュリアが屹立《きつりつ》していて、

更にその横には、

「………………」

閻魔《えんま》みたいな顔をしてイスに座る、ベルの姿があった。

……はい。ちょっとだけ期待してはいたんですけど、やっぱり夢とかじゃないんですね分かります。

「不可侵領域への侵犯や、盗み見行為など、あなたにはいくつかの罪状が適用されるため、投獄させていただきました。あなたの正体や目的など、包み隠さず話していただきます」

詰《なじ》るようにそう言って、キュリアはフードを外した。

年齢は十二、三歳くらいだろうか。ミディアムショートの赤い髪と、同色のどんぐり眼《まなこ》が特徴的な女の子だ。

そして更に特徴的なのは、頭の上についている、猫のような耳だ。

カチューシャか何かだろうけど、そのネコミミ効果も相まって、動物的なかわいらしさが乗っかっている。この子も充分に美少女と言えるレベルの女の子だろう。

って、エロ戦闘能力を測っている場合じゃない。こっちに害意がないことを示さないと。

「ちょ、ちょっと待って！　侵犯って……別に俺、そんなつもりなかったし、そもそもこの状況がよく分かってないんだ！　気が付いたらあそこにいたんだよ！　ここがどこかも分からない！　ほ、本当だ！」

「………………」

ベルの大きな目がスゥっと眇《すが》められる。超怖えぇぇ。

確かに、自分でも無理がある言い分だとは思うけど、本当にそうなんだから仕方ない。下手に嘘《うそ》とか言い訳とかを言うよりはマシなはずだ。

「……ほう。ではあなたは、あの場所に来る直前、何をしていたというのですか？」

……それを言ったところで、信じてもらえるかは微妙だけど。

とは思ったけど、その回答に俺の生殺与奪《せいさつよだつ》がかかっているのなら、話すしかないのだろう。

俺は慎重に言葉を選びながら、いまに至るまでの経緯を話した。襲われそうになっているアイドルを助けたこと。その後に刺されたこと。死んだと思ったら、あの森の中にいたこと。人の声がするほうに行ってみたこと。なるべくありのままを話した。

みかちゃんをストーキングしていたことは、全力でボカした。

「……って、いうわけなんだけど」

「…………」

俺の話を聞き終えると、ベルとキュリアは目を合わせて、ひそひそと話をしてから、

「……信じられませんね。言っていることもよく分かりませんし、下手な言い逃れをしているようにしか思えません」

……ですよねー。

「……ですが、」

そう言うと、キュリアは足元に置いていた俺のリュックから、ノートＰＣを取り出して、

「これは、あなたの私物で間違いありませんか？」

「そうだけど……」

内心で吐きそうになった。ヤベエ。何を見られた？　画像フォルダ？　音楽フォルダ？　XVIDＯＯSのダウンロードフォルダ？　いずれにしろ、見られたら死ねるんだけど。

「でしたら、これを動かしてみてください」

何をどこまで知っているのか知らないが、キュリアは鉄格子の下の隙間《すきま》からPCを通し、牢屋の内側へと送ってきた。

「う、動かすって……え、起動させればいいの？」

「……それでいいので、やって見せてください」

……なにこれ？　自分で自分の恥部を見せろってこと？　なんてドSな尋問だ。

なんて思いつつも、俺はPCを起動させてふたりに見せた。

「これでいいの？」

「おぉ……」

「……なるほど、何か打ち込まないといけないのですね」

ふたりは食い入るようにして画面を見る。いよいよなんだよ……。

なんて思っていると、ベルがキュリアのネコミミへぼそぼそと耳打ちする。

キュリアはひとつ咳ばらいをすると、凛然《りんぜん》とした口調になって、

「何かしてみよ……と、ベル様はおっしゃっています」

いや、何かって……。と、いちいちツッコむのも面倒になってきたので、とりあえず適当な

ＭＰ３を再生してみた。

「……お、おぉ。おお！」

するとなぜか、ベルは目を輝かせながら、前のめりになって画面を見始めた。

そうしてから再び、キュリアのネコミミへぼそぼそと耳打ちし、

「音楽を流したり、映像を出したりする方法を教えろ。わたしもそれをやってみたい……と、おっしゃっています」

……ＰＣの使いかたが分からない？　このご時世でそんなことあるか？　いや、でもそれは日本に住んでるからそう思うんであって、ほかの国とかではＰＣに触ったことがない人もいるかもしれないわけで……え、あれ？　ここってどこなんだろう？

なんて、変に色々考えるのはやめにして、やはり言われるままに操作説明をした。

こっちが納得できるかどうかじゃない。向こうに納得してもらえるかだ。少なくとも俺の疑いが晴れるまでは、言うことを聞くだけの人形と化そう。

「はい、じゃあ、曲を一覧で表示しておくね」

「…………っ」

俺の説明を聞き終えるや、ベルはキラキラした目でＰＣを受け取る。たどたどしい手つきながらも、次々と曲を流し始めた。簡単に説明しただけなのに、器用に使いこなすもんだ。でも曲のフォルダ以外は見ないでくださいお願いします。

「……で、結局俺は、その……どうなっちゃうのかな？」

「………」

俺のその質問を受けて、キュリアはベルを見た。

が、彼女がＰＣに夢中なのを見て取ると、小さく嘆息しながら俺に向き直る。

「その質問に答えるには、いくつか手順を踏まないといけないのですが……まずあなたは、本当に気が付いたらあの場所にいたのですね？」

「うん」

「そしてその前に、刺されて死んだ、と？」

「……うん」

改めて聞かれるとおかしな気分だけどね。

「でしたら、おそらくあなたは、」

キュリアは、短い指で床を指し示して、

「あなたが生きてきた世界から、この世界に召喚《しょうかん》されてきたのでしょう」

「………は？」

今日イチの頓狂《とんきょう》な声が出た。

「…………え、なに、しょ、召喚？」

「はい。異世界で散っていった魂と肉体を復元し、この世界に出現させて再利用する——召喚術と呼ばれる魔術が、こちらの世界には存在します。そうして召喚された者は『異邦人』と呼ばれ、召喚した者に使役されるのです」

こちらの理解を置き去りにして、彼女は滔々《とうとう》と説明を続ける。

「おそらくあなたはなんらかの目的で、この世界の何者かに召喚されたのでしょう。通常は術者のすぐ近くに召喚されるものなのですが、何かの手違いであの場所に来てしまったのだと思います」

なんだろう、やっぱり夢とかなのかな？　もしくは彼女たちが重度のアニメ脳とか？　コスプレに入り込みすぎて、世界観の設定とかを作っちゃうタイプの。

……なんていう可能性もちらっと浮かんだけど、さすがに無理があるよね。

異世界。召喚。確かにぶっ飛んだ話だ。

けど、死んだと思ったら生きてて、知らない場所にいて、知らない言葉が話せてるんだ。

こんなぶっ飛んだ状況、少しくらいぶっ飛んだ現象を持ち出さないと説明がつかない。

信じがたいことではあるけど、キュリアの話していることは、たぶん本当なのだろう。

異世界転生。マジか。そんなｗｅｂ小説みたいな展開が、実際に我が身に降りかかるなんて……。いや、信じるよ？　信じるしかないから信じるけど、だからといって受け入れられるかどうかは別の話なわけで……。

つまり、俺、これからどうすればいいの？

「えっと……君たちが、俺をその……召喚、したわけじゃないんだよね？」

「違います。というか、あなたが本当に異邦人かどうか、まだ少し疑っています。召喚術は非常に高位な術なので、使える者はごく少数ですし、キュリアも見るのは初めてですから」

　ですが、と言いながら、キュリアは俺のＰＣをチラ見して、

「こちらの世界には、そのように複雑そうな設計のものは存在しません……それだけを証左《しょうさ》とするのは弱い気もしますが、まあ、いまのところは信じてあげます」

　……ありがとう、って言っておくべきところなのかしら？

「では、あなたが異邦人だということで話を進めます。理解が及ばないことがあれば、その都度質問してください」

　テンパる俺に対して、キュリアはひたすら事務的な口調で言葉を続ける。

　ついていくのが大変だけど、少しだけありがたくもあった。何をどうしていいか分からない中で、少しでも情報を与えてもらえるのは、ちょっとだけ安心するからだ。

「それでは改めて、これより尋問を始めます。嘘偽《うそいつわ》りを以《も》って答えるのは、あなた自身のためになりませんので、そのつもりで」

　……いや、まあ、今後がどうなるか分からないっていう大きな不安は、全く解消されてないんですけどね。

「あなたのいた世界では、さっきベル様がしていたように……その、歌いながら踊る、ということが、一般的な娯楽として定着しているのですか？」

　……なんでそんなこと聞くんだろ？

　いや、全然いいんだけど、一発目の質問としては不自然なような……。

　なんて思ったけど、俺の回答を待つようにして、ベルもちらちらとこちらを見始めた。彼女

らにとって重要なことなのかもしれない。

「うん。趣味でやってる人もいるし、職業でやってる人もいるよ。色々なジャンル分けはされるけど、さっきベル……さんがやってたみたいな感じでパフォーマンスをする人っていうのは、俺の世界ではアイドルって呼ばれてた」

「あい……どる？」

呆然《ぼうぜん》と復唱するベルに、俺は大きく頷いて、

「そう。アイドル。歌と踊りで人を元気にする人たちのことだよ。さっき話した、俺がストー……見守っていた子、みかちゃんって子もそうだよ。君たちの世界ではいないの？」

質問してもいいと言われたので聞いてみた。するとキュリアは小さく首を振り、

「……ありませんね。歌と踊りが、それぞれ単体としてならありますが、あのように歌いながら踊るという文化はありません」

なんだ、ないのか。いればそのストー……追っかけをするっていう生き甲斐ができたのに。

……ん？　でもちょっと待てよ。

「……だったらベルさんは、なんであの歌と踊りを知ってたの？」

さっきベルがパフォーマンスに使っていた曲は、俺の知っているあの曲で間違いない。ここが本当に異世界なら、彼女がそれを知っているのは妙だ。

「……あなた方異邦人がこの世界に持ち込んだものが、まれにオークションなどに出品されることがあるのです。数年前に、キュリアがそのＰＣというものを競《せ》り落《お》としてきたことがあり、

それをベル様にプレゼントしたのです」

……なるほど。だから彼女らは、俺の私物を見て俺が異世界人だって断定（仮）していたし、ベルもまあまあPCが使えるのか。

「その中に、あの踊りを踊っている人の映像が入っていました」

そういうことか。著作権フリーの動画共有サイトからDLした『踊ってみた』の動画が保存されていたのだろう。

「ベル様はそれをいたく気に入り、ご自分で再現できるように、日々研鑽《けんさん》を重ねていたのです」

「……そう、なんだ」

……へえ。

あの曲、こんな熱心に聴いている子が、俺や、『踊ってみた』をアップした人以外にもいたのか。

そっか。それはなんか、嬉しいな。

「まあ、言語が理解できなかったため、歌詞はベル様の完全オリジナルですが」

でしょうね。そんな歌詞じゃないからね。だったらたぶん誰も好きになってなかったからね。

「質問は以上でよろしいですか？」

「あ、うん、大丈夫です。脱線してごめんね」

意外と親切な意思確認に、俺は軽く頭を下げながら応じた。なんだろうこの対応。高圧的ではあるんだけど、最低限はこちらの人格を尊重してくれているような感じ。美少女補正が働いてそう思えるだけかな？

「それでは、ここからが本題――あなたが、ベル様の秘密の特訓を盗み見していた件です」

キュリアが言うと、ベルは思い出したように真顔に戻り、俺のことを冷たい目で睨み始めた。

怖え。けど、めっちゃポップな曲を流したままだから、いまいち締まらない。

「いやだから、盗み見してたわけじゃなくて、結果的にそうなっちゃっただけで……」

「意図していたかどうかは関係ありません。あの特訓は、キュリアとベル様だけの秘密なのです。それを見られたからには、ただで帰すわけにはいきません」

そんな！　あんまりだ！　俺はただ気配を殺して、性的な興奮を覚えながら、ベルを舐めるように凝視していただけなのに！

「……えっと、それは、具体的に言うと、どういうことに？」

「本来であればあの場で殺すこともできましたが、ベル様は寛大なお方です。あなたがこちらとの取引に応じれば、ある程度は罪を減免しても良いとおっしゃっています」

だからつまりどういうことだってばよ？

「ベル様の歌や踊りに対しての感想を、なるべく詳しく述べてください」

……なるほど。と、得心する俺に、キュリアは更に難しそうな顔をしてから、

「先ほど……ベル様のダンスを見た時、あなたは何やら具体的な感想を言っていました。歌やダンスに対して、それなりに造詣《ぞうけい》があるように見受けられます」

カッとなっていたとはいえ、余計なことをしてしまったものだ。まあ、それによってこうや

って生かされてるんであれば、良かったたっちゃあ良かったかもだけど。

「うん。まあ、本当に少しだけだし……その、本当に俺なんかでいいの？　俺、ただのアイドル好きで、全然詳しくないいんだけど」

「構いません。そのアイドルなるものが文化として定着している世界から来た、ということと、ある程度それに精通している、という時点で、すでに条件は満たしています」

そういうことか。少なくともキュリアよりはまともな感想が言えると踏んだのだろう。だからちょっとだけ丁重に対応してくれる時もあったのか。

「もちろん、悪く言ったところであなたに危害を加えるようなことはしません。忌憚《きたん》のない感想をお願いします」

キュリアがそう言った直後、ベルは彼女の耳元にぼそぼそと耳打ちし、

「だが、あんまりひどいことは言わないでくれ、と、ベル様はおっしゃっています」

……まあ、その気持ちは分かる。俺もニコ動に自分の曲を上げる時、投稿者コメントの欄に『@コメント禁止』って入れるかどうかいつも迷う。聴いてほしいけど過度の誹謗《ひぼう》中傷は怖い。アーティスト心は複雑なのだ。

とはいえ、やっぱり言うことはしっかり言っておかないと本人のためにならない。さっきは強い言葉になってしまったけど、今度は言い回しを選んでみよう。

「いや、本当に他人《ひと》様に何か言えるほど詳しくはないいんだけど……やっぱり、歌詞がちょっと微妙だと思う」

「……歌詞、やはりそんなに、その……ひどいか？」

今回はキュリアに耳打ちせずに、ベルはおっかなびっくりといった感じで訊《たず》ねてきた。

「いや、歌詞そのものは、実はそんなに悪くないと思う。っていうか、なんだったらちょっと面白い。歌詞に合わせてダンスもオケ（伴奏）も作るんだったら、全然アリだと思う。ただ、キワモノ系とかウケを狙う系にはなるけどね」

「ウケを狙うって……そんな！『ウジ虫と生首』は、『相手の生首を討ち取ってでも恋愛を成就させたい』という、乙女《おとめ》の純情を歌った曲だ！　笑いものにされては困る！」

そんなタイトルだったんだ……。恋愛系の歌にウジ虫という概念を持ち込んだのはおそらく君が世界で初だろう。

「だったらやっぱり、歌詞は変えたほうがいいと思う。さっきもちょっと言ったけど、振り付けとも合わないいんだ。大変だとは思うけど、もう一度作り直してみたらどうかな？」

「いや、しかし……わたしは、歌うのも踊るのも好きなのだが、曲や歌詞を作ったりするのは得意ではないのだ。また一から作り直しても、同じ結果になるとしか……」

「嫌じゃなければ俺が一緒に作るよ。なんだったら原曲の動画もあるしね」

「あ、あれの原曲があるのか!?　見せてくれ、どこだ!?　久しぶりに見たい！　キュリアにもらったPCは、どういうわけかしばらくして動かなくなってしまったのだ……」

うん、まあ、充電切れだろうね。俺は小型だけどポータブルソーラー充電器（みかちゃんの物販。￥３２２００）を持ってきているから、その心配はないけど。

「あとで見せるよ。でも、だいぶダンスもアレンジされてるみたいだから、やっぱりベルさん用に歌詞を書き直したほうがいいよ。っていうか、原曲の歌詞をこっちの世界の言葉に翻訳して、それを元にして作り直すんでもいいしね。それだったらあんまり手を加えずに済みそうだし」

「な、なるほど、それは素晴らしいな！　……いや、待て。せっかく原曲があるのだから、アレンジなしでそのまま踊ってみたいのだが？」

「もちろん、それはそれで踊ってみればいいと思うんだけど、ベルさんのあのアレンジがすげえいいんだ。なんだったら原曲のやつよりいいと思う」

「本当か!?」

「うん。サビの入りのところとか超良かった。ああいうの使わないのもったいないからさ、こっちはこっちで新しく歌詞を作り直そうよ。そんなに手間もかからないと思うし」

「そ、そうか……えへへ、じゃあ、そうするかな」

「あ、あとサビの振り付けもちょっと変えたほうがいいと思う。もうちょっと簡単でキャッチーな動きのほうが印象に残りやすいし、みんなが真似したくなるしね」

「なるほど。具体的にはどうすれば？」

「そうだな。俺の世界で流行《はや》ってたやつとかで言えば……って……………え!?」

そこで俺は、思わず言葉を止めた。

「……あれ？　ふぇ……お、おかしいな……」

ベルがいきなり、大粒の涙を流し始めたからだ。

……ちょ、えええええ!? なに、俺!? 俺のせい!? いやでも、別にひどいこと言ってないし、ベルもちょっと笑ってたし、でもすいません、とにかくすいませんっ!!

「……べ、ベル様、どうされたのですか、ベル様!?」

キュリアは慌《あわ》てた様子でベルの背中を擦《さす》ってから、俺のことを睨みつけて、

「ひどいことは言わないと言ったのに……あなた、やってくれましたね！」

「やってないって！ いまの会話聞いてたでしょ!? 別にひどいこと言ってなくない!?」

「歌詞を全否定したでしょう!? キュリアだって歌詞がヤベエとは思っていました！ でも最大限気を遣《つか》って言わなかったのです！ いままでのキュリアの苦労を返してください！」

「……い、いいのだ、キュリア、グス、やめてくれ。別に、この男が悪いわけではない」

なんかサラリと一番ひどい言葉が出たような気もしたのだけど、ベルは目を拭《ぬぐ》いながら、キュリアのことをいさめて、

「わたしは……その、楽しいのだ」

「……楽しい？」

俺の言葉に、ベルはうつむいたままこくんと頷く。

「……こんなふうに、好きなものの話で盛り上がれて……笑い合えて……はは、くそ、楽しいな。好きなことを好きなだけ話せるのは……こんなに楽しいことなのか」

「………………」

そう言ってベルは、俺とキュリアに見守られる中、しばらく泣き続けた。

……いままでのベルの苦労を想像してみる。

彼女らの話が本当なら、この世界にはアイドルという概念が――というか、歌いながら踊るという文化すらない。趣味や娯楽、もちろん職業としても定着していない。

　そんなニッチなことを、ベルは好きになってしまった。

自分がおかしいのかっていう不安に駆られたと思う。誰とも楽しみを共有できないっていう不満もあったと思う。誰からも評価をもらえないっていう不服だってあったはずだ。

それでも彼女は、好きでい続けたんだ。

ものすごい孤独に耐えながら、必死に練習を重ねて、あんな素晴らしいダンスを踊れるようになったんだ。

そうして積み上げてきた努力が、ようやく誰かに認められた。

長年の孤独から解放されて、楽しく情報交換をすることができた。

この涙は、そういう涙なのだろう。

……だけど、まだ早い。

彼女の努力は、何ひとつ報われてはいない。

俺と話したことで、ベルはある程度のカタルシスを感じてくれているようだけど、そんなことで努力が報われた気になっちゃダメだ。こんなドルオタのストーカー野郎とちょっと話して満足なんて、彼女の努力に失礼すぎる。

いままで積み上げてきた努力は、もっと大きな形で報われるべきだ。

「……あの、ベルさん。この世界に来たばっかりの俺がこんなこと言うの、ホンットにおこがましくて、無責任なんだけどさ」

俺は鉄格子に近づくと、ベルにハンカチ（みかちゃんの物販。¥３４８０）を渡しながら、

「その……もっと大勢の人の前で、パフォーマンスしてみたらどうかな？」

「へぅ？」

ハンカチで涙をぐしぐしと拭っていたためか、ベルは変な声で応じた。

「……キュリアや、貴様以外の前で、歌ったり踊ったりしろ……と、申すのか？」

「うん。あくまで提案だけどね」

「い、いや、無理無理無理無理！　恥ずかしすぎるぞ！　何を考えてるんだ、貴様、変態か!?」

誰が変態だよ!?　俺はただ、顔を真っ赤っかにした女の子に、涙目で罵《ののし》られて、軽く性的な興奮を覚えているだけの者だ！

じゃなくて、

「無理じゃないよ。君のダンスはセミプロレベルだ。あとはボイストレーニングを少しやって、歌詞をなんとかすれば、充分にお金を取れるパフォーマンスになるって思うよ」

「しし、しかし、さっきも言ったように、この世界にはアイドルという概念がないのだぞ！　急にそんなことをしたって、受け入れられるかどうか……」

「だったら君がこの世界でのアイドル一号になればいい。歌と踊りが、それぞれ単体としてな

ら娯楽としてあるわけでしょ？　だったらそんなに変な目で見られることはないって思うよ。むしろ斬新だって思われるかもしれないし。感想だってたくさんもらえるよ？」

「そ、それは……」

困惑したベルの顔に、一抹の喜色が宿った。へへ、いやらしい子だ。

「もちろん、君が本当に嫌だって思うんだったら、いまのままでも全然いいと思うんだ」

冗談はともかく、俺はベルの顔をまっすぐに見ながら、

「でも、あんなにかっこいいダンスを俺たちにしか見せないなんて、めちゃくちゃもったいないよ。もっとたくさんの人に見せてあげたほうがいいよ」

力強く、言いきった。

「踊ってる時、楽しかったでしょ？　わくわくしたでしょ？　それって、見てる側も同じ気持ちになるんだ。少なくとも俺はなった。超なったよ！」

──物心ついた頃からアイドルが大好きだった。

「さっきも言ったけど、アイドルっていうのは人を元気にするための職業なんだ。君の歌を聞いて、踊りを見て、明るい気持ちになる人はいっぱいいる。めっちゃいる」

学校でイジメにあって不登校になった時も、就活に失敗して落ち込んでいる時も、アイドルたちの歌と踊りがあったからやってこられた。

アイドルには、人を救う力があるんだ。

「曲でも歌詞でも、俺がいくらでも提供してあげるからさ、やってみなよ、アイドル！」

ベルが長年積み上げてきたものは、決して無駄じゃない。ましておかしなことでもない。

いろんな人の活力の源になるものなんだって、教えてあげたかった。

「ちょ、あなた！　さっきから無責任にものを言わないでください！」

「あ……ごめん」

キュリアの叱責《しっせき》で我に返る。しまった。熱くなりすぎて提案の域を超えてしまった。

ベルを見る。どこまで俺の言葉を真剣に受け止めたかは知らないが、呆然としたような表情を浮かべていた。
ヤ、ヤベえ、だいぶ真剣に考えちゃってるっぽい顔だ。
「べ、ベル様、真に受けてはいけませんよ、しょせんは、この世界に来たばかりの異邦人が言っている戯言《ざれごと》です。こちらの事情も知らないような輩《やから》の言うことを聞いてはダメです。ベル様にはお仕事もお立場もあるのですよ」

「立場って……別にアイドルをやるのに、そんなの関係ないでしょ。仕事だって、ちゃんと本職とのかね合いを考えて、兼業でアイドルやってる人だっていっぱいいるよ」

さすがにキュリアの言いかたにはカチンときたので、少し口調をきつくして言い返してしまった。するとキュリアは『余計なことを言ってんじゃねえよシャバ僧』くらいの目力で俺を睨んで、

「……魔王なのです」

「……え？」

「ベル様には、魔王という立場がおありなのですよっ!!」

「…………………………え？」

まおう……魔王？　魔王って、あの魔王？

……え、詳しくは知らないけど、アレだよね？　大量に人を虐殺《ぎゃくさつ》しがちというか、世界を征服しがちというか、とにかくヤベエ人だっていう噂の……。

あの魔王？

「………はあっ!?　ちょ、え、なにそれ、どういうこと!?」

「……ざっくりと説明しますが、この世界は人間の『国王』が統治する人間領と、『魔王』が統治する亜人種《あじんしゅ》領があります」

ああ、亜人種ね。ゴブリンとかエルフとか、ファンタジー世界にいがちなあの人たちね。そこはいい。そこはもう驚きポイントじゃない。そこじゃなくて、もっと大事なのは、

「このベル様――ベルフェガルダ＝ハウザーフリント様は、この亜人種領『ウッドストック』を統治されている、魔王様なのです」

「…………………」

……えーっと、なんだ、っていうことは、つまり。

その、亜人種たちの王様を――一国のトップを捕まえて、アイドルとしてデビューしてみなよ……なんて。

死ぬほど無責任なことを、俺は言っていたってこと？

しかもなんか、その魔王様が、俺の無責任な一言で、ちょっとその気になっちゃってるかもしれない、って、こと？

「ことの重大さが分かりましたか、この童貞！　下手をすれば国家転覆罪が適用されますよ⁉」

「後出しで情報開示しといてそりゃないでしょ！　そういう大事なことは最初に言ってよ！」

「最初から魔王様だと知っていたら、感想を言う時に萎縮するでしょう⁉」

「こんな監禁みたいなことしといてよく言うよ！　魔王って知ってても知らなくても、めっちゃ萎縮してたわ！」

「折を見て言うつもりでしたよ！　それをあなたが、先走ってわけの分からない甘言《かんげん》を弄《ろう》するものですから……これだから夢見がちな童貞は困るのです！」

「いや、うるさいな！　俺が童貞かどうかなんて知らないでしょ⁉」

「違うのですか⁉」

「童貞だよ！」

「……もう良い。やめてくれ、ふたりとも」

俺とキュリアの醜い舌戦を止めたのは、熟考から脱したベルだった。

その眼は、明鏡止水のごとく静かで、清らかだ。

いや、ちょ、やめて！　この状況でそういう、『決意を固めました』的な目をするのやめて！

「……キュリア。牢屋の鍵を貸せ。この者を牢から出し、わたしの部屋で詳しく話を聞く」

「……し、しかし！」

「勘違いするな。わたしとて、魔王の職の重さは理解している。簡単に投げ出すようなことはしない。本当に話を聞くだけだ。それに……」

そこでベルは、フッと笑いながら俺のほうを見て、

「いつまでもこんなところに閉じ込めておいては、この男に失礼だ。『親に用意された道の上を歩くだけが人生じゃない』……そう、わたしに教えてくれた、この恩人にな」

解釈の規模っ!!

「ベルさ……いや、ベルフェガルダ様、俺、本当に事情とか知らずに色々言っちゃっただけで……っていうか、魔王を辞めろとは一言も言ってませんからね!?」

「ベルで良い。敬称も敬語も必要ない――曲や歌詞を作ってくれるというのなら、貴様とわたしは対等の間柄だ」

不吉なことを言いながら、ベルはキュリアから受け取った鍵で錠前を開けた。

出られたのは良かったけど、決して本意な出所の仕方ではないというか、場合によっては入ったままのほうが良かったというか……。

魔王をアイドルとしてプロデュース（仮）。この世界のことなんて何ひとつ分からないけど、それがヤバそうだってことくらいは分かる。キュリアの言っていたみたいに、でっかい罪状がつくようなことになるかもしれない。

焚《た》きつけておいてなんだけど、なんとか諦めてもらうように説得しないと。

「しかしそういった場合、貴様には何かの肩書や役職名がついたりするものなのか？」

「……えーっと。マネージャー……いや、プロデュースとか楽曲提供もするなら、プロデューサーってことになるのかな？」

やるんであればね。やらないけどね。魔王のプロデューサーなんて。

っていうか、ツッコミどころが多すぎて気になるのが遅くなったけど、そういえば魔王って亜人種たちの王様ってことなんだよね？

っていうことは、ベルも何かしらの亜人種なのかしら？

「プロデューサーか……よし、プロデューサー、早速だが、ひとつ仕事を頼みたい」

そう聞こうと思った時、ベルはおもむろに自分の頭に両手を当て、

「よっこいしょ」

そのまま、ヘルメットでも脱ぐみたいにして、自分の頭を取り外した。

……………ええ、はい、そうです。自分の頭を、自分の胴体から、引っこ抜いたんです。

つまり、彼女の首から上——彼女の生首が、胴体から切り離され、彼女自身の手の中に、すっぽりと納まっているのです。

「これを持て」

そんで、その生首を、俺に投げ渡してきやがったのです。

へへ、やっぱりこの子、顔小さいや。持ち運びも便利そう。

「……うわ、うわあああああ!!」

一瞬の現実逃避を挟んでから、俺は悲鳴をあげながらしりもちをついていた。な、なに!? いま何が起こってるの!? 俺なんかした!? ベルと会話してただけだよね!? そしたら、なに、取れたよ首が!? アイドル志望の女の子の首が取れましたけど!?

しかも、あろうことか。

「そんなに驚くな。相手に自分の首や兜を預けること——これが我が一族の信頼の証《あかし》なのだ」

「ぎぃぃっ!!」

彼女の生首は、ジト目で俺のことを見ながら、そんなことを言ってきやがったのです。

「改めて自己紹介だ。わたしはベルフェガルダ＝ハウザーフリント。ベルでいい」

彼女——ベルはそう言うと、俺の手から生首を取り上げ、クラッチバッグでも持つみたいにして小脇に抱えた。

「見ての通り、亜人種《デミヒューマン》・デュラハンだ」

「…………」

……今日イチの混乱はさっき終わったと思っていたけど、甘かった。まだあった。

アイドル志望のその子は、生首が取れる系の女の子——デュラハン。

ちょっと恥ずかしがり屋さんで、ダンスを見られた相手のことをぶん殴りがち☆

「こんなわたしだが、よろしくな、プロデューサー!」

……そんで、魔王。

「――入れ。ここがわたしの部屋だ」

連れてこられたのは、俺が監禁されていた地下牢の上に建っている城――魔王城の上のほうにある、三十畳はあろうかという大きな部屋だった。

部屋の中央には、コの字型ソファふたつとリビングテーブル。その右側には背の高い本棚が、左側には書斎机とデスクチェアがある。

部屋の最奥にあるベッドはクイーンサイズくらいありそうで、天蓋《てんがい》付きの豪奢《ごうしゃ》なやつだ。その左側に鎮座している大きなのっぽのホールクロックも、部屋の上品さを際立たせるのに一役買っていた。

……というか、こっちの世界でも二十四時間制が取られているようだ。なんか異世界感がないけど、分かりやすくて助かる。

ともかく、中学だか高校の教科書で見た『中世ヨーロッパ貴族の私室』って感じの部屋だ。もう少しモダンな雰囲気だけどね。

女子の部屋に入るっていう初イベントを、異世界ですることになるとは思わなかった。

「そこに座っていろ。いまキュリアが、茶を淹《い》れてくれている」

そしてその女子が、生首取れる系女子だとは。

ちなみに、そんな彼女だが、いまは全身鎧ではなく私服用のロングドレスを身に纏《まと》っていた。ファンタジー世界の女騎士から、お姫様にクラスチェンジしたようないで立ちだ。いや、ドレスの色が濃紺だし、ティアラの色も真黒だから、お姫様というのには少しダークかもしれない。

やっぱり女魔王っていう言葉がしっくりくるのかな。ドレスの胸元がざっくり開いててエロいし、引き締まったウェストが強調されててエロいし。と、エロ戦闘能力を測り直してる場合でもないか。

「あ、うん。ありがとう」

俺がソファに座ると、ベルはその対面側に腰かけた。

……自分の膝《ひざ》の上に、自分の顔を置きながら。

「なんだ、そんな顔をして？　わたしの顔に何かついているか？」

顔に何かついているというか、顔がついているところがおかしいというか……。

「……そうやって頭持ってるほうが、その……自然体なの？」

「そうだ。外出の際や誰かと会う時はくっつけるようにしているがな。マナーとして」

デュラハン業界のマナーはよく分からない。

「踊ってる時はどうしてるの？」

「訓練した。気合でくっつけている」

訓練と気合ってなんだろう。

「時々取れるがな。ターンの時とかに」

ピンマイク感覚か。

……うーん。魔王っていうだけでもうお腹いっぱいなのに、首がアタッチメント仕様の種族だったなんて、胃もたれを起こしそうだ。百戦錬磨のアイドルプロデューサーとかだったら、この子の持ち味を活かせるのかもしれないけど、俺はただのドルオタだ。こんな特殊な子のプロデュースなんて、どうすればいいか分からないよ……。

「……それとも、やはり、その……おかしいか？」

うんおかしいよ。普通アイドルの頭ってのは、首から上についてるもんだよ。a○exとかの採用条件にもたぶん書いてあるよ。プロ・アマ問わず、首から上に頭がある方に限るって。

なんて言おうと思ったけど、

「やはり、わたしのような種族の者が、その、アイドルになるのは、難しいか？」

……泣きそうな目でそんな言いかたをされると、何も言い返せなくなるわけで。

……うーん。確かにベルがアイドルを目指したら困るけど、嘘をつくのは良くないよね。心情的にもそうだし、後々になってツケが回ってきそうだ。

「……おかしくないよ。自信持ったほうがいいと思う」

質問からややあって、俺は当《あ》たり障《さわ》りのなさそうな言葉を発していた。

アイドルの中には、面倒な事情を抱えている子もいる。家庭の事情が複雑な子。多額の借金を抱えている子。そんな不利な条件を抱えながらも、立派にアイドルとして活躍している子もたくさんいるんだ。

首が取れるという子だって、決して珍しくは……。

「……どうした、プロデューサー。貴様が自信なさそうな顔をしているではないか」

……ダメだった。複雑な事情っていうか、自分の生首を抱えてるんだこの子は。

まあ、とはいえ。

「……そんなことないよ。君のダンスは誰にも負けない。俺がいままで見てきた中で、一番かっこいい。その、種族？　とか、そんなの関係ないって思うよ」

……って、しまった！　正直な感想とはいえ、また期待を持たせるようなことを！

そう思った時には、すでにベルは顔を赤らめて、ちょっとだけ笑いながら、

「そ、そうか。えへへ、一番か……」

「……ですから、そういう無責任なことを言わないでくださいと言っているのです」

部屋のドアが開く。お茶とお菓子を載せたワゴンを押したキュリアが、ジト目で俺のことを見ながら入室してきた。はい。ごもっともですすいません。

ちなみに彼女、猫頭族《キティ》という亜人らしい。猫のような耳を持っていて、魔法を扱う才能に恵まれた種族なんだって。中でも彼女は飛びぬけて優秀なのだとか。かわいさアピールでネコミミつけてたわけじゃないのか……。

「そもそも魔王様と口をきくこと自体が、庶民からしたらとんでもないことなのですよ。ましてあなたは童貞なのです。身分をわきまえなさい」

口の悪さも飛びぬけているようだ。なんだよ童貞の身分って。全国の童貞に怒られろ。

「ベル様、どうかお考え直しください。魔王を辞めてアイドルなどというわけの分からない活動をされるなど、大魔王様が知ったら、何を言われるか……」

大魔王……ベルのお父さんのことかな？　そんなのもいるのか。

確かに、娘がいきなりアイドルになりたいだなんて言ったら、たいていの大魔王は渋い顔するよね。『うちの大事な魔王に、そんな不安定な仕事をさせられるか！』って感じでさ。

いや、冗談っぽく言ったけど、それってマジで、内乱罪とかの疑いかけられるんじゃね？

「だから、魔王を辞める気はないと言っているだろう」

俺の不安とは裏腹に、ベルは涼しい顔でお茶を受け取って、

「ただ分かってほしいのは、アイドルをするかどうかにかかわらず、わたしは魔王を継ぐということに対して、そこまで能動的ではない、ということだ。ずっと昔からな」

自分の膝の上にある自分の口へと器用に飲ませた。話の内容も興味深いけど、そのお茶がどこに行くのか、もだいぶ興味深いぞ。

「確かにわたしは、魔王を継ぐことを是《ぜ》として生きてきた。しかしそれは、ほかにやることがなかったから、という理由にほかならない。ただ魔王の娘として生まれ、魔王としての教育を受けてきたから、なんとなく魔王になるんだろうな、という程度の認識だ」

町工場みたいな言いかただけど、魔王だからね？　君が継承するの、一国の王様だからね？

「もちろん、やりたくないわけではない。しかし、どうしてもやりたいというわけでもない。その程度の覚悟の者が、一国の王として君臨してよいのかと、常々思ってはいたのだ」

それまで暗い顔をしていたベルだったけど、そこで少しだけ笑いながら俺のほうを見て、

「しかも、そんな中途半端な心模様の時、貴様に出会ってしまったのだ」

「え、う、うん……」

お、おお。ここでこっちにくるのか。なかなかの変化球だ。

「貴様は、初めてわたしのことを褒めてくれた。わたしのしていることを肯定してくれた。それを職業としてやっていいのだと、道を示してくれた。わたしに新しい選択肢を与えてくれたのだ！」

「い、いや、そんな大げさな……っていうか、そもそもさ！　一国の王様がいきなり『歌ったり踊ったりします！』なんてことになったら、みんな戸惑うっていうか、びっくりするっていうか……人気が出るとかじゃなくて、いろんな意味でパニックになるんじゃないかな!?」

反射的に出た言葉だったけど、なかなか的を射た一言になったと思う。というか、もっと早くツッコんでおくべきだった。

そう思ったけど、ベルは、興奮冷めやらない様子で、

「我が国の王位継承年齢は十六歳だ。十六歳になる年の戴冠式で『魔王』という肩書が正式に授与され、それとともにわたしの顔と名を大々的に公表するのだ。つまりわたしはまだ魔王としての試用期間。顔も名前も知れ渡っていないのだ。なんの問題もない！」

いや何もないことはないだろ！　なんて思ったけど、あまりの熱量に黙らされてしまった。

その隙をつくようにして、ベルは弁舌を加速させる。

「しかし、戴冠式まであと半年を切った！　それが終われば、全国民にわたしの顔と名前が浸透し、人前で何かすることなどできなくなってしまう！　つまりこの半年が、わたしにとって最後のチャンスなのだ……」

　そこで彼女は、自分の頭を持つ手にぐっと力をこめる。

「だからこそ、やりたいことに……アイドル活動に、一度でも全力で取り組んでみたいのだ。ここで動かなければ、それを後悔したまま、魔王としての一生を過ごすことになってしまう……それこそわたしには、耐えられる気がしない」

　絞り出すような口調で言ってから、ベルは自分の顔と胴体をキュリアのほうに向けて、

「だから頼む、キュリア。少しの間だけ、わたしのわがままに付き合ってくれ。うまくいかなかったら諦めるし、誰かに迷惑をかけるようなことはしない。少しの間だけ、アイドル活動に全力を注がせてくれないか？」

　……なんだろう。話の規模がすごすぎるけど、ひとつひとつを整理して考えてみると、分からない話でもないのかもしれない。

　自分のやりたいことを殺して、ほかの何かをすることは、苦しいことなのだ。

　もちろん、たいていの人はそうして生きているけど、ベルの場合は一国の王位を継いでいるのだ。そこに中途半端な覚悟で臨むのは、人一倍怖いことなのだろう。

　会ってからまだあんまり時間は経っていないけど、彼女はきっと、まじめな子なのだ。

　勢いだけかと思っていたけど、一応の筋は通った話だ。いやまあ、腑に落ちないところはめちゃくちゃあるけれど、彼女なりの信念がある。

　そういうことなら、やっぱり俺も、全力で協力しても……。

　いや、いや、いやいや！　だまされるな俺！　相手魔王だよ!?　大量虐殺しがちなあのヤツ

だよ!? そんなそそのかすような真似して、あとで誰に何を言われるか分からない。やっぱり、そんな大役は受けられない的なことを言って、どこかのタイミングで逃げるんだ。

それに、こっちにはまだキュリアがいる。よく分かんないけど、彼女はベルのご意見番みたいな存在のようだ。どこまで影響力があるかは分からないけど、彼女が首を縦に振らなければ、この話は成立しないのだろう。

俺の期待をこめた視線の先で、キュリアは熟考するようにして眉根を寄せて、

「……キュリアは昔から、ベル様のお目付け役として、ベル様の暴走を止めてきました」

そうだったのか。だったらなおさら、いまのこの暴走も収束させて……。

「しかし今回に限っては暴走ではなく、きちんと考えた末のご決断のようですね」

…………え?

「いいでしょう。しばらくの間は、お好きなようにやってみてください」

「ほ、本当か!?」

自分の生首を突き出しながら言うベルに、キュリアは根負けしたように頷いて、

「ええ。しかし、大魔王様からの許可はご自分で取ってくださいね。『キュリアは許可を出した』と、言っていただいて結構ですが」

「ああ……ああ! その言葉があれば百人力だ! はは、ありがとう、ありがとう!!」

「ちょ、ちょっと、やめてください! くすぐったいですよ!」

キュリアのネコミミに、ベルはじゃれるようにして自分の頭をこすりつけ、キュリアは苦笑

しながら身をよじっている。

美しい光景だ。

単なるお目付け役としてなら、普通は断る場面だ。しかしキュリアは、お目付け役としてではなく、幼馴染《おさななじみ》としてベルの思いを汲《く》み、それを尊重する選択肢を選び取ったのだ。ふたりは主従関係にあるが、それ以前に幼馴染であり、そして親しい友人のような関係なのだろう。

美しい光景だ。客観的に見ているのなら、感動すら覚えたに違いない。

「やったな、プロデューサー！　キュリアからの許可が出たぞ！」

そう。客観的に見ているのであれば。

「もう少しだけ待ってくれ！　いますぐパパの許可を取ってくる！」

「あ、ちょ、ベルッ!?」

別に待ってないから！　っていうか、キュリアから許可が出たことも望んではいなかったから！　なんてツッコむ間もなく、ベルはものすごい速さで退室してしまった。

ヤバい、ヤバいぞ、これ。具体的にどうヤバいかは分からないけど、なんかあとに引けない的なことになっているのは分かる。でも異世界でアイドルプロデュースなんてできっこないし、一体どうすれば……!?

「諦めたほうがいいですよ。おそらく大魔王様からの許可もおります」

すっかり冷めたお茶をすすってから、キュリアは達観したようなため息を吐《つ》いた。

「まあ、いくつかの条件は付けられるでしょうが、基本的に大魔王様はベル様に甘いお方なので、多少はわけの分からない活動でも認めてしまうでしょう」

「しまうでしょう……って、いや、元はと言えば、君が許可を出したからでしょ⁉」

「どのみちあそこまで火がついてしまったら、キュリアの許可も、大魔王様の許可も取らずに、こっそり活動していましたよ。そんなことになったら、それこそ困ります……というか、」

キュリアはじとっとした目で俺を見てから、

「『元はと言えば』なんて言葉、あなたが言えた立場ですか？」

それは本当すいません！　返す言葉もないです！

「で、でも！　さっきキュリアも言ってたじゃん⁉　そんなことしたら俺、なんか変な疑いとかかけられちゃうんじゃないの⁉」

「その点なら心配いりません。きちんと大魔王様に話を通せば、あなたにあらぬ疑いがかけられることもないでしょう」

……ああ、そっか。非公式でやったらそういうことになるかもしれないけど、きちんと偉い人に話を通せば大丈夫なのか。

「――むしろあなたが心配すべきなのは、別の部分です」

「……別の部分？」

オウム返しに問うと、キュリアはひとつ頷いて、再び俺のほうを見た。

今度はジト目ではない。脅《おど》すような目でもない。

ただ真実をありのままに語るような、深く澄んだ瞳で、

「あれだけベル様に火をつけておいて、今更プロデューサーをしたくないだなんて言ったら、ベル様は深く傷つくでしょう。しばらくは立ち直れないと思います……そんなベル様を見て、あの護衛隊の者たちが黙っていると思いますか？」

…………。

「また、あなたがプロデューサーを引き受け、ベル様をステージに立たせたとします。しかしそこであなたが全力を出さず、ベル様に恥をかかせてしまったとしましょう。ベル様はあの通り繊細なお方です。民衆の笑いものにされるようなことがあれば、一生立ち直れなくなるでしょう……あの護衛たちと大魔王様が黙っていると思いますか？」

………………………………。

……えーっと、つまり、なんだ？

プロデューサーは引き受けたうえで、一定以上の成果は出せ……と。

それができなければ、あの屈強な護衛たちや大魔王にシバき倒される……と？

……え、あれ、なんだろう。

状況、悪化してね？

「さすがにそれは無茶振りすぎるでしょ⁉　確かに焚きつけたのは俺かもしれないけど……無理やりプロデューサーやらされて、失敗したら○されるなんて、無茶苦茶だよ！」

「無茶苦茶ですよ。ですが、まかり通る無茶苦茶です。なんせ相手は大魔王様ですから。罪状なんていくらでもどうにでもなるでしょう」

そんな！　俺はただ、ベルを言葉巧《たく》みに誘導し、主には成人男性を元気にする職業を勧め、それで快楽を得るような身体にさせたいだけなのに！　それがなんの罪になるっていうんだ！

「とはいえ、そんなひどいことになる前に、さすがにベル様が止めに入ってくださるでしょうが、それもあなたの働き次第です。少なくとも、プロデューサーになることを拒むような者には、情をかけることはないでしょう。錠をかけることはあるかもしれませんが（笑）」

このタイミングでそういうの挟まれると、なんだろう、割と本気で殺意が湧く。

「というか、逆に聞きますが、仮にこの話を蹴ったとして、あなたどうするつもりなのですか？　右も左も分からないこの世界で、生きていけるのですか？」

うぐっ。そ、それを言われると……。

「……ここまで言えば、いま置かれている状況が分かったでしょう？　ベル様をその気にさせた時点で、あなたに拒否権などないのですよ」

……ちくしょう、このネコミミ腹黒少女め。好き勝手言いやがって。

確かに彼女の話だと、そうするしか生き残る道はないようだ。

でも、いかんせん俺にはこの世界の知識が何もないのだ。全ての情報を鵜呑《うの》みにすると思って、適当なことを言っている部分もあるかもしれない。

そうだ。考えてみればおかしな話だ。俺がしたことと言えば、ベルをちょこっと褒めただけなのだ。しかもあの時点では魔王と知らなかったわけだし。それだけでこんなことに巻き込まれるなんて理不尽すぎる。

「……あの、キュリア。なんか俺が、プロデューサーを引き受けることを前提にしてるみたいだけどさ」

「はい」

そうだ。悪いことなんて何もしていない。言いたいことはガツンと言ってやるべきだ。

そもそも、俺はただ気配を殺して、性的な興奮を覚えながら、ベルを舐めるように凝視していただけなのだ。

「…………」

「……なんですか？　何か言いたいことが？」

そしてベルを言葉巧みに誘導し、主には成人男性を元気にする職業を勧め、それで快楽を覚えるような身体にさせようとしているだけなのだ。

「……………………」

……あれ？

言い逃れ、できなくないですか？

「なんなのですか。言いたいことがあるのなら、はっきり言ってください」

「あ、いや……」

詰るように俺を見上げるキュリアに、俺は小さく、か細い声で、

「……その、お、俺のことは、プロデューサーって、呼んでね？」

――そうして、俺は。

異世界で、亜人種《デミヒューマン》たちの王様を、アイドルとしてプロデュースすることに、なった。

「……あと、トイレ借りていい？」

とりあえずその後、三十分くらい吐いた。

二章★透けて見えたレイスとパンツ

DEMIKA

俺がげっそりしながらトイレから出てくるや否《いな》や、半《なか》ば引きずられるようにして連れてこられたのは、城下町の入り口にあるカフェ＆バーだった。

レンガ造りの小さな店内には、ゴブリンやコボルトなどの多種多様な亜人種《デミヒューマン》がひしめき合っていて、それぞれが豪快な笑い声をあげながら夕餉《ゆうげ》のひと時を楽しんでいる。

……改めてだけど、ファンタジーな世界に来ちゃったんだなあ、俺。

ちなみに、ベルの顔と名前が知れ渡っていないっていうのは本当みたいで、びっくりするくらいしれっと入店できたし、おかしな目で見られることもなかった。いや、数人の男がジトッとした感じで俺を睨《にら》んできたけど、それは美女ふたりを連れていることに対しての嫉妬《しっと》だろう。

やれやれ、代わってもらえるもんなら代わってほしいもんだぜ（ため息）。

そう思っていると、俺の右隣に座っているベルが、ジュースの入ったグラスを高々と掲げて、

「さあ、パパの許可も無事取れたところで、改めて乾杯だ！　我々の大いなる一歩と、この世界のアイドル時代の幕開けになっ!!」

……うん。マジで代わってほしいよ。この生首取れる系ハイテンションション女子（魔王）を、剣

と魔法の世界でアイドルとしてプロデュースしなくちゃいけないっていう、この状況を。

ついでに言っておくと、このベルという少女、初対面ではクーデレな印象が強かったけれど、プライベートで、かつ心を許した相手を前にすると、このようにハイテンションになるらしい。

護衛の人たちにもこういう顔は見せていないらしいから——まあ、当たり前か。基本『魔王』っていう仕事中しか接しないし——、会って間もない俺なんかにこういう態度を取ってくれるのは、ある意味ありがたいことなのかもしれないけど、だいぶ複雑でもある。だってそれは、彼女をきっちりプロデュースする、っていう前提条件がありきのものなんだから。

……え、なに。改めてだけど、なにこの状況？　前の世界での行いが悪すぎたから、ツケを払わされてる的な？　いやでも俺がしたことといったら、アイドルをストーキングして自宅を突き止め、性的な興奮を覚えながら眺めていただけだ。ここまでの目にあわされるようなことには思えないけど……。

「うふふ。久々に来てくれたと思ったら、ずいぶん景気よくやっているんですね、ベルさん」

正義とはどこにあるのか……なんてことを俺が考えていると、十七、八歳くらいの、やたらといい声をした店員の女の子がやってきて、テーブルに料理を配しながらそう言った。

彼女の名前はエーデルワイス。さっき注文を取る時に紹介されたのだけど、このお店のベルたち馴染みの店員で、ローレライという種族の亜人らしい。普段は海を生活圏としていて、下半身が魚の尾ひれみたいになっている、いわゆる人魚というやつだ。といっても、陸上で生活している時は尾ひれが足に変化するので、普通のかわいい系女子にしか見えないんだけど。

ちなみに彼女には、ベルが魔王だということは話してあるらしい。そういう『協力者』はほかにも何人かいて、街に繰《く》り出《だ》す時などに色々とサポートをしてもらっているらしい。

そんな彼女の言葉に、こちらの首取れる系女子は、これ以上ないくらいのドヤ顔で、

「ああ、これ以上景気が良いことなどあるものか！　なにせ今日はわたしの……あ、いや、ふふ！　これ以上は内緒だ！　いくらエーデルワイスでも言えないな！　ふふふっ！」

うわコイツうぜぇぇぇぇぇ。みたいな顔をする場面だと思うのだけど、彼女は『は、はい！誰にも言いません！』なんて言いながらトテトテと戻ってしまった。天然なのかもしれない。

いや、単に萎縮してそういう反応になっただけかも。だとしたらかわいそうだ。

「さあ、プロデューサー！　早速作戦会議だ！　まず何をすればいいのか教えてくれ！」

……人のことを憐《あわ》れんでいる場合じゃなかった。まずは俺がこのかわいそうな状況から抜け出さないと。

そう思っていると、俺の左隣に座っているキュリアが、俺にだけ聞こえるような声で、

「『いきなりそんなこと言われても……』とか『そもそも何もこの世界について知らないから』とか、そういった類《たぐい》の言い訳は、時間の無駄ですよ。大魔王様からの許可は出てしまっていますし、ベル様もこの通りのテンションです。生産性のあるご意見をお勧めします」

淡々とサラダを取り分けながら、インテリギャングみたいなことを言ってくる。誰のせいでこうなったと思ってるのさ。いや、俺のせいでもあるわけだけどさ。

……でも、まあ、確かに。

ここまできたら、やるしかないのか。

無理ゲーだとは思うけど、この辺である程度は腹をくくったほうがいいのかもしれない。確かにもう退路はないし、何より俺は、夢を与えるようなことを言いすぎた。その責任を取るくらいの仕事は、したほうがいいのかもしれない。

ああ、なんだろう。親の借金のカタに売られていく女の子の気分だ。キュリアに『なぁに、二、三年もフロに浸《つ》かってりゃあ、いやでも慣れるさ、ぐへへ』とか言われながら、風俗に沈められてしまうんだ。

「どうしたのですか、プロデューサーさん？　何かものすごくくだらないことを考えているような顔をしていますけど、足の小指を踏み砕けばそういう顔もできなくなりますかね？」

俺が泣きながらブラジャーのホックに手をかける妄想をしていると、ネコミミちびっこギャングが俺の足を踏みつけながら言ってきた。いろんな意味で怖い。そして痛い。でも少し興奮する。

っていうかこの子、こんなドSなキャラだったのか。いや、なんとなく片鱗《へんりん》は見えていた気がするけど、ここまでとは思わなかった。事務的で冷徹、そして毒舌キャラのネコミミ少女。この子はこの子でクセが強そうだ。そしてマニアックな人々からの需要も高そうだ。

冗談はさておき、俺はひとつ咳払いをしてから、ふたりの顔を交互に見て、

「……まずは、アレだね。『ウジ虫と生首』の作り直しと練習。それと並行して、違う曲を何曲か踊れるようにしてみよう。あとは、初舞台の場所探しかな」

「は、初舞台!? アイドルを始めたばかりなのに、もうそこまで視野に入れるのか!?」

ベルは間髪入《かんはつい》れずにそんなことを言ってくる。俺はひとつ頷《うなず》いて、

「うん。本当ならもっと時間が欲しいところだね。でも君のレベルだったら、細かいところさえ練習し直せば、もう充分に人前でできるレベルだと思うんだ」

そうは言ってみたものの、人前で披露するのはどう考えたって時期尚早だろう。この世界の人たちからしたら、アイドルの歌やダンスなんて、初めて見る得体の知れないものなのだ。本来なら長い時間をかけて、見せかたやプロデュースの仕方を研究していくべきだろう。

しかし、そう悠長にも構えていられない。俺はキュリアに視線を振って、

「それに、ベルのお父さん……大魔王様だって、アイドルを続けるのを、いつまで許してくれるか分からないんでしょ?」

「……そうですね。戴冠式まであと半年もありませんし。なるべく早くに結果が欲しいところではあります」

そう。確かに期間限定でならアイドルをやっていいという許可はもらったらしい。けれどやっぱり不確定要素が多すぎるから、いくつか条件が付けられてしまったみたいなのだ。

なるべく早く、なるべく分かりやすい結果を出すっていうのが、そのうちのひとつらしい。

「何をもって『結果』とするかっていうのは具体的に言われてないけど、少なくともある程度の収入は得られるだけの採算性は必要だって思うんだ。つまりベルのパフォーマンスを見るためにお金を出してくれる人――ファンやスポンサーをたくさん作らなくちゃいけない」

スポンサーはまだ先の話だとしても、ファンの獲得は目下の目標だろう。どんなに素晴らしいアイドルだって、彼らの存在がなければ活動ができない。だが勘違いしないでほしい。ファンとアイドルはお金だけで繋《つな》がっているわけでは決してない。あくまでも応援の度合いを目に見える形で分かりやすく伝えているだけで……と、アイドル論的なことも語ろうと思ったけど、あさっての朝くらいまでかかってしまうので、やめた。

「そのためにはやっぱり、少しでも早く人前でやることは必要だと思うんだよね。もちろん、いきなりたくさんの人の前でやるんじゃなくて、まずは小さい劇場とかから始めてみよう。そうやって経験を積みつつ、知名度を上げつつ、人脈も広げつつって感じで」

前の世界では、地下アイドルがライブやイベントをする場所は、小・中規模のライブハウスが中心だった。こちらの世界でも同じような施設はあるだろう。なければこういうカフェ＆バーのステージなどでもいい。とにかく認知してもらうことが大事なのだ。

「でも、それだとやっぱり時間がかかる気がするんだよね。口コミだとどこまで情報が拡散されるか分からないからさ。だから、ある程度活動の地盤が固まってきたら、少し大きめのイベントに出てみる、っていうのが理想的な流れかな。そこでいっきに知名度を……」

と、そこで、ふたりが呆然《ぼうぜん》としながら俺の顔を見ていることに気づいた。

「……って、え？　どうしたの、ふたりとも？」

俺がそう聞くと、キュリアはハッとした顔になって、まじまじ俺の顔を見ながら、

「いえ……こう、なんというか……思ったよりもちゃんとしていたのですね、あなた」

「失礼か！　っていうかこっちは命かかってんだから、ちゃんとせざるを得ないでしょ！」

まあ、前の世界でのプロデュースの定石を言っただけなんですけどね。そこまで全部がうまくいくとも思えないし。

そんな俺の胸襟《きょうきん》など知る由《よし》もなく、ベルは興奮した様子で、自分の頭を手で持って上下に振りながら、

「お、おお、おお！　す、すごいな！　さすがプロデューサーだっ！　よく分からないところもあったが、こう、やるべきことが明確になった気がするぞ！　なあ、キュリアっ!!」

「大きなイベントに出ることを長期目標にしつつ、そのための下準備兼根回しとして、小さなイベントをこなしていくことを短期目標とする……といったところですか。そうですね。おおまかな方針はそれで良いと思います。なんというか、ものすごく当たり前のことを、もっともらしく言われただけのような気もしますが」

さすがちびっ子ギャングだ。指摘が鋭い。ベルにも気づかれる前に話を進めてしまおう。

「どこかライブハウス……小さな劇場とか、バーのショーステージとか、パフォーマンスができそうな場所の心当たりとかってある？」

「……劇場を、お探しなんですか？」

そう言葉を挟んだのは、キュリアでもベルでもなく、料理の皿を置いたエーデルワイスだった。言った直後、彼女は申し訳なさそうにお盆で口を覆って、

「あ、ご、ごめんなさい。盗み聞きするつもりはなかったんですけど、聞こえてしまって」

「いえ、構いません。アイドル……いえ、然《さ》る演者の初舞台の場所を探しているのですが、どこか心当たりがあるのですか？」

キュリアに促《うなが》された彼女は、『あ、いえ』と言いながら、俺の後ろにある壁を指さして、

「普段だったらあるんですけど……この時期なので、どこの劇場もいっぱいだと思います。このイベントが、二か月後にありますから」

振り返って確認すると、一枚のポスターが張ってあった。そこに書かれていたのは、

「『アウトドア・ミンストレル・ショー』……なにこれ？」

首を傾《かし》げながら言う俺に、エーデルワイスはなぜか少し嬉しそうな声音《こわね》で、

「年に一回のお祭りみたいなものです。国内外の吟遊詩人や道化師、舞台役者の人たちなんかが集まって、野外でパフォーマンスを披露する、といったイベントです。歴史は浅いんですけど反響がすごくて、年々規模が大きくなっているんですよ」

要は野外フェスのようなものか。驚いた。異世界にもこんなのあるんだ。

「ふふっ！　通は略してミンストと呼ぶのだぞ！　ミンストと！」

謎のドヤ顔で謎の付け足しをするベルを見た。めっちゃかわいかった。

じゃなくて、ミンストか……さっき話していた『大きなイベント』として使いたいけど、開催が二か月後だとさすがに無理だろう。出演する演者の枠も埋まってるだろうし。

それよりも問題は、

「これがあるせいで、この近くの劇場がいっぱいになっちゃってるって、どういうこと？」

「えっと。いまから一か月後――つまり、開催の一か月前に、ミンストの参加枠を懸けたオーディションイベントがあって、それに参加する演者さんたちが、少しでも芸を磨いておくために劇場へ殺到するんです。だからいまは、どこも出演枠がいっぱいかと……」

……マジか。やっかいなことになったな。オーディションを兼ねたプレイベント。前の世界で言うところの新人発掘企画のようなものか。夢見る若者からしたらテンアゲイベントなのかもしれないけど、関係ない者からしたらいい迷惑だ。

「あ、教えてくれてありがとう。色々詳しいんだね」

お礼を言い忘れていたことに気づいて軽く頭を下げると、彼女は少し照れたように、

「あ、いえ！　詳しいというか、単にそういうのが好きなだけで、色々と見て回ったり、新規開拓したりして……あっ」

彼女は何かを思い出したように手を打った。

「……もしかしたら、あるかもしれません。この時期にも空いている劇場」

「ほ、本当かっ!?」

そう言って身と生首を乗り出したベルに、エーデルワイスは曖昧《あいまい》に頷いて、

「はい。ついこの前、初めて行ってみた『ラタン』っていう劇場なんですけど……」

そこでなぜか、ものすごく微妙な表情になりながら、言葉を止めて、

「…………はい、たぶん、そこなら、空《ま》いていると思います」

「え、いや、なにそれ!?　そういう間《ま》でそういうこと言われると、すごく怖いんだけど！」

思わずツッコむ俺に、エーデルワイスは慌《あわ》てた様子で手を振って、

「た、確かに、その、あんまりお勧めできる環境ではないんですけど……でも！　スタッフのミーアちゃんっていう女の子は、本当に頑張り屋さんのいい子なんです！　だからその、あたしもあんまり悪いこと言いたくなくて……」

そう言ったっきり下を向いてしまった彼女だったが、やがて消え入りそうなか細い声で、

「……とにかく、一度行って判断してみてください。それが一番確実です」

……いや、だから、怖いんだけど。


というわけで、翌日。

「いらっしゃい！　あんたたちが、エーデルワイスからの紹介で来た人たちだよね⁉」

エーデルワイスに促されるまま、ラタンへと向かった俺たちは、件《くだん》のミーアという劇場スタッフから、玄関口で歓待を受けている最中だった。

ちなみにこちらの世界の通信手段は、映像魔法というもの――キュリアが護衛たちと連絡を取っていたあれだ。テレビ電話のようなものらしい――が主となっているらしく、エーデルワイスは昨日のうちにミーアに連絡を済ませ、俺たちのことを話してくれていたのだとか。

そんなこんなで紹介されたこの劇場。どんなオンボロなのだろう……と、ビビってはいたのだけど、実際に建物を見て拍子抜けしてしまった。木造二階建ての半地下付き物件。やや手狭で老朽化してはいるものの、元いた世界では一般的といえる小規模劇場だったからだ。

このミーアという女の子も、前評判通りの元気で明るい感じの子だ。赤い髪の毛とそばかすが非常にかわいらしい。ざっくりと胸元の開いたTシャツもグッドだ。本人にそのつもりはないのだけど、ふとした瞬間に見える胸チラが、非常にグッドなのだ。

それはともかく、彼女はパッと見では亜人っぽい感じはしない。でもこの領地には普通の人間も住んでいるという話だから、もしかしたらそうなのかもしれない。

だからなおのこと、俺には『一般的な劇場とそのスタッフ』って感じに見えてしまう。

何が問題だというのだろうか……？

なんてことを思っていると、ミーアが俺たちを劇場の中へと誘導しながら言う。

「いや～。マジで助かるよ。最近変な噂が立っちゃって、演者さんもお客さんも全然入ってくれなかったからさ～」

「……変な噂、っていうのは？」

俺が訊《たず》ねると、彼女は困ったように頭を掻《か》いてから、両手を胸の前でダランと垂らし、

「……出るみたいなんだよねえ。この先のステージホールに。こういうヤツが」

……そっちの角度からきたか。っていうか当たり前かもしれないけど、異世界にもいるのか、オバケって。

ふいにベルが、あからさまに動揺した様子で、声を上ずらせながら、

「ほ、ほほう。そそ、そんな非現実的なものに踊らされるとは、こ、ここに出入りしている客も演者も、よほどの怖がりだったと見えるな！　は、ははは、は……」

どうやらオバケが怖いという概念も共通しているらしい。っていうか首なしの騎士がオバケを怖がるのか。いまも自分の生首を持ちながら薄暗い廊下を歩いているくせに。

「いや、最初は全然気にしてなかったんだけどさー、あんまりにも目撃情報が多くなっちゃったもんだから、みんな気味悪がって寄りつかなくなっちゃったんだよね～」

暗い話をカラカラと笑いながら言う。もともと明るい性格なのかな？　もしくは解決策を用意しているのかもしれないけど、不安になるようなことを言うのは控えていただきたい。

そんな話をしているうちに、通路の突き当たりにある観音扉の前に着いた。この先が件のステージホールらしい。その扉を見ながら、ベルは相変わらず目を泳がせて、

「し、しかし、その……そういうことだと、わ、我々がここを使うのは、その……大丈夫なのか？　い、いや！　決して幽霊が怖いとかではなく、こう……使うのが我々だけだと、かえって貴様らの仕事を増やしてしまうとか、そういう意味でだっ！」

「ベル様。落ち着いてください。気を遣うか脅《おど》すかのどちらかにしましょう」

ベルとキュリアのそんなやりとりに、ミーアは再びカラカラと笑いながら、

「気ぃ遣ってくれてありがとう。でも大丈夫……やられてばっかじゃしゃくだからね。こっちはこっちで、反撃の手段も考えてあるんだ」

笑いの中に僅《わず》かな殺傷性を含ませながら、そう言った。

な、なんだろう。それはそれで怖いんだけど……なんて思ったが、彼女はすぐに元の明るい笑顔に戻って、

「それに、すげー少なくなっちゃったけど、まだここを使ってくれてる演者さんはいるんだ。だから、気兼ねなく使ってくれて大丈夫だよ」

言いながら扉を開ける。中は二十畳くらいのホールになっていて、正面奥には一段せり上がったショーステージが、左手側には小さなバーカウンターがある。

ミーアの言う通り、ホールの中には三、四組の演者がいて、芸の練習に勤《いそ》しんでいるようだった。

「みんな昔馴染みの演者さんたちでね。こうなったいまでもここで練習して、お客さんたちを呼び戻そうとしてくれてるのさ」

遠い目をしながら言うミーア。

美談だなあ、って、思いそうになったのだけど……。

「スーパー・ヴァンパイア、ハリソン＝ファーのショート・ショート・モノマネ・ショー！『猫のマネをしている人のマネをしている人の横で牛乳を飲んでいる人のモノマネ』。スタートッ!!」

ホールの片隅にいる、黒いマントを身に着けた白皙《はくせき》の男性は、ひたすらハイテンションにそう叫んでから、急にテンションを落として、口上通りのモノマネ（?）をし始めた。

その横の、エルフと思《おぼ》しき金髪で耳が尖《とが》っているイケメン三人組は、リュートやギターのような楽器を無秩序にかき鳴らしながら、

「Ah〜〜♪　リンスと間違えてぇ、シャンプーをプッシュしちまったぁ〜ッ！　ツープッシ

ユだ！　高いシャンプーなのっにぃ！　さっきシャンプーしたばっかりなのぉに！　だから！だから俺はぁあああ！　あああぁぁおっ！　ＩＮＭＯＵにシャンプゥゥゥゥッ!!　Ｆｕ～～♪（コーラス）」

ソウルフルな歌声を響かせる彼らの更に横では、二体のスケルトンがお互いの骨を外したりつけたりしている。

「はい、じゃあ次、コイツの鎖骨と僕の鎖骨を付け替えまーす」

「あ、いやあ、全然、変わった感じないっすねえ……はい、違和感ないっすわー」

「じゃー次、僕の右手をコイツの左手と入れ替えまーす」

どうやら、お互いの骨を交換し、ひたすら感想を言い合っているようだ。

……え？　なにこれ？　なにこの下層ユーチューバー臭がする人たち。この世界の舞台ってこういうものなの？

と思ったけど、ベルもキュリアも俺と同じような顔をしているから、違うらしい。歌詞センスが壊滅的なベルですらこんな反応になっているのだから、よっぽどアレなのだろう。

……この人たち、あれじゃないかな。『ここを立て直そうとして頑張ってる』っていうよりは、『こういう廃《すた》れたところでしかできないような、ニッチなことを芸にしている』人たちの集まりなんじゃないだろうか？

もしかして、エーデルワイスが苦《にが》い顔をしていたのって、幽霊騒ぎうんぬんじゃなくって、ここはこういう演者しかいないからだったんじゃあ……？

「じゃあ、ここは好きに使っちゃっていいから！」

いろんな意味での不信感を募《つの》らせる俺たちを置き去りにして、ミーアはさっさとホールをあとにしてしまった。

しばしの沈黙の後、俺たちは顔を見合わせて、キュリアが代表するように口を開く。

「……幽霊が出るという曰《いわ》く付きの劇場なうえに、劇場付きの演者も少数。そしてものすごくクセが強い……確かになかなかの事故物件でしたね」

「……うん。でもまあ、この繁忙期に場所を貸してもらえるなら、それくらいはしょうがないのかもね」

客入りがなさそうだから、人前に慣れるっていう目標は繰り下げにせざるを得ないけど、それも仕方ない。劇場で踊ることに慣れる、ってだけでも良しとするしかないか。

「そ、その通りだな！　は、はは……ゆ、幽霊が怖くてアイドルなどできるわけがないしな！」

当のアイドルは幽霊にビビっているみたいだけど、それにも目をつむる。俺からしたら幽霊よりも大魔王のほうが怖いし。

「大丈夫ですよベル様。キュリアには除霊魔術《エクソシズム》の心得もありますので、出てきた瞬間に祓《はら》います。ついでにベル様に何か失礼なことをしたら、そこの男も燼滅《じんめつ》します」

キュリアも怖いし。っていうかどさくさに紛れて俺の足踏むのやめてほしいし。

それはともかく……そっか。こっちの世界でも、こういうアングラなことをする人たちがいるのか。だったらなおさら、アイドル的なパフォーマンスがあってもおかしくないんじゃないの？　って思ってしまう。地下アイドルとかってまさにこういうところで活動してるし。

まあ、それもいま考えても仕方ないか。ないものはしょうがないし、ないからこそ俺たちで作ろうとしているのだ。やることは変わらない。

俺はカウンターチェアを一脚拝借すると、その上にＰＣを置いた。環境はともかく、練習できる場所は確保できたのだ。

とりあえず、第一歩が踏み出せたと思うことにしよう。

「よし、じゃあ、始めようか」

「お、おお！　いよいよだな！」

その時ばかりは幽霊の脅威を忘れたように、ベルは嬉々《きき》としてＰＣを覗《のぞ》き込《こ》んだ。

俺も少し高揚感を覚えながら頷いて、

「じゃあ、ベルのダンスに合わせて、『ハニコム』……『生首とウジ虫』の元になった曲を作り直したから、その練習からいこうか！」

「そうだな！　わたしのダンスに合わせて……って、え!?」

ベルは自分の生首を装着しようとして、驚きのあまり取り落とした。いちいち怖《こえ》ぇ。

「も、もう作り直してくれたのか!?　いつの間にっ!?」

「え……普通に、昨日の夜だけど」

「普通に、って……帰ってきてから寝るまで、そんなに時間はなかったと思いますが」

キュリアも瞠目《どうもく》しながら言葉を付け足す。確かに昨日はなんやかんやで盛り上がって、帰りが結構遅くなってしまったのだ。

「まあ、もともとあった曲をアレンジしただけだからね。歌詞はそんなに大きく変えなかったから、そこまで時間はかからなかったよ」

……いや、ごめん。ウソついた。魔王城に帰ってから城内の一室をあてがわれたんだけど、昨日は全っ然寝られなかったから、明け方近くまで作曲してたんだよね。でもそのおかげで、少しはマシな感じには仕上がったと思う。

そんな言葉を心の中で付け足していると、ベルは拾った生首をぶんぶんに振りながら、

「い、いや、それにしたってすごいぞ！　その作業にどれだけわたしが苦しんだことか……はは！　わたしの目に狂いはなかった！　やはり貴様はすごいやつだったのだ！」

「あはは。まだ曲も聞いてないのに、大げさすぎだよ」

そんなふうに謙遜《けんそん》したものの、そこまで手放しで喜ばれると気分がいい。俺はニヤつきそうになるのを抑えながら、ＰＣの音量を最大にして、

「じゃあ、とりあえず一回流してみるね」


――結論から言おう。

俺なんかより、ベルのほうが百万倍すごかった。

俺が曲を流したのは一回だけだ。そして、その一回を聞き終えたベルは『分かった。もう平気だ、もう一度流してくれ』と言った。

「……どうだった、プロデューサー。どこかおかしなところはあったか？」

そしてその一回で、歌詞を完璧《かんぺき》に暗記し、歌いながら踊りきったのだった。

一瞬で丸暗記することももちろんすごいけど、歌詞が違えば振り付けをするタイミングなんかも微妙にずれたりする。そういう細かい誤差をなくしていくことを今日の課題にしようと思っていたのだけど、その必要もなくなった。だってできてるんだもの。この調子だったら、すぐにほかの曲も覚えてしまうだろう。

やっぱりこの子、エグイくらいの天才だったんだ。

……でも、それだけに歯がゆい。

これだけのことができる子なら、もっともっといろんなことをさせて、もっともっと上を目指してもらうべきだ。

例えばダンスだって、この子にしかできないハードな動きを取り入れたりするべきだろう。衣装だって鎧《よろい》のままでいいわけがない。もっとこの子に合うものを作るべきだ。舞台演出にしたって、照明や音響などの設備はこの世界にあるのだろうか？　電源なんてあるわけもないし、だとしたら何かしらの代替え案を考えないといけない。

それ以外にも、アイドルがステージで踊るための条件は山のようにあるだろう。

でも、俺は振り付けに関してはずぶの素人《しろうと》だし、衣装を作るノウハウなんてあるわけがないし、舞台演出もできるわけがない。山のような条件を満たしている時間もない。

……え、あれ？

ヤバいな。覚悟してたはずなのに。こうやってベルのポテンシャルを見せつけられて、これからの課題を羅列されると、こう……否《いや》が応《おう》でも思ってしまう。

俺、ベルのために、何ができるの？

「ど、どうしたのだ、プロデューサー！　急に黙るな、不安になるだろうが！」

俺が絶望的な事実に気づくのと同時に、ベルが心配そうな声でそう言ってくる。

「……あ、いや、ごめん。その……すごかったよ。一発で歌詞覚えられちゃうなんて、マジですごいよ……うん。すごすぎるくらい」

「そ、そうか？　それならばなぜ、そんな不安そうな顔をしているのだ？」

それは……と、言葉を探す俺に、ベルは左右をキョロキョロと見回して、

「……それに、さっきから誰かに、クスクスと笑われているような気もするのだが」

そう言われて、ほかの演者たちを見回してみる。感心してこちらを見ている人はいるけれど、笑っている人なんていない。というか、いくら初見だからって、このダンスを見て笑う者なんているわけがない。

って、思ったんだけど……。

『……クス、クスクスクス、フフフ……』

……確かにそんな声が、ステージ上から聞こえてきた。

けど、ステージで練習している人は誰もいない。笑っている人も目には入ってこない。

と、いうことは……。

「──皆さん、外に出てください！　これよりこの部屋の除霊を行います！」

俺とベルが顔を青くするのと同時、キュリアは全員に向けて鋭く吠える。うろたえたように動きを止めた彼らだったけど、キュリアが魔法を放つ構えに入ったのを目にして、『マジかっ！』とか『い、いきなりすぎますぞ！』とか言いながら出入り口に向けて殺到していった。

「いや、おふたりは残るんですよっ!!」

俺とベルも逃げようとしたけど、ダメだった。キュリアに首根っこを掴《つか》まれた。

「は、放してくれキュリア！　別にオバケが怖いというわけではなく……あの、ペットのブラックチャンドラーに餌《えさ》をあげなければっ！」

「ペットなんて飼われていないでしょう！　まずはキュリアが幽霊を可視化しますので、ベル様はサポートをお願いします！」

「か、可視化って……い、いやだ！　そんなおっかないものは見たくない！　見えないままなんとかしてくれ！」

ゴロン、と、自分の生首を床に落としながらベルが叫ぶ。その光景のほうがよっぽど見たくなかったが、俺もベルの意見に賛成だ。相手は劇場をひとつ潰《つぶ》しそうになるほどの幽霊だ。そんなもの怖いに決まっているし、見たくもないのだが……、

「無茶言わないでください！　いきますよ……セイント・メダリオン!!」

俺たちの思い届かず、キュリアの手から青い光の球が放たれ、部屋を照らし出していく。

その光が収まった時、ステージにいたのは……。

「クスクス……フ、フフ……」

年の頃は十三、四歳くらいだろう。眠たげな眼と銀髪が印象的な、儚《はかな》げな印象の美少女だった。赤い目と白い肌も相まって、神秘的な雰囲気すら纏《まと》っている。

……の、だが。

「フフ、フ……あは、あはは、あはははは、あはははっ！」

その少女は、トップがギリギリ隠れるくらいの際どいビキニの上から、丈の短いシースルーのベストを着ていた。フリルのついたスカートもシースルー素材なのでパンツはほぼ丸見えだし、そのパンツの布面積もヤバいことになっている。

しかも、あろうことか。

「ああ、あああァっ！　す、すごいぃぃ！　はァ……今日も、ボク、踊っちゃってる！」

そんなことを叫びながら、ヌードダンサー顔負けの卑猥《ひわい》な踊りを披露していたのだった。

「はあ、はァ……こんな格好で、こんな、ステージの上でッ♪」

人が減ったことにも気づかないほど、一心不乱に、ものすごく興奮した様子で。

……え、ちょ、ごめん。分かんない分かんない。順番が……ツッコむところが多すぎて、どこからどうツッコむべきなのか、全然分からない。

……いやいや、思考停止に陥《おち》っちゃダメだ！　あまりの事態にベルとキュリアも固まってしまっているけど、だからこそ俺だけでも現状の把握に努めないと。

えーっと……まず、件の『劇場を騒がせていた霊』っていうのが、あの女の子なんだよね？

その子はなぜか、全裸に近いような格好をしながら、ステージの上で卑猥な踊りを踊っている……と。

なるほど、なるほど……。

頷いてから、俺は大きく息を吸い込んで、

「おいコラそこの変態っ！　さっさとそっから降りて状況を説明しろ！　こっちはだいぶ前からいっぱいいっぱいなんだよ！　これ以上イレギュラー持ち込まないでくれよぉぉっ!!」

魂の叫びとも言える俺の訴えによって、彼女はやっといまの状況に気づいたようで、俺たちのほうへと幼顔を向けて、

「……へぅ!?　ちょ、な、なに？　もしかして、ボク、見えちゃってる……？」

途端に顔を真っ赤っかにして、両手で胸を覆ってからへたり込んでしまった。

「……はい。エクソシズムを使わせてもらいましたので、少し前から姿が丸見えでしたよ」

呆《あき》れ気味にキュリアが言うと、少女は更に顔を赤くして、カタカタと震え始め、

「……フ、フフ……あ、ああ、ああ！　とうとう……見られ、た……っ♪」

恍惚《こうこつ》とした表情で、身体をビクビクと震わせながら、そう言った。

……へ、変態だーっ！

「……では、先ほどのあなたの供述をまとめます」

……そうして。

キュリアの魔法で少女――ダロンシェというらしい――を拘束してステージに座らせ、事情聴取を行った後。

拷問吏《ごうもんり》のごとく彼女の前を行ったり来たりしながら、キュリアはそう言った。

もっともその表情は僅かにヒクついているし、俺もベルも同じような顔になっていた。

……というか、ダロンシェの犯行動機を聞けば、誰もがそんな顔になるに決まっていた。

「あなたはレイス――いわゆる『半霊』と呼ばれる種族の亜人で、姿を見えなくできるという特性を持っている。そしてその特性を利用し、ステージの上であられもない姿で踊り、自身の性的欲求を満たしていた、と……そういうことでよろしいですね？」

……ね？

「……概《おおむ》ねは合っている。しかし、ところどころの表現が不適切」

恥ずかしい事実を突きつけられたダロンシェは、しかしそれをものともせずに、小さな声ながらに意見を述べる。踊っている時はやたらとハイだったが、どうやらこの眠たそうなテンションが彼女の素らしい。これだけ恥ずかしい状況でその態度を貫けるっていうのもすごいけど。

……それとも、情状酌量に繋がるような何かがあるのだろうか？

少しだけ真剣な表情になって、ダロンシェは続けた。

「まず、ボクのやっていたことは自己表現。自分の中の芸術性をダンスという形で発散していただけ。発散には大なり小なりのエクスタシーは付随するもの。つまり、芸術性の発露という行動に対してエクスタシーという結果が生まれただけのこと。結果が目的ではない」

なるほど。テンションが上がったアーティストが奇行をするという話は、俺の世界でも超あるあるだ。この子もある種の変性意識状態《トランス》に入っただけなのかもしれない。

もしかしてこの子、天才肌なだけで、根はそんなにおかしい人じゃないのか……？

「それと、あえて少しだけ声とかを聞かせることによって『バレるかもしれない。バレたらどうしよう、ボクどうなっちゃうんだろう……♡』という種の興奮を得ていただけ」

違った。ただの変態だった。

「でも大きい劇場でやると、たまにゴーストバスターズの人とかに怒られるから、こうして寂《さび》れた劇場で、少人数を相手に露出……ダンスを披露していただけのこと」

ただの常習犯の変態だった。ダメだこの子。いますぐキュリアに怒られろ。

しかし……その前にどうしても確認しておかなければいけないことがある。

「あの……その衣装ってさ、君が自分で作ったの？」

キュリアが不快そうな顔で魔力を研ぎ澄ましていく中、俺はダロンシェに問いかけた。ちなみに、あの格好で拘束するのはさすがに児ポが過ぎるので、彼女には俺のネルシャツを羽織らせていた。

そんな自分の身体に目を落としてから、彼女は相変わらず眠たげな口調で、

「そう。これ以外にもいくつかバリエーションがある」

やっぱり。見られて興奮するってことは、そこにはこだわりがあると思ったんだ。

「じゃあ、あの振り付けも自分で考えたやつ？」

「そう。『見られないようにしているけど、見られているかもしれない』ということが基本スタンスなので、やはりダンスの完成度は重要。それに、どう見られるか、ということを意識することで得られる興奮の種類も違ってくる。だから、振り付けも衣装と同じくらいにこだわりを持っている」

なぜこんなにも淡々と自分の変態性を語れるのかはともかく、これも予想通り。

「……ついでに、舞台演出とかってできたりしないかな？　こう……登場に合わせてスモークを出してみたり、後光みたいに後ろから光を当ててみたりとか」

「……それはできない。考えたこともなかった。けど、面白そう」

「だよね！　君が消えたり出たりするのに合わせて光を当てるとかさ！」

と、俺とダロンシェが盛り上がっていると、キュリアがジト目をしながら、

「ちょっと。さっきからなんなのですか？」

「あ、うん、ごめん」

不服そうなキュリアに、俺はダロンシェのことを指さしつつ、

「この子もアイドルの仲間に加えようと思ってさ、色々聞いてみたかったんだ」

「ああ、そういうことなら……って、はぁあっ⁉」

キュリアはもちろん、微妙に距離を空けてこっちを見ていたベルも驚きの顔をする。流れの中でしれっと言ったつもりだったんだけど、やっぱりこういう反応になっちゃうか。

「な、仲間に……って、え⁉　く、加えるのですか⁉　この露出魔を⁉」

「うん。だってダンスうまいし、衣装もめっちゃかわいいし」

「そういう問題ではありません！　べ、ベル様にこんな卑猥な衣装を着せられるわけがないでしょうっ!?」

「もちろん、このままのやつを着せようだなんて思ってないよ。ダンスもエロすぎるから直す。そうやってひとつひとつを調整していけば、充分アイドル仕様になると思うんだ」

そうなれば彼女は、間違いなくどえらい戦力になるのだ。

さっきはベルのすごさを目の当《ま》たり《あ》にして、不覚にも絶望感に打ちひしがれてしまった。けどこの子の力を借りれば、少しは彼女の才能に見合うものを作れるかもしれない。

だから、なりふりなんて構っていられない。

露出魔でもなんでも、借りられる力は借りるべきなんだ。

「確かにこの子のせいで、ここの劇場に変な噂は立っちゃったわけだけど、この子を追い出したって、もうその噂は変わらないわけじゃない？　だったら俺たちと一緒に頑張ってもらって、たくさんお客さんを集めたほうが、ここの経営に貢献できるって思うんだ」

「いや、しかしですね……」

熱のこもった俺の弁舌に、キュリアは押され気味に口ごもる。ここの経営事情を持ち出すのは卑怯な気もするけど、ここは多少強引にでも意見を通す必要があった。

キュリアは考え込むように眉間《みけん》にしわを寄せ、ネコミミをピクピクと動かしていたが、やがてため息を吐《つ》いてからベルに視線を振った。最終的には彼女に任せる、という意思表示だろう。

下駄を預けられたベルは、あたふたと左右を見てから、あからさまな空笑《そらわら》いをして、

「ふ、ふははは っ！　さすがプロデューサーだ！　オ、オバケを仲間に入れようと言い出すなど、奇抜極まる発想だ！　プロデューサーたるもの、それくらい破天荒でなくてはな！」

怖さを抑えるために必死に空笑いしているのが見え見えなのは黙っておこう。

「し、しかし……その、我々は良いのだが、その娘はどう思っているのだ？　先ほどから、彼女の意向を無視しているように思えるのだが」

及び腰な態度なのは気になったけど、確かにその通りだ。ダロンシェは先ほどからボーッとしてしまっている。初対面でこんな話をされたら、こんなリアクションにもなるだろう。

「あ、いきなりこんな話してごめんね。えーっと、俺たち、アイドル活動っていうのをやろうとしててさ。どういうことをするのかっていうと……」

そこで俺が一瞬言葉を止めると、ダロンシェは言葉の接《つ》ぎ穂《ほ》を奪うようにして口を開いた。

「歌とダンス、あるいはその両方を同時に行うといったステージパフォーマンス。君――プロデューサーはその補助をしていて、ボクをアイドルの一員として勧誘しようとしている」

理解していた。すごいな。頭もいいのか。それでいて露出魔って……いよいよヤベエやつの臭いがするけど。

そんなふうにビビっていると、ダロンシェは少しポーカーフェイスを崩し、口をもごもごさせた。

それがどういう感情表現なのかは分からなかったけど、ともかく彼女は、少し俺から視線を

逸らしつつ、

「……構わない。全面的に快諾する」

「え、い、いいのっ!?」

と、思わず大声を出してしまった。自分で勧誘しておいてなんだけど、こんな怪しい話をふたつ返事で引き受けるなんて……色々と怖くないのだろうか？

次ぐ言葉を探していると、今度はベルが例の空笑いを浮かべながら、

「そ、そうか。ふ、ふはは。本人がいいと言うのであれば、わたしはなんの異論もないぞ！」

そう啖呵《たんか》を切ったものの、ダロンシェのほうをチラチラと見ながら、

「し、しかし、その……オ、オバケをステージに上げるというのは……ど、どうなのだろうな？　あの、ヴィジュアル的な問題で」

「いや、往生際悪いな！　もういいよ、もう言うけど、なに首なしの騎士がオバケにビビってんのさ！　ヴィジュアルだけなら君のほうがヤベエやつだからねっ!?」

「ヴィジュアルの問題だけではない！　死んでいるのに動いているのだぞっ！　自然の法則を無視しているほうがヤバいだろっ！」

「首がアタッチメント仕様なのも自然の法則ガン無視だと思うんですけどっ!?」

俺とベルが舌戦を繰り広げていると、そこに難しい顔のキュリアが割って入ってきた。

「……ベル様。レイスはこういう種族なので、別に死んでいるわけではありませんよ」

「あ、そ、そうなのか!?　なんだ、びっくりした……それなら問題ないな」

「問題ないの!?　ねえ、なにそのガタガタな線引きっ！　っていうか、なんでそれを知らないのさ!?」

「うるさいぞ、プロデューサー。これから仲間になる者に対して、つまらないケチをつけるものではない。まったく、子どものようなヤツだな」

めっちゃ腹立つっ！　と思ったけど、俺が反論しようとする前に、ベルはダロンシェのもとまで歩いていき、手足を拘束していた光る縄のような魔法をほどきながら、

「ダロンシェ、と言ったな？　わたしはベルという者だ。貴様のやっていたことはいただけないと思うが、虎穴に飛び入っていくその度胸は気に入った。今後はその力を、世のため人のために活かすのだ。まずはここのオーナーに謝罪をするところからだな」

拘束を完全に解いてから、ベルは笑顔でダロンシェに向けて右手を差し出した。

「これからふたり、ともにアイドルの頂《いただき》を目指していこうではないか。頼りにしているぞ」

「…………」

ダロンシェはその手を握り返さず、ボーッとしながらベルの顔を見ているのみだ。『さすれば世界の半分をやろう』みたいなテンションに引いてしまっているのだろうか？

沈黙に耐えきれなくなったのか、ベルがやや焦りながら口を開いた。

「な、なんだ？　何かおかしなことを言ってしまったか？」

「あ、ううん……」

ダロンシェが首を振り、何かを言いかけた、その時、

「お……おい。なんか、急に静かになったけど、中の様子どうなってんだよ？」

「どうする？　あ、開けて確認してみるか……？」

扉の外からそんな声が聞こえてきた。どうやら演者たちが戻ってきたようだ。

まずいな。いまこの状況を誰かに見られるわけにはいかない。この取っ散らかっている状況を説明しろだなんて言われたら、池〇彰だってテンパるに決まっている。

そんなふうに思っていると、キュリアが何かを諦めるように嘆息して、

「……とりあえず、ダロンシェを連れて城に戻りましょう。話はそれからです」

……よかった。決して納得したわけじゃなさそうだけど、とりあえずはこの状況を受け入れてくれているみたいだ。いや、それ以外選択肢がなかったってのもあるだろうけどさ。

まあ、いまはそれでもいい。きちんと納得してもらえるように、この露出少女のプロデュースを頑張ることにしよう。彼女がふたつ返事でＯＫしてくれたこととかにも疑問は残るけど、そういうのも含めてゆっくりと解決していけばいいのだ。

決意を新たにしていると、ダロンシェが太ももをもぞとさせ始めて、

「……プ、プロデューサー。ハァ、こ、この状況を収めるには、ボ、ボクが、半裸でみんなの前に出ていくしかないと思うのだけど……ハァ、ど、どう思う？」

コイツ思ったよりヤベエやつなんじゃねえのか、って思ってるよ。

……頑張れるかな。頑張れない気がしてきた。

そんなふうに思っていたのだけれど、四日も過ぎる頃には不安が消退し、代わりに期待のようなものが高まっていくのを、俺たちはひしひしと感じていた。

「ベル、そこちょっと早い。一拍目じゃなくて二拍目から手を上げてほしい」

「おお、なるほど。次の動きまでに変な間ができてしまうから気になっていたのだ。すまん」

「ううん。ボクの言いかたが悪かった。もう一回Ａメロのアタマからやってみる」

時間は正午。場所は魔王城、ベルの私室にて。

このようなやりとりを挟みつつ、ダロンシェとベルはダンスの練習に勤しんでいた。

当たり前だけど、ダロンシェは件の児ポった服は着ていない。フリルの付いたブラウスの上からコルセットベストを着て、パニエで膨《ふく》らませたミニスカートを穿《は》いている。ややパンキッシュなゴスロリファッションといった体《てい》だ。頭にちょこんと載せた軍帽と、リボンのついたオーバーニーも非常にかわいらしい。あとはこれを自ら脱ぎ出さないのを祈るばかりだ。

それはともかく、考えていた通り、ダロンシェのスペックは相当高かった。

歌やダンスを吸収するのも早いけど、なんといっても振り付け師としての能力がすごい。

あっという間にハニコムのダンスをふたり仕様のものにしてくれたと思ったら、ひとつひとつの動きを修正し、前のダンスよりもずっと華やかでかわいらしい振り付けに作り替えてくれたんだ。

前のダンスは『踊ってみた』の動きを真似て、少しアレンジを加えただけのものだったけど、ダロンシェの作ってくれたこれは、ベルの身体能力や癖などを加味して作ったフルオーダーだ。

そりゃあ良くなるに決まっているけれど、こんな短期間でこんなかわいいダンスを考えられるのがゴイスーだ。ほかの曲の振り付けも作ってくれているし、この調子でいけば、ラタンの経営回復に役立てるだろう。

「そう。本当はここで、ボクが上着を脱ぎ捨てる演出も入れたいのだけど……いや、下まで脱いでしまえば、逆に健全か……っ⁉」

彼女の性癖が暴走さえしなければ。

ちなみにだけど、このことはまだミーアたちには言っていない。本当ならまっ先に言って謝るべきところなのだろうけど、まずはダンスと歌を作って、ステージに立てる状態になってから、改めて謝罪をしようという話でまとまったのだ。『このパフォーマンスを売りにすれば、こちらの経営に貢献できますぜ』というコスい手土産《てみやげ》のようなものだ。手ぶらで行くよりは幾《いく》ばくか心証も良くなるだろう。

……いや、分かんない。出禁にされたうえで憲兵を呼ばれる、っていうがっつりな大人げない対応を取られる可能性も全然あるわけだけど、いまはそのことを考えても仕方がない。

ふたりがこんなに頑張っているんだ。プロデューサーたるこの俺だって、自分ができることを探して、頑張らないと。

そういうわけで、俺と並んでソファに座るネコミミ少女に、一連の経緯を説明してから、

「……ってわけなんだけど、キュリア。スモーク焚《た》いたりとか、声とか曲を大きくしたりとか、そういう舞台演出できるような魔法ってないの？」

「……自分でできることを探す、というお話の流れのように思えたのですが？」

食い気味に言葉を返されるのと同時、ものすごくジトッとした目で見られた。生ごみとかを見る目だった。しかし俺はグッとサムズアップしつつ、

「うん！　できることは探すし頑張るよ！　でも、できないことは全力で頼るよ！」

そう。その辺は完全に開き直った。できないことと、できない自分についてウジウジ考えていても仕方ない。そんなことに時間を割《さ》いていられないほど、ふたりの成長速度は速い。

作詞作曲と編曲、そしてプロデュース活動。それが俺の仕事だけど、それ以外のできないことは積極的に助けを求める。その方針でいこうと決めたのだ。

「堂々と言うことでもないと思いますが……」

そんな覚悟が伝わったかどうかは分からない——たぶん、伝わってないだろう——が、彼女はため息を吐くと、細い顎《あご》に手を当てて考え始めた。

「一応キュリアは宮廷魔術師として仕えていますので、そこらの魔導士よりは魔法に通じているという自負があります。が、そのように器用な魔法は聞いたことがないですね。類似するものならあるでしょうが、少なくともキュリアには使えません」

……ですよね。そんな都合がいい魔法があったら、ほかの演者もみんな使ってるだろうし。

「むしろ、そういった特異な魔法は、あなたのような異邦人の専門分野では？」

……は？

「専門分野って……え、なに、異邦人ってその……なんか魔法とか使えることになってんの？」

「はい。まあ、あくまで聞いた話ですが『マナ』という特殊な魔法が使えるそうです」

　お？　お？　お？　お？

　これは、もしかして、異世界転生モノのテンプレの、あのヤツ……!!

「異邦人をこちらの世界に召喚《しょうかん》する者は、なんらかの目的があってそうするのです。少しくらい魔力を授けなければ、呼んだ意味がないでしょう。異邦人がそうして手にした魔力はマナと呼ばれ、特異な力が備わっていると言われているのです」

　やっぱり！　異世界特典ってヤツだ！

　ここにきてこれはテンション上がるやつだ！　舞台演出ができるかどうかは分からないけど、『異世界で魔法が使える』っていう十文字には、男の子のロマンが詰まっているのだ！

「で!?　で!?　魔法ってどういうのが使えるもんなの!?」

「知りませんよ。それは召喚者が設定するものですから。それにわたしが言ったのはあくまでも一般論に過ぎません。あなたを召喚した人が、あなたに弱い魔力しか授けていないことも考えられますし、そもそも魔力を授けていない可能性もあります。あと興奮して顔近づけないでくださいすごく気持ち悪いので」

　ボコボコにされた。持ち上げといてそりゃあない。あと気持ち悪いも余計だ。

「……じゃ、じゃあ、俺に魔法が扱えるとして、どうやったら発動できるもんなの？」

「それも一概には言えないのですが……基本的な起動の仕方としては、まず神経を集中させて、使いたい魔法を強く念じるのです。例えば、炎の魔法が使いたい、とか」

言われた通りに瞑目《めいもく》して集中。ワクワク感はひとまず抑える。ダロンシェのせいでロリ道に堕《お》ちそうになったとか、ミーアの胸チラに興奮したとか、そういうことも忘れる。

すると……っ!!

「……何も、出て、こない……」

「……やはり、ただの童貞でしたか」

呆然とそう言う俺に、キュリアはひと際冷たいため息を吐き出して、

「いやだから関係なくない!?　っていうかことあるごとに童貞巻き込むのやめなよ！」

半泣きで立ち上がりながら叫んだけど、なんだか虚しくなったので、ゆっくり座った。

……まあ、そうだよね。俺に魔法なんて使えるはずないか。舞台演出の方法はまた考えるとして、いまはとにかくパフォーマンスを完成させることを考えよう。

そんなふうに現実的な思考に落ち着いたところで、部屋の扉が二回ほどノックされて、女の子が入室してきた。

「こんにちは、お昼ごはんのデリバリーに来ました」

そう言ってバスケットいっぱいのホットサンドを持ってきてくれたのは、エーデルワイスだ。

この四日間、昼食は彼女の店にお願いしていたので、すっかりお馴染みの光景となっていた。

いやまあ、魔王城にデリバリーをお願いするのがいつもの光景、ってのもおかしな話だけど。

しかも、更にもうひとつ、彼女にはおかしなお願いを聞いてもらうようになっていた。

「いつもありがとう、エーデルワイス……そんで、今日もお願いしちゃっていいかな？」

「あ、も、もちろんです。あたしなんかでお役に立てるんであれば、是非っ！」

謙虚なことを言うと、彼女は俺の隣にちょこんと座った。腰まで届く青い髪がふわりと揺れて、シャンプーの匂いがかすかに舞う。ふへへ、じゃあ早速、服を脱いでもらおうか。

じゃなくて。

「ベル、ダロンシェ、今日もエーデルワイスがダンスを見てくれるってさ。曲流すよ」

「おお、ありがたい！　いつもすまんな、エーデルワイス、恩に着るっ！」

「あ、いえ！　あたしのほうこそ、いつもこうやってかわいいダンスを見せてもらえて、えへへ、嬉しいです、楽しみです！」

そんなやりとりを横目にしつつ、俺はPCを操作して曲を流した。ベルとダロンシェはそれに合わせて歌とダンスを披露し、エーデルワイスはワクワク顔でそれに見入っていた。

劇場に通うことを趣味としている彼女は、非常に目が肥えている。だからこうしてパフォーマンスを見てもらい、その意見を参考にさせてもらっているのだ。

ベルがダンスを趣味としていたこと、劇場のオバケを仲間にしたこと……などなど、最初はびっくりしていた彼女だったけど、段々とこの状況を受け入れてくれたようで、いまではこうしてノリノリで見てくれるようにさえなっている。ありがたい限りだ。しかもかわいいし、優しいし、ディアンドルのような村娘風の服がよく似合っているし、おっぱい大きいし、二の腕の肉付きがちょうどいいし、太ももがエロいし。

それはともかく、いまのところは色々と順調だ。ハニコムのほかにも何曲かできるようにな

 っているから、明日か明後日《あさって》にでもアポを取って、ミーアに謝りに行くのもいいかもしれない。

いや、まあ、懸念材料がないわけではないんだけどね……。

「……あ、プロデューサーさん。いまのあの動き、『シャングリラ』っていうサーカス団のジャグリングの導入に似てます。できたら違う動きに変えたほうがいいかもです」

「……うん。ありがとう」

それに対して思考を巡らせる前に、エーデルワイスからの指摘があったので、スマホでメモを取る作業に集中してしまった。

……でも、うん。この懸念材料も、どこかで消化しないといけないとは思うけどね。


そしてその日の夜、城内の一室にて。

「……ここ。このBメロからCメロにいくまでの間奏、もう少し長くしてほしい」

「分かった。四小節で足りる？」

「たぶん平気。あとはやってみて決める」

ベルとキュリアがお風呂に入っている間、俺とダロンシェはダンスに合わせて曲を作り直す作業をしていた。

ちなみにここが、俺が召喚された日にあてがわれた場所で、なんとベルのお隣さんの部屋なのだ。といっても、執事や給仕が控えておくためのところなので、広さは六畳あるかないかくらい。ベッドとテーブルとイスしかない簡素な部屋なんだけどね。

が、家具や広さなど問題ではない。女子の隣の部屋という時点で、そこはウルトラファッキンロイヤルスイートなのだ。そのシチュエーションを装備して、早速ソロプレイの旅に出ようと思ったのだけど、キュリアが俺の向かいの部屋に住み込み始めた。『少しでも邪《よこしま》なオーラを感じたら切り落としますね』とのことだ。俺はそっと冒険の書を閉じた。

それはともかく、

「っていうか、色々ありがとうね、ダロンシェ。情けない話だけど、君がいなかったらって思うと、マジでゾッとするよ」

編曲作業がひと段落ついたところで、俺はベッドに腰かけるダロンシェにそう言った。

実際、彼女の貢献度は半端《はんぱ》ない。しかも振り付けに関する作業がひと段落ついたら、衣装作りまでやってもらうことになっているのだ。仕事を振りすぎて申し訳ないくらいだ。

最初はどうなることかと思ったけど、彼女を仲間に引き入れて、本当に良かった。

そんな思いをこめての謝辞だったのだけど、ダロンシェは少しだけ目をパチパチさせた後、

『……あ、うん』と小さく頷いたのみだ。相変わらず何を考えているかよく分からない。実務的なことでの弁は立つんだけど、人間的なコミュニケーションがひどく苦手みたいなんだよね。

……いい機会だし、言っておくか。

「あの、ダロンシェ。知り合ってから間もないのにこんなこと言うの、ちょっと図々しいっていうか、急な話の気もするんだけどさ……」

そんな言葉を皮切りとして、俺はＰＣを閉じて、ダロンシェに向き直った。

「もう少し、自分を出してみたらどうかな？」

「………………」

「……うん、ごめん。俺の言いかたが悪かった。悪かったから、服脱ぐのはやめて、ね？　そういう『出す』じゃないから」

おもむろにゴスロリ服を脱ぎ出そうとする彼女を止める。お願いだからこれ以上俺をロリ道に堕とさないでおくれ。

「そうじゃなくて、なんていうか……ダロンシェが考えてることとか、どうしたいかとかを、もっと積極的に言ってほしいんだ。俺たちは君が仲間になってくれて本当に助かってるけど、君がどう思ってるかがいまいち分からなくてさ。ちょいちょい不安になっちゃうんだよね」

俺の懸念事項とは、これのことだ。

確かにダロンシェは優秀で、着実に仕事をこなしてくれている。しかし、本人がやりたいと思ってそうしているのか、それとも、俺たちに言われているからやっているだけなのか、またはベルの魔王という立場に萎縮――それを明かした時でさえ、彼女の表情はあまり動かなかったけれど――しているのか、その辺がいまいち曖昧なのだ。

ただでさえ『成り行き上仕方なく』といった経緯で仲間入りしてくれた彼女だ。やりたくないけど仕方なくやっている可能性も大いにある。しかし彼女の感情表現が乏《とぼ》しいために、そのサインを見過ごしてしまっているのかもしれない。

「ここまでダロンシェに頼っておいてなんだけど、君がこういうことしたくないって言うんだったら、全然無理強《むりじ》いするつもりはないんだ。だからもしそうなら、ちゃんと言って……」

「……違う」

そこでダロンシェは、彼女にしては珍しく、はっきりとした否定語を口にした。

「……無理に、やっているわけじゃない……ボクが、そうしたい……」

しかしその表情は相変わらずのポーカーフェイスで、口調はどこかたどたどしい。そこからしばらく待ったけど、やがて口をつぐんでしまい、それ以上何も言わなくなってしまった。

意思表示をしたいけれど、どうしていいか分からない。そんな感じの態度のように思える。

……まあ、そうだよね。いままでできなかったことをしろって言っているのだ。いきなりはハードルが高すぎたのかもしれない。

「……うん。ごめんね。別にいますぐそうしろって言ってるわけじゃないんだ」

俺はダロンシェの頭に手を置いて、できる限り優しい口調で言った。

「君のタイミングで、ゆっくり自分を出してみて。気長に待ってるからさ」

「…………」

「……うん、あの、言ったよね？　脱ぐんじゃないよってさ。出すもの間違えてるよ？　これ誰かに見られたら、俺が出されるところに出されて、ヤバいことになっちゃうんだよ？」

俺はロリコンじゃない俺はロリコンじゃない俺はロリコンじゃない……。

そう言い聞かせながら、彼女が自分で外したブラウスのボタンをかけ直していると、

「さあ、風呂が空いたぞ、プロデューサー！」

その時、バンッ！　と、勢いよく扉が開き、

「ダロンシェもせっかくだから入っていけ！　ふふ、うちの風呂は大きっ……」

お風呂上がりの魔王が、勢いよく入室してきて、

「……い……ぞ……っ」

髪をタオルで拭いた姿勢のまま、閻魔《えんま》みたいな顔で硬直した。

彼女は『恥ずかしい』という概念がない――っていうか、俺程度の男には発動しないんだろうな――のか、下半身はパンツのみ、上半身はバスタオルで胸を隠しただけ、というあられもない格好だ。お風呂上がりはいつもこんな調子で入室してきて、元気よく俺をお風呂に促してくれるんだけど……、

「……なにを……し、している……の、だ？」

さすがにいまは、こちらの状況――この児ポ現場を見て、いつもの快活な笑顔を消し去り、ドス黒いオーラで全身をコーティングし始めたのだった。

「…………」

「…………」

「…………」

俺はダロンシェからゆっくり手を離し、ダロンシェは相変わらずの無表情で事の成り行きを見守り、ベルはゴロンと生首を地面に落とす。

三者が三様のリアクションをする中、俺は慎重に口火を切った。

「……ま、待って、ちょっと待って。分かる、分かるよ？　言いたいことは分かるんだけど、ちょっとだけ俺の話をブヘラッ！」

「黙れ性犯罪者がっ!!　いますぐダロンシェから離れろおおおおぉぉぉぉっ!!」

ベルは自分の生首を俺に投げつけて、そのまま罵詈雑言《ばりぞうごん》とともに足蹴りを浴びせ続けた。それに耐えながら途切れ途切れに事情を説明し、なんとか分かってもらえたけど、その時俺はボロ雑巾みたいになっていた。

ね？　ダロンシェ、言ったでしょ？

君が露出することで、ヤバいことになるんだよ。

君じゃなくて、君の近くにいる大人の男が。

そんなふうに身をもって教えてあげたというのに、ことが収まった時にダロンシェが放った一言は。

「……羨《うらや》ましい」

だった。

マジでなんなの、この子？

そして翌々日。正午の少し前。

俺たち四人は、誰もいないラタンのホールにいた。

「……よし。ダロンシェ、もう姿を現して良いぞ」

「……うん」

ベルの合図でダロンシェは透明化を解き、俺たちの前に姿を現す。

これからいよいよ、ミーアにパフォーマンスを見てもらい、一連の件についての謝罪をするのだ。

その前にリハーサルをやっておきたいので、無理を言ってほかの演者たちに出ていってもらい、こうして無人の環境を作り上げたのだった。

といっても、音響設備はどうにもならなかったから、音源はＰＣのままなんだけどね。

しかしそれを差し引いても、相当な完成度のものになったと思う。目が肥えた劇場のスタッフなら、このパフォーマンスにどれだけの価値があるか、きっと分かってくれるはずだ。

……いや、まあ、だからといって許してくれるかどうかは分からないけどさ。

「……じゃあとりあえず、配置に着こうか」

泣き言を言っている暇はない。いつまでも演者を捌《は》けさせておくわけにもいかないし、昼過ぎから何かの用事でここを使うらしいのだ。早め早めで動いてしまおう。

「よしっ、ふはは、時は来た！　いまこそ劇場スタッフに、目にもの見せてくれようぞ！」

俺の指示を聞いて、ベルは嬉々としながらステージへと飛び乗る。続いてダロンシェもステージへと向かうが……。

「……あ、あのっ！」

途中で足を止めると、俺たちひとりひとりに目を合わせながら、そう呼びかけた。

「……は、始める前に、少しだけ、ボクの話を聞いてほしい」

「え、しかし、いまはあまり時間が……」

そう指摘するキュリアの顔の前に、俺はスッと手を下ろす。

意外と早く、ダロンシェが自分を出すタイミングがきてくれたのかもしれない。

それを汲《く》み取《と》った俺は、彼女に向けて頷きかけてから、

「いいよ、話して」

「…………」

俺に向けてコクリと頷き返してから、更に数秒の間《ま》を溜めて、ダロンシェは語り始めた。

「……ボク、いままで、友達ができたことなんて、一回もなかった」

……うん。冒頭から悲しい。悲しいけど、とりあえず黙って聞こう。

「それに、パパからお小遣いをいっぱいもらってるから、働いたこともない。お洋服作ったりとか、ダンスを踊ったりとか、好きなことしかしてこなかった」

これにはさすがに身を乗り出してしまった。

「いや、なにそれ危ないよっ!? それって本当に血の繋がったパパ……ぎゅるっ！」

思わず言ってしまった俺の脇腹に、キュリアの頭突きが炸裂する。そうしてから耳を引っ張られて、小声で耳打ちされた。

「……第三子以降の子どもは出家させ、ある程度のお金だけを継続的に渡す。裕福な貴族や王族の間では間々あることです。また、婚外子というパターンもあります。あまり突っ込んで聞

くことではありません」

……そうなのか。自由奔放に見えていたけど、案外窮屈で複雑な家庭の事情を抱えている子なのかもしれない。いや、だからといって露出していい理由にはならないけどさ。

俺たちのやりとりをよそに、ダロンシェは言葉を付け足すように、ぽつりと、

「……だから、誰かから必要とされたことなんて、一回もなかった」

少しだけ寂しそうに、言う。

「……でも」

けれど、そんな表情をのぞかせたのは本当に一瞬だ。次の瞬間には元の眠たげな顔に……。

いや、

「ベル、最初にボクに言ってくれた。ボクのこと、頼りにしてるって……」

とても幸せそうに笑いながら、そう言ってくれたんだ。

「嬉しかった。そんなこと言われたことなかったから、本当に、すごく、すごく嬉しかった」

露出してハイになっている時とは違う。暗い過去も感じさせない、天真爛漫《らんまん》で、とても前向きな笑顔だった。

……なるほど。ゴチャゴチャと色々考えてしまったけれど、彼女の原動力はとてもシンプルなものだったらしい。

誰かに必要とされること。頼られること。

無理やり勧誘してしまったんじゃないか、とか、何か思惑があるんじゃないか、とか、色々

と心配だったけど、それがいっきに吹き飛んでいくように思えた。

「本当は、もっと早く、ちゃんと伝えたほうがよかったんだけど、ボク、友達いたことないから、ちゃんと伝えられるか、分からなくて……だから、このままでも、いいんじゃないかって思ってた。居場所を提供してくれるだけで、ありがたいって……」

そこで彼女は、俺とベルのほうを交互に見た。

彼女にしては珍しく、その瞳には明確な意志の光が灯《とも》っている。

彼女は俺たちのことを、とても羨ましそうに見ていた。

「……でも、おとといの夜、ふたりが仲良さそうにはしゃいでるのを見て、思った。やっぱりボクも、君たちみたいに、心の底から仲良くなりたいって。なんでも言い合えるような仲になりたいっ、て」

……ん？　おとといの夜って、アレか？　児ポ現場（違うけど）を見られて、俺がベルにシバき倒されたあの件のこと？　あれを見て『仲良さそう』なんて感想が出てくるなんて、やっぱり独特の感性というかなんというか……。

まあ、それでダロンシェがこうして腹を割ってくれるつもりになったのなら、あながち無駄じゃなかったのかもしれないけどさ。でもベル、君がドヤ顔でこっちを見てくるのは違うと思うよ。なにその『思惑通りだな！』みたいな眉毛の動かしかた。腹立つっ。

そんなふうに魔王へ反抗心を募らせていると、ダロンシェはひと際大きく深呼吸をして、

「だから……君たちと、もっと仲良くなりたいから……なんでも言い合える仲になりたいから、

言う……こ、こんなボクを仲間にしてくれて、本当にありがとう。これからもよろしくお願いします」

精一杯の勇気を振り絞るようにして、そう言ってくれた。

「……ふははははっ！　今更何を言っているのだ！　貴様にそのつもりがなくとも、こちらはもう、一生よろしくされるつもりでいたぞっ！　それに、そんなことを面と向かって言われなくとも、我々はもう仲間だ！　思ったことはなんでも言うし、言われる覚悟があるぞ！」

ベルは元気よくステージから飛び降りると、最初に出会った時と同じように、ダロンシェに向けて勢いよく手を差し出した。

「こちらこそありがとう、ダロンシェ！　貴様のおかげで、わたしたちはとてつもない力を得ることができたのだ！　これからも頼りにしているぞっ！」

「う、うん……えへへ、うんっ！　分かった、これからもボク、頑張るよっ！」

ダロンシェがしっかりと手を握り返すと、ベルは『その意気だっ！　もっと熱くなるのだっ！』なんて言いながらその手をぶんぶんと振る。ただの松岡○造にしか見えなかったけど、こういう時にベルのハイテンションは助かるな。問答無用で全体の士気が上がる。彼女にばっかりこういう役を押しつけて申し訳ないけど、これからも頼りにさせてもらおう。

「よし！　じゃあぼちぼちリハーサル始めようか！」

この士気が冷めないうちにと、俺は大きく手を打って、彼女らをステージへと促した。あまり時間がないというのに、思わぬところで時間を使ってしまった。

まあ、ダロンシェの気持ちが分かったのだから、全然無駄な時間じゃなかったけどね。

そんなふうに思い、俺もPCをスタンバイした……。

その時。

「——そこまでだ、この悪霊が!!」

出入り口から大量の足音がして、ドスの利いた大声がホールの中に響き渡った。続いて十数人の屈強な男たちが、十字架や銀の剣などを手に入室してきて、あっという間にステージを半円形に取り囲んでしまった。

「な、なんなのだ貴様ら! いきなり何をする⁉」

あまりにも唐突かつ物騒な闖入者《ちんにゅうしゃ》に、ベルは壁に立てかけていた剣を摑みつつ吠えた。

しかし俺は何も言えず、ダラダラと脂汗《あぶらあせ》を生成するのみだ。

十字架や銀の剣……彼らの持ち物に対して、嫌な予感を覚えたからだ。

……数日前、確かミーアは、幽霊に対する反撃の手段がある、と言っていた。

そして今日、昼過ぎからここを使う予定があるとも言っていた。

その予定って、もしかして……。

「俺たちはゴーストバスターズだ! この劇場に依頼を受けて、悪霊を祓いに来たんだよ!」

……やっぱり。

いや、剣と魔法の世界だから、いるとは思ってたよ、こういう人たちっ! そんで、ミーアがこういう人たちの力を借りるのも、妥当な解決策だと思うけど、いまのこの状況を見られたら……。

「お前らこそなんなんだよ⁉　さっきから様子見てたけど、その悪霊と仲良さそうにしやがって！　そいつの仲間なのかよっ⁉」

……ってなるよね、うん。俺でもそうなる。

どうしよう。確かに仲間だけど、半裸で踊ってる時は仲間じゃなかったというか、むしろその時仲間だったら仲間辞めてたというか……でもそんな言い訳通じるわけもないし……。

そんな葛藤をしていると、ダロンシェがいち早く彼らの前に躍り出て、

「ぜ、全然違うっ！　この人たち、さっき知り合っただけ！　ボクの仲間なんかじゃない！」

そう言いきった直後、ベルはダロンシェの首根っこを掴んで、自分の後ろに下がらせて、

「ふざけるな！　ダロンシェはわたしたちの大切な仲間だ！　除霊などさせるものかっ‼」

ベルッ⁉　そうだけど、それこのタイミングで一番言っちゃダメなヤツ！　と、叫ぼうと思ったが、もう遅い。

男たちは次々と抜剣し、ふたりに向かってにじり寄っていった。

「ベル様っ！」

それに呼応するように、キュリアも魔法を撃つ構えに入り、数人の男たちがこちらに向かって牽制をしてくる。

そうしてホールの中には、まさに一触即発の空気が張りつめてしまった。

……どうしよう。マジどうしよう。戦闘にでもなったらあっという間に噂になってしまうだ

ろうし、そうなったらアイドルなんて続けられない。でも、下手《へた》に庇《かば》えば話がこじれるだけだし、そもそも話なんて聞いてもらえる空気じゃないし……。

ってていうかそもそも、この変態オバケが変態じゃなければこんなことには……。

「…………っ」

……何考えてんだ、俺は。

違うだろ。

ベルの言う通り、ダロンシェは大事な仲間なんだ。

さっきだって俺たちを庇おうとして、進んで矢面《やおもて》に立ってくれたじゃないか。

そして俺が……プロデューサーがすべきことは、グダグダ悩むことじゃない。

仲間を——大事なアイドルたちを、命を張ってでも助けることだ。

ほんの一瞬だけでいい。彼らの気を逸らして、この一触即発の空気をどうにかするんだ。お互いに誤解があるだけなんだから、一度冷静になって話し合えば分かってもらえるはずだ。

だけど肝心のその方法が思いつかない。みかちゃんを助けた時みたいに彼らに飛びかかろうかとも思ったけど、それが開戦の火蓋《ひぶた》になってしまう可能性だってある。

彼らに直接手を加えずに、気を逸らす方法……考えろ。何かあるはずだ。

——と。

「!!」

必死に考えていた俺の頭に、文章のようなものが浮かんでくるのを感じた。俺はこんなこと考えていない。けど、この状況をどうにかしたいって念じていたら、勝手に浮かび上がってきたんだ。

なにこの現象、と尻込みしつつも、そのメッセージを読んでみると……。

・さあ、その音を大音量&高音質で届けよう！　『カインドスピーカー』

・効用……指定した音声を拡大します。

・使用しますか　　　はい　／　いいえ

「………………」

なんか通販番組のアオリみたいなこと脳内に書いてあるううううゥゥッ!?

いや、なにこれ!?　気持ち悪い気持ち悪い！　テンパりすぎて無意識に現実逃避してるとか!?　いやだとしてもなにこの文章！　なにこの無駄なキャッチーさ！　っていうか『はい／いいえ』っていうのも怪しすぎるでしょっ!?　ネットとかでこういうのあったら、絶対変なページに飛ばされるヤツじゃん!!

……いや、待て。

もしかしてこれが、キュリアの言っていた、マナっていう魔法なのか？　でもおとといは何も出なかったし……。

……いや、前回は『炎を出したい』と思って念じたけど、今回は『この状況をどうにかしたい』と思ったら浮かんできた。

つまり『炎』を出すことはできないけど、この状況を打開する『何か』なら出せるってことなのか……？

「面倒くせぇッ！　全員まとめてやっちまえ！」

俺がテンパっていた間に、茶髪の男がそう叫び、ベルやキュリアに向けて突進していった。

……考えてる時間はない。俺は頭の中で『はい』を選択する。

すると、口のあたりに薄い靄《もや》のような感覚が広がって、すぐに消えていった。

――そうして、

「やめろおおおおおおオオオォォォォォォォォォッ!!!」

キィィィィィィィィィィィンッ!!

俺の口から放たれたその声は、とんでもない大音声となってホール全体を震えさせ、その場にいた全員が耳を塞《ふさ》ぎながら膝《ひざ》をついた。

で、できた、魔法！　けど、なにこのバカでかい音!?　耳の奥がキーンって！　キーンってなってる！　一歩間違えば鼓膜が破れるよ、こんなもん！

「ぐ……なん、だよ……これはぁ!?」

苦しそうな表情をしながら、茶髪の男がよろよろと立ち上がって俺を睨んだ。そうだ。びっくりしてる場合じゃない。事態の収拾に努めないと。

「ぜ、全員その場から動くなぁ！　動いたらあの……もう一回やるよ!?　いまのキーンのやっ！　今度は鼓膜破るよ！　いいのっ!?」

最悪に締まらない脅し文句だったが、全員が恐ろしいものを見るような目で俺を見た後、言われた通りにその場に立ち尽くす。

その様子を確認してから、俺は全身の震えをどうにか抑えて、

「お互いに一回ちゃんと冷静になろう？　ちょっとだけこっちの事情を聞いてほしいんだ」

「……と、いうわけで、この子はその……透明になってダンスの練習をしてただけで、悪気があったわけじゃないんだ。オバケでもなくって、レイスっていう種族の亜人だしね」

そうして、その後。

お互いに一定の距離を保ちながらだったけど、なんとかこちらの言い分は聞いてもらえた。

もちろん、性癖うんぬんの件《くだり》は省略している。話がややこしくなるし、そもそもどうやって説明すればいいかも分からないし。

「……なるほど」

俺の話を聞き終えた後、一団のリーダーだという茶髪の男・クレイドルは、難しい顔をして腕を組んだ。

……まあ、そんな顔にもなるよね。俺たちも一連の流れを見ていたから信じられるのであって、話だけ聞いたら胡散臭《うさんくさ》いって思うだろう。しかもその説明を、得体の知れない怪しい魔法を使う怪しい男にされたのだ。懐疑的になるのも無理はない。

困惑したように顔を見合わせる彼らに向けて、今度はキュリアが口を開いた。

「別に話の全部を信じなくてもいいのです。ただ、ミーアと直接交渉をする時間をください。もちろん立ち合っていただいて結構です。こちらが不穏な動きをしたら、先ほどのように攻撃しても構いません」

その意見に続くようにして、ダロンシェはバツが悪そうな表情で会話に入ってくる。

「もちろん、ボクはこれ以上悪いことをするつもりはない……というか、ボクのせいで、経営を傾けてしまっただなんて思いもしなかった。反省してる。そのことを正直に話して、ごめんなさいする」

「……いや、それはまあ、当然だと思うんだけどよ」

ダロンシェの言葉に、クレイドルは釈然としないような表情で、

「……その、そもそもなんで、中途半端に姿を消して、踊ったりなんてしてたんだ？」

……やっぱりその質問きたか。

うーん、どう答えよう。シャイガールだったから、っていうのは通用しないよね。だったら自分の家とかで練習してればいいだけの話だし。

そんなふうに返答を模索していると、ダロンシェは『なんでそんなこと聞くの？』とばかりに首を傾げて、

「え……だって、そっちのほうが興奮するから」

うおおいぃぃぃっ！　と叫んでやろうと思ったけど、もう遅い。

とりあえずその口を押さえ、恐る恐るクレイドルの反応をうかがい見ると、

「……なるほどな。気持ちは分からなくはねえ」

分からなくはねえのかよ。納得の判定ガバガバかよ。というツッコミはなんとか飲み込んだ。よく分からないけど納得はしてもらったんだ。下手に刺激しないほうがいい。

「……まあ、色々言っちまったけど、お前らの話を根っこから疑ってるわけじゃねえよ」

クレイドルはそう言うと、腕組みをやめて相好《そうごう》を崩した。

良かった。だいぶ無茶をした気がしたけど、なんとか分かってもらえたようだ。

……と、思ったのだけど、

「──だけど、やっぱ攻撃をやめるわけにはいかねえな」

ズンッ！　と。

ものすごい速さで俺に肉薄したクレイドルが、みぞおちめがけて当て身を喰《く》らわせてきた。

「げっふっ！」

俺はくの字に折れ曲がって膝をつく。クレイドルはそのまま、俺の首めがけて剣を振り下ろそうとしていた。

「何をするっ!?」

が、すんでのところでベルが抜剣し、彼の刃《やいば》を受け止めてくれた。

その攻防を起点としたように、ほかの男たちも次々と抜剣し、キュリアとダロンシェも再び臨戦態勢に入った。

え、なに？　何が起こって……っ!?

「はは……あーあ、その様子じゃあしばらく、あの魔法は使えねえなァ」

俺の胸中に答えるように、クレイドルはベルとつばぜり合いをしながら不敵に笑う。

「……そうさ。俺たちは別に、お前らの話を信じてないわけじゃねえ……っつーか、そんなことはどうでもいいのさ……なぜなら、俺たちはっ!!」

派手な動きで飛び退《すさ》った彼は、無駄にかっこいいポーズを取りながら、

「捕まえた悪霊の女の子にエッチなことができたらいいな、っていう願望のもとでゴーストバスターズを始めたからだ！」

………………。

「「……は？」」

と、声を出したのはベルとキュリアだったけど、俺も心の中で同じ声を発していた。

「捕まえた悪霊の女の子にエッチなことができたらいいな、っていう願望のもとでゴーストバスターズを始めたからだ！」

いやいやいや、よく聞こえなかったから、とかじゃなくて……。

え、なにこの人たち？　なんでそんな恥ずかしいことをこのテンションで言えるの？　そしてほかの人たちも、ちょっと嬉しそうな顔になってこっちを見ているの？

「へへ、神様っているんだな。ようやく……ようやく俺たちの願望が叶う時が来たんだ！　その女の子に悪気があったかどうかなんて、どうでもいい！　その子はかわいい！　俺たちはそ

の子にいたずらしたい！　その事実があれば充分なんだよっ!!」

あ、そっか。変態なのか。

その証拠に、ダロンシェだけは何やら納得した面持《おもも》ちで『なるほど……』とか言っている。

変態同士で通じるものがあるのだろう。この世界はそんなのばかりなのだろうか。

……じゃなくって！

「げっほ……ベル。キュリア」

「……ああ。プロデューサー。心得ている」

俺が小声でベルに言うと、彼女は右手に自分の頭を、左手に剣を持ちながら応えた。

その目には、呆れと怒りが同じくらいの割合で混在しているように思える。キュリアもそうだし、きっと俺も同じような目をしているだろう。

……まあ、考えることは一緒だよね。

確かにここでケンカなんてしたら、噂があっという間に広まってしまうだろう。

でも、まあ、

「先ほどは貴様の指示なく動いてしまってすまなかった。改めて指示をくれ……先に言っておくが、こんな連中、あっという間にどうにでもなるぞ」

相手が変態なら、いっか。

「うん――じゃあ、フルボッコでお願いします」

「……心得た」

静かに答えてから、ベルは自分の頭を高々と放り投げ、それと同時に抜剣した。

——そして、

「この不埒者《ふらちもの》どもめが！　アイドルの名のもとに、成敗《せいばい》してくれるっ!!」

アイドルの概念っ。


ベルの言う通り、本当に『あっ』と言う間に片がついた。

首を放り投げた直後、ベルはとんでもない速さでゴーストバスターズたちの間を駆け巡った。

そして落下してきた首をキャッチする頃には、彼らは吹っ飛んだり膝をついたりしていたんだ。

なんというアイドル無双。

それとほぼ同時にキュリアが拘束魔法をかけて、うめく彼らを簀巻《すま》き状態にして転がし、

「……さて。こやつらどうしてくれようか。剝《は》ぐか？　炙《あぶ》るか？」

「やりすぎはよくありませんよ、ベル様。熱した小石を飲ませる程度にしてあげましょう」

現在、どのような処遇がふさわしいかを話し合っているところだった。まるで魔王とその従者のようだ。

……なんていうツッコミも入れられないほど、俺は魅了されてしまっていた。

ベルは、戦っている姿までもが美しかったのだ。

速すぎてほとんど目で追えなかったが、縦横無尽に悪者の間を駆け巡り、鋭い風切り音を伴って剣を振るその様は、やはりめちゃくちゃかっこいい。ダンスだけではなく、彼女は動きそ

のものに華を持っているのだ。

この華々しい動きをフルに使って、彼女にふさわしいダンスを仕上げたら、一体どれだけの完成度のものができるのだろう。考えただけでもワクワクする。

……ミンストのオーディションまで、あと三週間ちょっと。

もしかしてこれ、間に合っちゃうんじゃないか？

そんな淡い期待を抱いていると、ベルがほっぺたを赤く染めながら俺に言う。

「それにしても、はは、すごいじゃないかプロデューサー！　あの特殊な魔法が、異邦人の扱うマナというヤツなのだろう⁉　ほかにはどんなものが使えるのだ⁉」

「あ……いや、はは、いっぺんに言うと混乱するから、あとで時間がある時に言うよ」

曖昧に答えながら愛想笑いを浮かべる。ほかにどういうことができるのか、あとでちゃんと確認しておこう。

それにしても……まさか魔法が使えちゃうとはな。依然として俺を召喚した人は不明なわけだけど、粋なことをしてくれるもんだ。なんの目的でそんな用途の魔法を授けたかは分からないけど、あの魔法――カインドスピーカーはマジでありがたい。あれを使えば曲を大音量で流すことができる、ピンマイクの代わりにもできる。

とはいえ、やっぱり不確定要素の多いものを使うのは怖いから、キュリアに色々と聞きながら慎重に使おう。消費するのがＭＰとかならいいけど、寿命とかだったら怖いしね。

「そうもったいぶるな！　なあ、ほかにはどんな魔法が使えるのだ？　なあ、なあ⁉」

だのにこの好奇心旺盛魔王ときたら、目をキラキラとさせながら自分の生首を俺に押しつけてくる。怖い。画的に超怖い。でもちょっと慣れてきた。まつ毛長い。かわいいっ。

「そ、それより、色々順番が狂っちゃったけど、さすがにミーアには報告しておいたほうがいいと思うんだ。キュリア、お願いしてもいいかな？」

煩悩《ぼんのう》と生首を振り払いながらキュリアに問う。彼女はひとつ頷いて、ダロンシェに向いた。

「キュリアもそうしようと思っていました。ダロンシェは一緒に来てください、あなたがいないと説明がしづらいので」

はっきりとそう言われたはずなのに、ダロンシェは微動だにしない。呆《ほう》けたようにステージ上で割座《わりざ》しながら、ジッとベルを見つめているのみだ。ベルは手に持った自分の頭を傾げ、

「おい、ダロンシェ、どうしたのだ？」

「っこ、いい……！」

「……え？」

「か、かっこいい！　すごいよベル、あんなに速く動いて……すっごくかっこよかったよっ！」

ははは、そうでしょそうでしょ。うちのベル子はすごいんですよ、動きもキレるし、生首もキレたみたいになるし。と心の中で相づちを打っていると、ダロンシェは俺に手を伸ばして、

「プロデューサー、何か書くものちょうだいっ！　いまの動き見て、すごい……すごい、いい振り付け思いついたっ！　あとさっきの魔法で曲も流して！　ベルはステージに来て！」

「え、いや、ですから、キュリアと一緒に報告をしに行くと……」

「早くっ！」

と、あくまでもそこを動く姿勢を崩さないダロンシェ。俺は苦笑しながら紙とペンをリュックから取り出し、ベルも望むところだとばかりにステージへ上がる。

その様子に、キュリアは根負けしたようにため息を吐くと、出口に向けて歩いていった。

「……少ししたらミーアを連れてきます。きちんと反省しているように振舞ってくださいね」

――残念ながら、その要望には応えられなかった。

それから十分後、キュリアはミーアを連れてきた。この入り組んだ状況を説明するのに相当労力を使ったのだろう。さすがの彼女も疲れていた様子で、ネコミミも少ししおれていた。

が、その労力を全力でぶっ壊すような光景が、ステージ上では広がっていたのだ。

「違う！　そこはもっと大胆にお尻を振るの！　ベルはもの覚えいいのに、なんでそこだけできない!?」

「は、恥ずかしいからに決まっているだろう！　これはダメだ！　違うのにしよう！」

大音量&高音質の音楽に合わせて、元気よくお尻を振っているふたりの少女。

「殺せ、殺してくれぇ！　クソ、なんてひでぇ拷問なんだ……こんなエロい踊りを前にして、身動きひとつとれないなんて……クソォォォォォッ！」

「頼む、誓うよ！　もう危害は加えないからこの拘束を解いてくれ……せ、せめて、股間と右手だけ自由に動くようにしてくれ！　あとはこっちでなんとかするからっ！」

「待ってくれ！　俺は左手が動くようにしてくれ！　利き手じゃないほうの手でするほうが、

こう……ぎこちない感じで逆にいいんだっ！　頼むよっ！」

そんな叫び声をあげながら、ふたりのダンスに見入っているゴーストバスターズたち。

「ハァ……ハッ……ダ、ダメだ。れ、練習中は……練習中だけは、みんなをやらしい目で見ないって決めたんだ……い、いや……でも、ちょっとくらいなら……写真とか……そ、そうだ、ちょっとだけ、トイレに行くくらいなら……！」

目をギンギンにして前かがみになりながら、ステージ脇でブツブツとそうつぶやく、俺。

そんなカオスな光景が、目の前に広がっていたのだから。

その後、改めて事情を説明してなんとか許してもらったけど、二時間近くかかった。キュリアにもめっさ怒られた。色々な意味で散々なことになってしまった。

とはいえ、拠点となる場所は確保することができた。新メンバーも定着した。ダンスの完成度も上がったし、舞台演出もなんとかなりそうだ。

ようやく、最初の一歩を踏み出すことができたのだ。

ようやく、始めることができるのだ。

俺の命を懸けたアイドルプロデュースが。

ベルの人生を懸けたアイドル活動が。

いま、ここから――。

「ちょっと、聞いているのですか!?　話はまだ終わっていませんよっ！」

「……はい……はい……はい……」

その夜、なぜか俺だけ呼び出されて、ネコミミ少女からお説教の続きを喰らった。理不尽だと思ったが、女の子に呼び出される、という部分に興奮できた。

でも俺は、ロリコンじゃない。

三章 ★ ローレライ、酔い死れる歌声

そんな事件があってから二週間ほど過ぎたある日。

時間は正午を少し回ったところ。場所は『ラタン』の出入り口だ。

「あ、プロデューサーさん！　おかえりなさいっす！」

「おかえりーっす。プロデューサーさんが買い出しって珍しいっすねー」

昼食を買って帰ってきた俺に、店先でダべっていた男たちが親しげに声をかけてきた。『INMOUにシャンプー』（曲名）を歌っていたエルフ三人組だ。

背が高くて猫背なのがバディ。身長は低いけど一番イケメンなのがデュアン。エルフの割にがっしりとした体形なのがフェリックスというらしい。三人兄弟で、『インモラル・パープル』というバンド名で活動しているのだとか。

俺は両手に抱えた紙袋の間から彼らに会釈《えしゃく》する。

「うん。気分転換にね。あ、さっきミーアから聞いたんだけど、また新曲できたんだって？」

俺の質問に、デュアンとフェリックスが嬉々《きき》として答えた。

「はいっ！　プロデューサーさんに教えてもらった『コード進行』ってヤツを作るのが楽しす

ぎて！　やっぱがむしゃらにかき鳴らすだけじゃなくて、ある程度規則性があったほうが、断然作りやすいし聞きやすいっす！」

「あと『もっと大きなものに目を向けて歌詞作りしたほうがいいと思う』っていうアドバイスも響きました！　シャンプー二回押したってだけじゃ、確かにショボすぎますもんね！」

自覚はあったのか。あとこの世界のシャンプーがプッシュ式なことが地味にびっくりだよ。

胸中でそんなツッコミを入れていると、こちらの様子に気づいたヴァンパイアとスケルトンふたりが、出入り口からやってくるのが見て取れた。

スケルトンはウーリーとシャーディー（見分けつかないけど）、ヴァンパイアはハリソンだ。

「おお、プロデューサー公ではないですか！　貴公の助言通り、モノマネの対象を『有名人の細かい仕草』に変えてみたら、ステージがだいぶ跳《は》ねるようになりましたぞっ！」

ハリソンに続いて、ウーリーとシャーディーも嬉しそうに口を開く。

「いやー、僕らも『お互いの骨でジャグリングする』っていうのが板についてきましたわー」

「そしたら、ステージ盛り上がるようになったっすー。お礼に僕の尾てい骨あげるっすねー」

ベルたちのパフォーマンスに度肝を抜かれた彼らは、同時に触発され、自分たちの芸に磨きをかけていった。しかし、いままで磨いたところで光らなかったからこんな寂《さび》れたところ（失礼）に追いやられたわけで（更に失礼）、一向に上達の兆《きざ》しが見えなかった。

そこで目を付けられたのが俺だ。俺自身は何もしていないけど、偉そうに指示を出したり、見たこともない魔法で舞台演出をしたりしていたものだから、ベルたちの黒幕のような存在だと思われたらしい。実際にはパシリなのだけど、そんな言い訳が通じるわけもなく、自分たちにも助言が欲しいと、何回も頭を下げられてしまった。

だから仕方なく、前の世界で得た知識などを参考にして、ひとりひとりにアドバイスをしてみたところ、それが奇跡的に良い方向にいったのだ。まあ、俺がしたのは本当に初歩的なアドバイスだけで、それを伸ばしていったのは彼らなんだけどさ。

そんなこんなで、ベルたちのパフォーマンスに加え、彼らの頑張りもあって、ラタンには徐々に客足が戻ってきていた。ラタンを拠点に活動したいという演者もちらほらと出てきたほどだ。ミーアも最近はニコニコで、俺たちのこともすっかり許してくれたようだった。

……強《し》いて弊害《へいがい》を挙げるとすれば、この数日のうちに、なぜか俺がこの劇場の顔役のような扱いになってしまったってことだ。おかげで演者たちと顔を合わせるたびに、こうして呼び止められるようになってしまった。毎回リアクションに困るんだよね。

まあ、どう対応していいか分からないっていうだけで、悪い気は全然しないんだけどさ。

俺はできるだけ自然に笑いながら、紙袋のひとつを彼らに差し出した。

「こっちこそ、いつも練習の時にステージを使わせてくれてありがとう。ライブのトリも俺たちに任せてくれるし、ベルたちも感謝してたよ。はい、これ差し入れ」

「おお、いつもいつもかたじけない！　いやあ、親の仕送りだけではやっていけないので、本当に助かりまする」

「……え、ハリソン、あんた、その年でまだ親から仕送りもらってんのかよ？」

「その年とは失礼な！　まだ六百飛んで八十六歳ですぞっ！」

「あんた、その年でまだ親から仕送りもらってんのかよっ!?」

「と言っても、人間の年齢に換算すると、まだ三十八歳くらいですぞっ！」

「……あんた、その年でまだ親から仕送りもらってんのかよ」

そんな談笑をする彼らに笑顔を向けてから、俺は劇場に入っていった。

同じ劇場の演者たちと仲良くすることも、これからアイドル活動をしていくうえで必要なことだろう。しかしそれとは無関係に、彼らとは良好な関係を築いていきたい。

そう思えるほど、彼らは気持ちのいい連中なのだ。

そんなことを思いつつ、俺はベルたちの待つステージに向かった。


「「「よっしゃいくぞぉぉぉぉおっ!!　タイガー！　ファイヤー！　サイバー！　ファイバー！　バイバー！　ジャージャーッ!!」」」

ホールの観音扉を開けると、俺が教えたオタ芸を全力で練習している一団がいた。

「もういっちょいくぞ……おお、プロデューサーの旦那！　買い出しお疲れさん！」

俺が帰ってきたと見るや、一団の長・クレイドルは、汗を拭《ぬぐ》いながらそう言った。

「どうよ、俺たちのＭＩＸは!?　公式ファンクラブの名に恥じねえ完成度だろっ!?」

そう。このオタ芸集団──彼らは件《くだん》の変態ゴーストバスターズなのだ。

彼らは二週間前のあの日以来、公式ファンクラブとしての活動を開始したのだった。

ただしこれはこちらが強要したわけではない。すっかりベルたちのファンになった彼らは、彼女らの応援をさせてほしいと頭を下げてきたのだ。

もちろん最初は反対した。いきなり熱狂的なファンがつくのは嬉しいけど、相手は変態だ。何をするか分かったものではない。ベルをストーキングして自宅を突き止めるというような暴挙に出るかもしれない。想像するだけでも恐ろしいことだ。

そんなわけで丁重にお断りをしたのだけど、彼らは一歩も退《ひ》かなかった。迷惑になるようなら（すでに迷惑だったけど）いつでもやめるし、役に立てることがあればなんでもする。もちろん、もう悪いことはしないと誓う、と、必死に懇願されたのだ。

想像してみてほしい。まあまあの年に達した大人たちが、簀巻《すま》きの状態で芋虫《いもむし》のごとくのたうち回りながら『だのむよぉっ!!　ぎみだちの応援がじだいんだよぉぉっ！』とか『もう悪いことしないからぁぁっ！　お願ぁぁいっ！』とか、泣きながら喚《わめ》きまくったのだ。

超怖かった。

そんな経緯《いきさつ》で、半《なか》ば押しきられる形でファン活動を認めたのだけど、彼らは口上通りに……いや、口上以上の働きをしてくれた。ライブに毎日足を運ぶのはもちろんのこと、フライヤー——宣伝のためのビラのようなものだ——を作ってくれたり、それを路上で配ってくれたり、グッズ製作を手伝ってくれたりと、スタッフのようなことまでこなしてくれるのだ。

何か裏があるのでは……と思ったこともあったけど、最近ではそういう疑いを持ったことすら忘れかけている。それほどまでに彼らは献身的で、活き活きとした目をしているのだ。

こういう目をしながらアイドルの応援をしている人種のことを、ドルオタと言う。

ドルオタに悪いやつはいない……かどうかは知らないけど、志《こころざし》を同じくしているということは確かだ。ほかの演者たちと同様、仲間だと認めてもいいだろう。

そう。彼らは大事な仲間なのだ。いわば身内。だから俺は笑顔で頷《うなず》き、

「うん！　だいぶ動きが揃《そろ》ってきたし、声も出てるね！」

身内だからこその、アドバイスをしてあげることにした。

「でも、それだけ。動きがちょっと揃って、声が出るようになってきた、っていう、ただそれだけのこと。公式ファンクラブに恥じないクオリティであるかどうかは別の話だよね。っていうか、何度も何度も話したと思うけど、ＭＩＸっていうのは単なる自己満足じゃなくて、メンバーに声援を送って会場の一体感を高めて、引いてはライブ全体を盛り上げるためのモノなんだよね。大事なことだから二回言うけど、自己満足のためのモノじゃないんだ。別に嫌いで言ってるんじゃないんだよ？　でも、ＭＩＸが誰のためにあるか、なんのためにあるかっていうのをもう一回ちゃんと考えてほしいんだ。そもそもＭＩＸにこめられた意味は……」

「プ、プロデューサー、その辺にしておけ。笑いながら白目を剝《む》くんじゃない」

ベルに肩を叩かれて我に返った。危ない危ない。ついつい熱が入ってしまった。見ればクレイドルは『わ、悪い。調子乗っちまった……』と言い、ガタガタと震えながら練習に戻っていった。申し訳ないことをした。あとでジュースを買ってあげよう。そして続きを話そう。

「それより、さっきの練習で新しい動きを思いついたのだ！　ちょっと曲を流してくれ！」

嬉々としてそう言うベルは、半袖のYシャツの上から赤いベストを羽織り、胸元には大きなリボンを結んでいる。スカートはちょうど膝《ひざ》が隠れるくらいの丈で、頭にはかわいらしいベレー帽を載せていた。

ダロンシェが作ってくれたステージ衣装だ。彼女の言葉に嘘《うそ》はなく、二日とかからずに衣装の雛型《ひながた》を作って持ってきてくれた。それを元に試行錯誤して、このような形に落ち着いたのだ。

シンプルで王道だけど、それだけに破壊力が抜群だ。動くたびに揺れる胸元のリボンが、ターンのたびにひらめくスカートが、見ていて非常にかわいらしい。かといって過度に扇情的でもない。健全なエロスを体現した一品となっていた。

俺はがっつりエロい目で見るけどね。

ともかく、そんな衣装に身を包んだベルに、俺は苦笑いしながら紙袋を差し出し、

「いや、だからお昼ごはん買ってきたんだってば」

「そんなのあとでいい。ステージ演出もやってほしい。全体的にどうなるかやってみたい」

そう口を挟んできたのはダロンシェだ。彼女はすでにステージ上でスタンバイをしていて、ベルもそそくさと彼女の横に戻っていった。

そして、ベルの左側にいるのは、

「……やるなら早くやりましょう。そのほうが早く終わります」

軽くストレッチをしている、キュリアだ。

そう。なんやかんやあって、このネコミミ少女にもアイドルになってもらうことになったの

だった。

と言っても、仮メンバーだけどね。ダンスの完成度が飛躍的に向上した結果、ボーカルパートがおざなりになってしまう部分が目立ち始めた。そこを補う役割として、どうしてももうひとりのメンバーが必要となったのだ。

もちろんキュリアは猛反発したのだけど、あくまでも仮であることを念入りに説明し、ベルのお願い攻撃――首をめっちゃ押しつけられるあのヤツだ――をしつこくしたところ、首を縦に振ってくれた。めっちゃ足踏まれたけどね、俺。涙目でめっちゃ足踏まれたけどね。

ただ、彼女のすごいところは、やると決まったらとことん集中して練習をしてくれたことだ。

その甲斐あって、この短期間でいくつもの曲を踊れるようになっていた。もちろんダロンシエやベルには遠く及ばないけど、粗《あら》が目立たないようなパートを割り振ってあるし、彼女自身もそういう立ち回りを意識してくれている。決して足を引っ張らず、むしろ足りないものを補えているところがすごい。

聞けば彼女は、史上最年少で宮廷魔術師の資格を得た神童らしい。こういう言いかたは色々失礼な気もするけど、やっぱりすごい人は何をやらせてもすごいのだ。ブレないキャリアウーマンのキュリアさん。かっこいいぜ。

「どうしたのですか、プロデューサーさん。とっとと音をください。耳を引きちぎりますよ」

俺をボロ雑巾みたいに扱うところもブレない。泣きたくなるぜ。でもちょっと興奮するぜ。

「はいよ。曲は『ハニコム』でいいんだよね？」

俺はカウンターに紙袋を置き、代わりにPCを持ってステージの前まで移動した。

同時に、念じる。

頭の中に浮かび上がった魔法を起動させつつ、MP3ファイルにカーソルを合わせた。

「いくよ」

つま先で三拍を刻んでから、エンターキーを押す。

『――弱虫な僕は　だけど強がりで　君をずっと守りたいよ』

流れ出した曲に合わせてベルたちが歌い出し、それらが大音量となってホールの中に反響する。同時にスポットライトに当てられたように彼女らの姿が照らし出され、ステージ上に薄いスモークが張る。左右からはレーザービームのような色とりどりの光線束が差し、それが幾重《いくえ》にも折り重なって背景を彩《いろど》った。

これらの全て、俺の魔法でやっている演出だ。

二週間前のあの日の夜、部屋で確認してみたんだけど、どうやら俺には四つの魔法が発現したようだった。

・お手軽ミストで潤いアップ♪　『スプーキースモーク』
・効用……任意の場所にスモークを発生させます。
※アロマをつける場合は別途魔力を消費します。

『スタイリッシュレイ』
・ちょい足しビームで女子力に差をつけよう!
・効用……光線束を発生させます。

『マジックリフレイン』
・思い出を更に美しく、あの時の記憶を何度でも……。
・効用……あらかじめ入力していた魔法を再生・実現します。

これにカインドスピーカーを加えた四つが、いま現在俺が使える魔法だ。無駄にキャッチーなコピーがついていることから、俺はこれを『通販魔法』と名付けた。だってどう考えても通販の商品プレゼンにしか見えないんだもの紹介文が。

そんなふざけた紹介文のついた魔法だったけど、効用はどれも折り紙付き。その分野の専門家レベルのクオリティらしい。

特にマジックリフレインはすごい。効用に記してある内容では分かりにくかったけど、要は魔法の自動再生機能のようなものだ。どんなタイミングで、どんなふうに、どんな魔法を使うかっていう情報を事前に入力しておけば、それを勝手に再生してくれる。前の世界で言うところの、シンセやドラムマシンの『打ち込み』のようなものだと解釈している。

めっちゃ簡単に説明してしまったけど、これがとんでもないことなのだ。俺はスプーキースモークとスタイリッシュレイを使って、こうやってステージ演出をしているのだけど……。

もし俺が、大規模な破壊魔法の使い手だったら。

ステージ演出じゃなくて、大量虐殺《ぎゃくさつ》にこの魔法を使う気になれば。

あらかじめ凶悪な魔法をプログラミングしておけば、あとはマジックリフレインを起動するだけで、地獄絵図を作り上げてしまうことができるのだ。

もちろん、登録しておいた魔法の分の魔力は消費するから、そう簡単に連発はできない。でも俺は、修業をすれば新しい魔法を覚えることもできるし、自分が持つ魔力の総量を増やすこともできる。条件さえ整ってしまえば、色々とヤバいことができてしまうのだ。

……いよいよ、この世界に俺を召喚した人の意図が分からない。

どうしてこんな危ない魔法を俺に授けたのか。どうして俺の前に姿を現さないのか。俺が極悪人だったらどうするつもりなのだろうか。幸い俺は善良な小市民だ。新しい魔法を修得したとしても、ベルのお風呂を覗《のぞ》きながらニヤニヤしたり、キュリアのパンツを見ながらニヤニヤしたり、ダロンシェの着替えを見てニヤニヤすることくらいしか思いつかない。でも力を持ってしまえば悪いことをしてしまうかもしれない。ピュアな人間のほうが闇堕《やみお》ちしやすいのだ。

「プロデューサーさん。何をニヤニヤしながら前かがみになっているのですか？　ちゃんと見ていたのでしょうね？」

思考に没していているうちにダンスが終わっていた。俺はキュリアに向けて首肯《しゅこう》し、

「見てたよ。すごい良くなってた。この感じだと、Ｂメロの最後で一旦暗転させて、サビが始まった瞬間にベルだけにピンスポ当てる演出に切り替えたほうがいいね。いま調整するね」

マジックリフレインを頭の中で起動し、魔法の入出力を開始した。

……まあ、どんな人がどんな思惑で召喚したにせよ、この魔法は使っていくしかないんだよね。これがなきゃステージが成立しないくらいに依存しちゃってるからさ。

使えるものは使う。分からないことは考えない。問題を先延ばしにするのは怖いけど、そうするしかないのだから仕方ない。しばらくはそういう方針でいこうと決めたのだ。

「……できた。じゃあ、もう一回アタマから……って、どうしたのベル？　なんか顔赤いよ？」

そこでふと、ベルが呆《ほう》けたような顔でこちらを見ていることに気づいた。

「あ、いや、別に、なんでもない……」

ベルはふいをつかれたように目を泳がせてから、

「相変わらず、仕事が早いというか、すごいというか……そんなことを思っただけだ」

ゴニョゴニョとそう言ったっきり視線を逸らされてしまった。最近ちょくちょくこういうことがある。俺が曲や演出を調整したりしている時、ボーッとこっちを見ていたり、顔を赤くしたりしているのだ。どういうつもりなのだろうか。

まあ、かわいいからいいか。

「……じゃあ最初の位置に戻って。アタマからいくね」

そう言ってさっきと同じ手順で曲を流す。

始まったダンスを眺めながら、俺は考える。

……うん。この諸々の変化、やっぱりだいぶおかしい気がする。

悪いことではない。むしろいいことなのだろうけど、こう、なんというか……。

「……なんかさ、色々うまいことといきすぎじゃない？」

練習に一区切りをつけ、みんなで昼食のハンバーガー（この世界にもあったのだ！）を食べながら、俺はその違和感について一同に問いかけてみた。

「いきなりなんなのだ。うまくいくのはいいことではないか」

ベルが答える。ちなみに彼女は生首をバーカウンターに置き、目の前に置いたＰＣで『踊ってみた』の動画を見ながら、チーズバーガーを首に食べさせている。お行儀の悪いデュラハンだ。

俺は塩味の薄いポテトを食《は》みながら、

「まあそうなんだけどさ。なんていうか、こうもトントン拍子に全部がうまくいってると、逆に不安になるっていうか、怖いっていうか……」

拠点にする劇場が見つかって、ベルたちのおかげでその劇場が活気づいて、ファンクラブができて、それ以外にも信頼できる人がたくさんできて……。

アイドルを目指して動き出してから、まだたったの三週間弱なのだ。物事が変化するには十分な時間かもしれないけど、さすがにこれはうまくいきすぎてる。

極めつけは、俺に発現した四つの魔法だ。これは明らかにおかしい。使いようにはよるだろうけど、まるでステージ演出をするために作られたもののように思えてしまう。

まるで俺が、アイドルプロデューサーになることを知っていたかのように。

……俺はラノベ主人公のような鈍感属性は持っていない。

裏で何かの力が働いているのでは？　陰謀めいた何かに巻き込まれているのでは？　と、悪い想像力が働いてしまう。

まあ、さっきも言ったように、いまはそのことを気にしても仕方がないんだけどさ……。

邪推をする俺に、ダロンシェがコールスローをシャクシャクと食べながら、

「完全な杞憂《きゆう》。それだけボクたちが優秀だというだけのこと」

相変わらず眠たげな眼で言う。自画自賛というより事実を述べているっていう感じだ。

「プロデューサーはもっと自信を持つべき。謙虚な姿勢は確かに美徳。でも自己評価は高くても低くてもダメ。人の上に立っているのならなおさら。自分の総合力は正しく把握すべき」

ものすごく良いことを言われた。この二週間ではっきりと分かったけど、やはりこのダロンシェという少女は相当な切れ者なのだ。とてもニートだなんて思えないけど、親御さんの関係で色々と苦労をしてきたみたいだから、その時の経験則が生きているのだろう。ステージ関係での相談も聞いてくれるし、こうして何気ない会話の中でも的を射たアドバイスをくれたりする。すっかり『頼れるご意見番』というイメージが定着してしまった。

「……そうすれば、もっと大きなステージに立てて、たくさんの人にボクのあられもない姿を……デュフ、デュフフフフフフフフフフ」

保護観察処分中であることに変わりはないんだけどね。

ダロンシェが妄想の彼方にトリップしていると、その横にいるキュリアが口を開く。

「というより、『うまくいっている』という認識もいかがなものかと思いますよ。ミンストのオーディションまであと十日しかありません。本当に受かるのでしょうね？」

そう。俺たちは結局、ミンストー—アウトドア・ミンストレル・ショー——のオーディションを受けることにしたのだ。

小さなお山の大将になったからといって、大魔王が納得してくれるとは思えない。やはりある程度大きなイベントに参加して、大量のファンを獲得することが必要だ。

本当ならもっと長期的にやっていこうと思っていたのだけど、そこまで待ってはもらえなそうだし、日に日に磨かれていく彼女たちのパフォーマンスを見て気が変わった。

「大丈夫。他の演者たちの視察には行ってきたけど、君たちの歌とダンスが一番かっこいい」

正直、アイドルプロデューサーとしてはもっと慎重に考えるべきだろう。

だけど俺は、彼女たちのパフォーマンスに絶対の自信を持っている。

ダロンシェの言うように、自分に自信が持てるかは分からないけど、彼女らに対してなら持てる。

しかし俺がいくらそう言ったって、結果や実態が伴っていなければ自信にも結果にも繋《つな》がらない。だから手っ取り早くそれを立証するために、参加申し込みをしたという運びだ。

「だから、ここでやってるのと同じことができれば、絶対受かるよ。俺が保証する！」

そして俺は、練習のところどころでこういうビッグマウスを叩くようになっていた。

柄にもないことは重々承知だが、こうすることでどこかの首取れ魔王が『よく言ったプロデユーサー！　審査員共を歓喜の絶頂に叩き上げてくれようぞ！』みたいなことを言って、全体の士気を大きく向上させてくれるのだ。いままでこれによって何度も助けられてきた。

魔王だから当たり前かもしれないが、彼女は統率力も非常に高いのだ。本来俺がすべきことを擦《なす》りつけてしまって申し訳ないけど、今回も魔王のご利益《りやく》にあやかるとしよう。

「…………っ」

と、その魔王だが、どういうわけかボーッとした様子で俺を眺めているのみだ。また顔が赤い。ちょ、魔王様、どうされたのですか!?　貴女《あなた》から統率力を取ったら、かわいらしい顔と均整の取れたプロポーションとキュート&ガーリーな雰囲気しか残りませんよ!?

「あ、あの、ベル？　どうしたの？」

「……ッハ！」

ベルは正気に戻ったようにそんな声を出し、動揺した様子で俺から目を逸らした。

「な、なんでもない！　ちょっと、その……そう、動画だ！　ハニコムの『踊ってみた』の動画を見入ってしまっていたのだ！　や、やはりかわいいなと思ってな！」

「いや、明らか俺のこと見てなかった？」

「う、うるさい！　それ以上言うと、右目と左目を入れ替えてやるんだからな！」

かわいらしく魔王感を出すのはやめていただきたい。

「あ、あー！　それにしても、この歌を作った『デミカP』というのはどんな人物なのだろうな！　その……やはり、貴様の世界では相当な有名人だったのか？」

いや話題のすり替えかた下手《へた》っ！

……まあ、いいか。おかしな態度なのは気がかりだけど、食事中に士気を上げても仕方ないしね。素直にすり替えられておくとしよう。

「……いや、全然だよ。アップしたのもハニコムのほかに何曲かだけだし、そもそもハニコムそんなに有名にならなかったし」

当時はボカロ黎明期《れいめい》だったのもあって、あまり有名じゃない曲でも『踊ってみた』や『歌ってみた』をしてくれる人が多かったのだ。ハニコムもその波に乗れた一曲ではあったのだが、再生回数はあまり伸びず、一時期のCD化のブームにも乗れなかった。

そうして数多《あまた》あるボカロ曲のひとつとして、ひっそりと埋没していったのだった。

何度も言うように、この曲は俺も好きな曲なので、そのことを残念に思っていたのだけど、

「……そ、そうなのか。こんな素晴らしい曲なのに……残念だな」

……そんなことを言ってくれる子がひとりでもいれば、この曲も浮かばれるって思うよ。

そんな思いに浸《ひた》っていると、ベルはハタと何かに気づいた様子で、

「……ん？　しかし、それならばなぜ貴様はこの歌と『踊ってみた』の映像をPCに入れていたのだ？　まさか、デミカPと知己《ちき》なのか？」

「……知り合いでもなんでもないよ。俺もこの曲が好きだっただけ」

そう答えると、俺は先ほど回顧《かいこ》された思いを乗せて、少し笑う。

「だからベルも同じこと思っててくれて、めっちゃ嬉しかったよ。それだけでいっきに親近感

湧いたもん」

「………っ」

また顔が赤くなった。マジでなんなのだろう。体調悪いのかな？　だとしたら大変だ。添い寝してあげなくてはならない。ついでに寝顔の写真を撮れたら俺のあれが大変なことに……。

「プロデューサーさん……」

そんなことを思っていると、キュリアが固い声で俺のことを呼び、ドアのほうを指さして、

「……飲み物、買い忘れています。劇場に売っているものでいいので、買ってきてください」

なぜか怖い顔でそう言うネコミミ少女に、ゴーストバスターズたちと車座で座っているクレイドルがこちらを振り返り、

「あ、いいよ。俺行くよ。そんな何回も旦那を行かせるのも申し訳ねえし」

「プロデューサーさんが行ってください」

「い、いや、でも……」

「プ・ロ・デュ・ー・サ・ー・さ・ん・が・行・っ・て・く・だ・さ・い」

ひどいわ、キュリア義母《かあ》さん。私が買い物のお釣りをチョロまかしたり、みんなが前かがみになった時に胸元をガン見したり、デュラハンだからできるエロいことについて考えていたら、朝になっていたことが七回くらいあったからって、そんなふうにイビってくるなんて……とは思ったけど、買い忘れたのは俺のミスなのだから、俺が行くべきだろう。

「……プロデューサー」

席から立ち上がった時、ダロンシェが小声でボソッと言った。

「もう一度言う……自分の総合力は正しく把握すべき（笑）」

なんだよ、（笑）って。バカにしたような言いかたして。

これじゃあまるで、俺が鈍感なラノベ主人公みたいじゃないか。


入り口側のカウンターに向かって歩いていると、誰かがカウンター越しにミーアと話しているのが見えた。見知らぬ亜人種《あじんしゅ》の男性だ。親しそうな感じで話しているから、それなりの顔見知りなのだろう。なのに……いや、だからこそ、俺は違和感を覚えた。

　この世界で会った誰よりも、彼が禍々《まがまが》しい見た目をしていたからだ。二メートルはあるだろう巨大な身体に、おどろおどろしい彫金が施《ほどこ》された全身鎧。そして極めつけは、首から上がライオンだということだ。

比喩《ひゆ》ではない。鋭い牙《きば》と立派な鬣《たてがみ》を持った、ガチガチのライオンなのだ。よく見るとその手もライオンの前足のようになって、鋭い爪がチラリと見える。そういう種族の亜人種なのだろうけど、とにかく恐ろしい。

そしてなぜかその手首には、ラスタカラーのブレスレットが幾重《いくえ》にも巻かれている。こっちの世界にもこんな柄あるんだ、っていう驚きもあったけど、とにかくその存在が恐ろしくて、その驚きも霞《かす》んでしまった。

なんだろう。こんなおっかない見た目のヒトが劇場にいるなんて、ものすごい違和感なんだけど……。

「……ん？　もしかして君がプロデューサーくんかい？」

話しかけられた。意外と柔和な声と喋りかただ。けどやはり怖いものは怖いので、俺は少し萎縮しながら、

「……そ、そうだけど、えーっと、ごめんなさい。どこかで会ったことあったっけ？」

ちなみにだけど、この世界では敬語の概念がだいぶ緩い。よっぽど身分が高い人には使うみたいだけど、それ以外は基本フランクな口調でいいみたい。キュリアやエーデルワイスのように、使いたいなら使うって感じだ。

その文化に倣《なら》ってタメ語で言葉を返したのだけど、なぜかミーアが顔面蒼白になりながら、

「ちょ、プ、プロデューサー！　アンタ、敬語！　とりあえず敬語使ってっ……！」

「いや、いいよミーア。俺も彼とはフランクに話したいと思っていたんだ」

焦るミーアを男性がやんわりと宥《なだ》めた。ヤ、ヤバい。やっぱりヤベえヒトなのかな。食われるのかな俺……なんてテンパりつつ、敬語で挨拶し直そうとするが、その前に彼から前足……いや右手を差し出された。

「初めまして、プロデューサーくん。俺はオルトファンクという者だ。オルでいいよ。さっきも言ったけど、敬語は使わないでもらえると嬉しいな」

俺もたどたどしく自己紹介をしながら手を握り返す。すると目を細めて穏やかな笑みを浮かべてくれる。おお、ネコ科だけあってちょっとかわいいぞ。いや、笑った口の隙間《すきま》から、鋭く

尖《とが》った牙ががっつりと見えているんだけどさ。

……とはいえ、見た目で判断するのも失礼だろう。物腰も丁寧だし、ある程度の地位についている人なのだろう。ここのオーナーさんとか、音楽業界のお偉いさんとかね。

「噂はいろんなところから聞いているよ。アイドル活動は順調のようだね」

そんなふうに認識を改める俺に、オルはそう言いながら笑みを濃くした。

――少し、含みのある笑顔だったと思う。

「ま、まあね……えっと、あなた、やっぱりどこかで会ったこと……」

「おっと。もうこんな時間だ。すまないね。近くまで通ったから寄ってみたんだけど、今日はもう帰らないといけないんだ。また時間がある時にゆっくりと話そう」

一方的にそう告げる。そうして手に持っていたフルフェイスの兜（たぶん特注仕様）をかぶると、ミーアと俺に手を振りながらその場をあとにしてしまった。マジなんだったんだろう。

彼が去った後、ミーアはいっきに脱力したみたいにカウンターに両手をついて、

「……ちょっと、プロデューサー!!　あんたが異邦人だってのは知ってるけどさ、あの人の顔と名前くらい知っときなよっ!!」

「え、なに、やっぱり偉い人だったの!?　業界のお偉いさんとかっ!?」

「いや、確かにそういうことにも関わってるし、わたしがあの方と知り合ったのも音楽イベント絡みだけど……そんなレベルの人じゃないっての！　いいかい、あの人はねえ……」

怒り口調でミーアが口を開こうとした、その時。

「――あ、いた！　プロデューサーさんっ!!」

バンッ！　と勢いよくドアが開いて、ひどく焦った様子のエーデルワイスが劇場へと入ってきた。そのただならない様子に、俺はややテンパりながら、

「ど、どうしたのさ、エーデルワイス？　そんな血相変え……」

「お願いです、プロデューサーさんっ！」

俺の言葉を遮《さえぎ》って、彼女はガバッ！　と俺の両肩に摑《つか》みかかった。シャンプーの匂いがダイレクトに鼻腔をくすぐり、大きな乳房が勢いよく跳ねる。

ちょ、なにこれ、なにこの神展開！　気持ちは嬉しいけど、俺にはベルが……いや、でもどうしてもって言うんなら、電気だけは！　電気だけは消してよぅっ！

俺が覚悟を固めていると、エーデルワイスはぶわっと泣き出しながら、

「お、お願いしますっ！　あと十日で、あたしを歌手にしてくださぁぁぁぁぁいっ!!」

…………はい？


「……なるほど。要は、故郷のご両親に『歌手として生計を立てている』って、ウソをついちゃってる……ってことなんだね？」

その後、テンパっていたエーデルワイスをなんとか宥め、ベルたちも交えて経緯の説明を求めたところ、そういった事情があるということが分かった。

「……はい、自分でもおバカなことしたって自覚はあるんですけど……お父さんもお母さんも

喜んでくれるものだから、どんどん引っ込みがつかなくなっちゃって……うぅ」

事情を説明し終わったエーデルワイスは、ホールのカウンターチェアの上で身を小さくしながら、半泣きでこくりと頷く。ベルは苦笑いしつつ、

「それはいいのだが、なぜ歌手なのだ？　違う仕事であっても、きちんと職について生計を立てている、というだけで、充分に立派なことだと思うぞ」

「グス。それは、そうなんですけど……あたし、ローレライのくせに子どもの頃から音痴で、周りからバカにされてたんです。うちの両親、そのことをものすごく気にしてて……『音痴に産んでごめんね』なんてことも、言われたことがあって……」

か、悲しい。っていうか逆に残酷だな、ご両親。

「だ、だから、音痴を克服できたってことにして、安心させてあげたくて……」

「……ま、まあ、話をデカくしすぎな気もするけど、確かに歌手になったって言えば、間違いなくそう思ってもらえるだろうからねえ」

そう言いつつ俺も苦笑する。確かにウソを包むための風呂敷が大きすぎるけど、見栄を張ってそうしたわけではなく、親孝行な優しい理由があってのことだ。感心できることじゃないけど、責める気にはなれなかった。

そんな彼女の態度に、キュリアも珍しく優しい口調で、

「それで、なぜウソを本当にする必要性が生じたのですか？」

「えっと……地元でやるこの大会に、勝手にあたしをエントリーしちゃったって、さっき映像

魔法で連絡が来て……」

そう言って彼女が内ポケットから取り出したのは、一枚のパピルス紙だ。それには『バーウィック・ワン・グランプリ!!』とデカデカと印字されていて、その下に詳細などが書いてある。

それを読み上げてみると……。

「『この島で一番の歌ウマを決定するための祭典、今年も開催！』……えーっと、地元の歌自慢大会みたいなやつ？」

前の世界で言うところの、地元のカラオケ大会みたいなものだろうか。すごいな、こんなのまであるのか。いよいよ現代日本みたいだ。っていうかこんな大会あるんだったら、アイドル的な何かが生まれたっておかしくないと思うんだけど、なんで生まれなかったんだろう？　なんで俺にストーキングさせてくれなかったんだろう？

……じゃなくって。開催日は十日後。ちょうどミンストのオーディションと同じ日か。

俺の問いに、なぜかエーデルワイスではなくてダロンシェが口を開いて、

「概《おおむ》ね合っているけど『地元の催し』という域は逸脱している。彼女の地元、バーウィック半島は人口の大半をローレライが占めていて、音楽に関するイベントがとにかく多い。その中でも最大規模なのがこれ。B1グランプリの愛称で親しまれ、島外からの見物客も多い」

……なるほど。確かにそんな大きなイベントに音痴のままで出るのはシンドいだろう。彼女の依頼は『歌手にしてほしい』というよりは、『この大会で恥をかかないレベルの歌い手になりたい』っていう感じなのかな。

「……っていうか、ダロンシェ、詳しいね。出たことあるの？」

「ない。でもいずれ出ようと思って、色々調べた」

そこでダロンシェは、なぜか恍惚《こうこつ》とした表情を浮かべながら、

「この大会の優勝者は、大魔導士である島の長老が実現できる範囲で、ひとつだけお願いを叶えてもらえることになっている……だからボクはいつかB1で優勝して、その大舞台で恥ずかしいことをするというお願いを叶えてもらう。それがボクの夢……！」

時間を無駄にした。俺はエーデルワイスへと向き直ると、

「えっと、根本的な話だけどさ、これに出ないわけにはいかないの？」

「い、いままでは、何かしら理由をつけてそうしてきたんですけど……さすがに断りきれなくなっちゃって……ま、周りの人に、あたしが歌手をやってるってことを話しちゃったらしくて、向こうも引っ込みがつかないみたいで……うぐ、ひっく……」

……いい加減見ているのが辛《つら》くなってきた。ベルたちもそうだし、ゴーストバスターズたちもみんな表情を固くしている。そりゃあそうだ。こんなかわいい子に目の前で大泣きされたら、大抵の男は胸を痛めるに決まっている。

……ん、あれ？　なんだろ。比喩的な表現じゃなくて、なんか本当にところどころが痛くなってきたぞ。なんか気持ち悪い気もするし……ハンバーガーに変なものでも入ってたかな？

そんな謎の体調不良を感じていると、エーデルワイスは再び俺の手を摑んできて、

「だ、だから、お願いします！　ぐしゅ、身勝手なのは重々承知です！　ミンストの準備でお

ないでしょうか!?」

忙しい中、本当に……本っっっ当に申し訳ないんですけど、あ、あたしにも歌を教えてもらえ
もう答えは決まっていたけれど、一応みんなの顔を見てみる。すると案の定、しっかりとした首肯——なぜかベルの表情は少し固かったけど——が返ってきた。

それを確認してから、俺はエーデルワイスの手を握り返して、

「いいに決まってるでしょ。エーデルワイスには色々お世話になってるんだから、俺たちができることであれば、全力で協力させてもらうよ」

「ふはは、その通りだエーデルワイス！　ほかでもない貴様の頼みだ！　我々のことなど気にせず、全力で親孝行するが良いわっ！」

なぜいきなり入ってきたのか、そしてなぜ俺たちの身体をやんわりと離れさせたのかは謎だったが、ベルはエーデルワイスの背中を叩きながらそう言った。

「ふ、ふぐぅ……あ、ありがとうございます、ありがとうございます！　こんなおバカなお願い聞いてくれるなんて……なるべく、ご迷惑をかけないように……ふぅぅ……グス……」

その言葉に再び咽《むせ》び泣いてしまった彼女だったけど、今度は少し安心したような表情を浮かべてくれている。その光景を見ながら、一同もほっこりとしてしまった。

……でも、微妙な痛みとか気持ち悪さが引かないんだよなあ。マジでなんなんだろう？

それはともかく、実際、エーデルワイスの貢献度は高い。パフォーマンスを見て意見をくれる以外にも、カフェ＆バーのお客さんと連れ立ってライブに来てくれたり、暇を見ては差し入

れを持ってきてくれたりする。打ち上げでバカなことに付き合ってくれたこともあったし、親身になって相談に乗ってもらったこともあった。

俺たちのファンとしても、友達としても、エーデルワイスはなくてはならない存在なんだ。そんな彼女が困窮《こんきゅう》しているのだ。無下《むげ》になどできるはずがなかった。

「よし。じゃあ早速で申し訳ないんだけど、ちょっと実際に歌ってみてもらえるかな。曲はハニコムとかでいい？」

とはいえ、時間がないのも事実だ。俺はそう言いながらPCを開く。

大口を叩いてみたものの、俺みたいな素人《しろうと》に音痴が治せるかどうかも分からない。早め早めで動いて、できる限り頑張ってみよう。

……と、思ったのだけど。

「……え、い、いま、ここで、ですか？　み、皆さんの、前、で……？」

エーデルワイスはピタリと泣きやむと、代わりにゾッとしたような表情でそう言う。

続いてベルやゴーストバスターズたちをキョロキョロと見回して、

「……テ、テロでも起こすつもりですか？」

自分の歌声をテロって表現する時の気持ちってどんななんだろう。

「大げさだって。それとも、いきなり人前は恥ずかしい？」

「い、いえ、違うんですっ！　恥ずかしいとかじゃなくて……その、言う順番が遅くなっちゃって申し訳ないんですけど、あたしの歌声、本当に……！」

焦った様子でそう言う彼女だったけど、しかし何やら考え込むように眉根を寄せると、

「……あ、いや、でも、最近は、歌の練習頑張ってるし……もしかしたら、大丈夫……かも？」

そんなことをブツブツとつぶやきながら黙考し始めたのだが、

「わ、分かりました……やってみます」

何やら覚悟を固めたような目をしながら、そう言った。


——いや。

後々になって思えば、この時によく考えておくべきだった。

もっとちゃんと、彼女の目を見ておくべきだったんだ。

そうすれば気づいたはずだ。

その目は、『覚悟を固めた』じゃなくて『追い詰められた末にヤバい思考状態になっている』時のそれだったということに。


「……い、いきます」

彼女は大きく息を吸い込んでから俺に目配せを送る。俺はひとつ頷いて、曲を流した。

『弱虫な僕は　だけど強がりで　君をずっと守りたいよ』

流れ出した曲に合わせて、エーデルワイスがハニコムの冒頭部分を歌い出した——。

その瞬間、

「「「「‼」」」」

それを聞いていた一同は、一斉に目を見開いて、一瞬だけ呼吸するのを忘れた。

一切の不純物を排除したかのような、伸びやかで透明感のある歌声。

深く澄んだ響きなのに、力強さも併《あわ》せ持《も》った不思議な歌声だ。それが耳心地の良い旋律となって、俺たちを圧倒したんだ。

……すごい。いい声をしているとは思っていたけど、ここまでとは思わなかった。

どうやら彼女は、天才的な歌声の持ち主だったようだ。

……いや、なにこれ、全然音痴じゃないじゃん！

Ｂ１がどんだけ大きな大会なのかは知らないけど、これなら上位を狙えるんじゃ……！

『な、なにもしぃてなくて、なにもできぃなくて、なにも描けずに、なにに、もぉ触れずに』

…………あれ？

『自分のぉ、世界をっ、い、生ぃきること、だぁけに、時間使ってぇた、君に会ぁうまでは』

……あ、ああ。な、なるほど。

確かに彼女は、天才的な歌声の持ち主だ。

が、音程の取りかた、リズム感、どこか恥ずかしそうに歌っている様子など……。

歌声以外の全てが、悲惨な死にかたになっていった。

……な、なるほど。最初だけは良かったけど、それ以降がなかなかキツいな。

でも冒頭の一小節はちゃんと歌えていたのだから、練習すれば全然なんとか……。

――そう思った、その直後、

「「「「ぐぅあああああァァァァッ!!」」」」

俺たちは一斉に頭を押さえ、ホールいっぱいに響くような悲鳴をあげた。

なんの前触れもなく、とんでもない頭痛が襲ってきたのだ。

それだけじゃない。ものすごい勢いで嘔気《おうき》がこみ上げてきたし、視界もグラグラと揺れ始めた。しまいには、金物をガンガン叩かれているような耳鳴りまで聞こえてくる。

ヤバい。これヤバいヤツだ。何がどうなっているか分からないけど、生物としての本能が警鐘を鳴らしている。意識を強制終了しようとしているのが分かる。

あ……ダメだこれ。マジでこれ以上聞いてたら、死――。

「……あ、ご、ごめんなさい！　う、うわ……や、やっぱりダメだったっ！」

途絶えていく意識の中、エーデルワイスが涙目で近づいてきたのが、辛《かろ》うじて確認できた。

「……ご、ごめんなさい、ごめんなさい。グス。こ、ここまでのことになるなんて、うぐ……お、思ってなくて……」

俺たちが意識を取り戻して、なんとか喋れるくらいまでに回復した、その後。

「む、昔から、あたしの歌を聞いた人、みんな、こうなっちゃうんです……ぐしゅ、でも、ベルさんたちみたいになりたくて、最近は歌の練習頑張ってたから、も、もしかしたら、なんとかなるかもって思ってたんですけど……うぅ、やっぱり、ダメでした……！」

殺人動機を供述するかのように、エーデルワイスは全泣き状態で俺たちに謝罪をしていた。

聞けば彼女の種族・ローレライは、歌声そのものに魔力を付与させることができるらしい。だから、うまい人が歌えば何倍にも上手に聞こえるのだとか。

……逆に、エーデルワイスのような音痴が歌えば、さっきのような惨状になる、と。

……うん。無理に歌わせておいてなんだけど、ちょっとだけ早く言ってほしかったな。

一同のそんな思いを汲《く》んだのか、エーデルワイスはホールで割座《わりざ》しながら、泣きはらした目をこすりつつ、

「グス……や、やっぱり、無理ですよね。あたしなんかが、人前に出て歌うの、なんて……」

「バ、バカなことを言うな！　貴様はやればできる子だ！　簡単に諦めるなっ!!」

そう檄《げき》を飛ばしたベルだったけど、すすすっと俺の耳元に近づいてきて、

「……だ、だよな、プロデューサー。大丈夫なのだよな？　ふ、不特定多数を巻き込んだ大量虐殺になったり、しないよな？　エーデルワイスは大事な友人なのだ。友人を戦犯にするわけにはいかないのだ。なんとかしてくれ」

魔王様。ちょっと聞こえております。魔王らしからぬ不安な胸中がダダ漏れです。

とはいえ、それはエーデルワイス自身を含めたみんなの不安だろう。

少し歌っただけでこのありさまなのだ。これをもっと長く聞いてしまったら、そして、数百人を前にして披露してしまったら……。

間違いなく、未曽有《みぞう》の大災害となってしまうだろう。

そんな危険を孕《はら》んだ彼女を、歌手としてプロデュースするなんて、あまりにも無謀……といった雰囲気が漂っている。

……しかし、

「うん。全然大丈夫だよ。なんとかなる」

「おぅえっ!? ほ、本当か!? 本当になんとか……な、なるよなっ！ ふはは、だと思っていた！ 聞いたかエーデルワイスッ！ この男に任せておけば大丈夫なのだ！」

そう啖呵《たんか》を切ってから、ベルは再びすすすっ、と俺の耳元に生首を寄せて、

「ほ、本当なのだろうな？ 本当に誰も死なせずに済む解決策があるのだろうな？」

魔王様、さっきから結構ひどいことおっしゃっています。あと顔近いですありがとうございます。じゃなくって、

「うん。だってエーデルワイス、そんなにひどい音痴じゃないもん」

「……へぅ？」

よほど予想外の答えだったのだろう。エーデルワイスは泣くのも忘れて俺を凝視した。

「頭痛と吐き気に惑わされちゃったけど、歌そのものはそこまでヒドいもんじゃないんだよ。練習すれば充分に治るレベルだって思う。最初のワンフレーズはちゃんと歌えてたしね」

俺がそう言うと、ダロンシェも援護射撃をするようにして口を開く。

「それはボクも思った。君は魔力量がほかのローレライに比べて多いだけ。だから少し音を外しただけでも不快に聞こえてしまうだけのこと。音痴の度合いは、むしろ軽い」

「……う、うむ！　その通り！　わたしもそう言おうと思っていたのだ！　それに、歌詞もきちんと覚えているようだし、あとは気合さえあればなんとかなると思うぞ！」

最後にベルが、少しビビりながらも根性論を叩き入れたところで、彼女は目をシパシパさせてから、少し間《ま》を溜めて、

「……う、うわあああああああああんっ！」

いきなり、大きな声で泣き始めてしまった。

しかも、どうやらこの声にも魔力が宿っているらしく、じわじわと頭痛がしてくるのが分かる。っていうか、さっきの謎の体調不良の正体もこれだったのか!?　ヤバい、テロがっ！　またあのオーバーキルが繰り返されるっ!?

「ちょ、エーデルワイス！　なんで泣いてんの!?　よく分かんないけど、謝るから！　テロらないで！　テロるのだけはやめてっ!!」

「ち、違うんです……ひっく、あ、あたし、そんなこと言われたの……は、初めてで……グス、嬉しくて……う、ぅ……」

なんとか大量虐殺を踏みとどまったエーデルワイスは、とつとつと語り始めた。

「あ、あたし、昔から音痴だってバカにされて、イジメられて……お父さんとお母さんにまで迷惑かけちゃって……それで、追い出されるみたいにして、この街に来たんです」

……思ったより闇が深い過去をお持ちだった。

「それでも、頑張って音痴を治そうと思って、グス、小さい劇場に出たことはあったんですけ

ど……お客さんからは『殺す気か』とか『金なら払う。許してくれ』とか『死んだおばあちゃんに会えた。ある意味ありがとう』とか言われて……ああ、あたし、二度と人前で歌っちゃいけないんだ、好きなことしちゃいけないんだって……お、思ってて……」

誰か！　誰でもいいから、いますぐこの子を抱きしめてあげて！　人生ハードモードのこの子を温めてあげて！

「だ、だから……あ、あたしの歌を聞いた後でも、なんとかなるって……ひぐっ、う、歌っても、いいって……言ってもらえて、すごく……すごく、嬉しかったんです」

最後に一度、ぐしぐしと目を拭ってから、

「あ、あたし、頑張ります！　皆さんの気持ちを無駄にしないように、上手に歌えるようになります！」

「その意気だ！　いままでバカにしてきた連中を、残さずファンにしてやるがよいっ！」

決意を新たにした天災ローレライに、熱血魔王が闘魂注入をしている。不調気味かと思っていたけれど、しっかりとやる気スイッチを押す係を果たしてくれているようで何よりだ。

それを確認してから、俺はダロンシェに視線を落とすと、

「……ってわけで、申し訳ないんだけど、エーデルワイスの衣装作りをお願いしちゃってもいいかな？」

「うん。それはなんとかなる」

なんとかなるのか。すごいな。ただでさえ振り付け作りとか練習が忙しいのに、だいぶ無茶

振りをしてしまったと思うんだけど。

「心配なのはむしろ、プロデューサーの安否」

そこで彼女は珍しく、頰《ほお》に一筋の汗を流しながら、

「訓練を行うということは、何回か……いや、何回もあの攻撃を受けるということ。亜人のボクらでもあれは厳しい。人間のプロデューサーがそう何度も耐えられるとは思えない。ミンストの準備も多忙な中、本当にできるの？」

「……うん。それも含めて覚悟はできてる。死なないようにするよ」

歌のレッスンをするというだけなのに、ラスボス前の勇者パーティみたいな会話になるのはなぜだろう。俺が『いのちをだいじに』作戦を設定していると、キュリアがため息混じりに会話に入ってきた。

「それに、十日間丸々使えるわけでもありませんよ。ここからバーウィックまでは、船と馬を乗り継いで丸一日かかります。つまり遅くとも、九日後の朝までにはなんとかしないといけません……本当に、なんとかなるのでしょうね？」

「なんとかなる……っていうか、なんとかするよ」

正直、確約できるほどの自信はない。俺みたいな素人が音痴を治そうっていうんだ。そう簡単にはいかないだろう。

だからこそ、やる価値がある。

ベルもダロンシェも、最初から歌もダンスもほぼ完璧《かんぺき》だった。キュリアは初心者だったけど、

言えばすぐできる子だった。だから俺がやったことは、そんなに多くはない。

だけど、エーデルワイスのような子を歌えるようにできれば、プロデューサーとしての経験になるし、できることも増えるかもしれない。

それにうまくいけば、うちのメンバーに引き込むことだって……。

いや、いかんいかん。欲張りすぎるとろくなことがない。

彼女が歌えるようになって、無事に親孝行を果たせるようにすること。

あくまでもそれが第一目標だ。見失わないようにしよう。

「でも時間がないのは本当だからね。早速取りかかってみるよ」

そう言って、俺はベルと一緒に盛り上がるエーデルワイスに歩み寄った。

まあ時間がないとは言っても、まだ九日間もあるんだ。ミンストに向けてのレッスンもあるから、その期間を丸々使えるわけじゃないけど、そこまで切羽詰まっているわけでもない。

エーデルワイスも頑張り屋さんだし、きっとなんとかなるだろう。


そんなふうに軽く考えていた時期が、私にもありました。

「──さん。プロデューサーさんっ！　しっかりしてください!!」

「……ッハ!!」

エーデルワイスに揺すられて、俺は意識を取り戻したようだった。

場所は誰もいないラタンのホール。時間は二十一時四十分。

だけど俺の記憶では、ついさっきまで二十一分だったはずだ……ということは。

「……や、やった！　ついに気絶の時間が二十分を切った！　ひゃは、ひゃははは！　これで時間のロスが減らせるぞっ！　次の目標は十分っ……！」

「プ、プロデューサーさんっ！　お水飲んで、とりあえず落ち着いてください！　目標変わってきてます！　すごく労働環境の悪いところで働いてる人みたいになってます！」

エーデルワイスが涙目で俺に水を渡す。それをちょっとずつ飲んでいると、段々と正気に戻ってくるのと同時に、現状を思い出していった。

……最初の時点からあまり進捗《しんちょく》していないという、この現状を。

全く進捗がないというわけではない。しかし、ところどころで俺が気絶してしまうので、物理的な問題で練習が進まないのだ。

……それに。

「ひ、ひっく……ねえ、もう、今日はやめましょう？　これ以上プロデューサーさんが弱っていくの……あたし、見てられないです……」

「…………」

何回もぶっ倒れたことによって、埃《ほこり》とあざだらけになった身体。うつろな目。レッスンを始めて半日も経っていないのに、げっそりと痩《や》せこけた顔。

コップに映し出された自分の姿を見て、改めてどえらいことを引き受けたのだと自覚する。

「……そうだね。今日はもう遅いし、続きはまた明日にしようか」

俺がPCを閉じながらそう言うと、彼女もこくんと頷いて、帰り支度を始めた。

……うーん。何がいけないんだろう。練習してみて分かったけど、やっぱりこの子、そこまでリズム感がないわけでも、音程が取れないわけでもないのだ。だけどいざ歌うとなるとそれらがうまくかみ合わず、件のマスデストラクションソングになってしまう。

まるで、それらを駆動させるための大きなパーツが、ぽっかりと欠落しているかのように。

それが補てんできれば一番いいのだけど……うーん。それが分からない以上、やっぱり地道にやっていくしかないのかな。

そんなことを思っていると、観音扉が勢いよく開いて、バスケットいっぱいのサンドイッチ（ものすごく歪《いびつ》な形だけど）を持ったベルが入ってきた。

「さあ、貴様ら、お待ちかねの夜食だ！　ふはは、このわたしの手料理をとくと味わうがよ……って、なんだ？　もう上がってしまうのか？」

ドヤ顔で入室してきたベルだったけど、俺たちが帰り支度をしているのを見て首を傾《かし》げる。

俺は苦笑しつつ、

「うん。エーデルワイスはまだやれそうなんだけど、俺のほうが疲れちゃってさ……はは、偉そうなこと言っといて、初日から不甲斐ないよ、ホント」

少し弱気になりながら苦笑すると、すかさずエーデルワイスが、

「そんなっ！　プロデューサーさんは一生懸命やってくれてるじゃないですか！　あ、あたしのせいで、そんなになるまで疲れちゃってるだけで……グス」

そう言って目に涙を溜めてしまった。まずい。冗談めかして言ったつもりだったけど。いまのはよくなかった。こんな言い回しをしたら彼女が気にしちゃうじゃないか。

なんとかフォローを入れようとするけど、エーデルワイスはなおも鼻をすすりながら、

「……グス。やっぱり、無理なんでしょうか……あ、あたしなんかが人様の前で歌わせてもらうなんて……」

「そんなことはないぞ！　一日二日で成果が見込めないのは当たり前のことだ！　大事なのは粘り強く努力を重ねることだ！　頑張り屋さんの貴様ならきっとできるっ!!」

そんなエーデルワイスの背中をバシバシ叩きながら、ベルは松岡○造になって発破をかけている。やっぱり、こういう時に彼女の存在は本当に助かるな。大したことを言ってるわけじゃないんだけど（失礼）、このテンションの高さに触発されて、否《いや》が応《おう》でも前を向こうという気になってくるのだ。

俺もこういうことができれば、訓練の進捗も少しは違うんだろうけどなあ……。

「貴様は物事を悲観的に考えすぎなのだ！　自分に自信を持って物事に臨む姿勢が大事なのだと思うぞ！」

俺が悲観的になってどうする。せっかくベルがフォローしてくれてるんだ。俺もエーデルワイスを励まさないと。

「そ、そうだよ、段々歌えるようになってるじゃない！　ベルの言う通り、もっと自分に自信持ったほうがいいって！」

言ってから、内心で少し苦笑してしまう。それは最近、俺がダロンシェに言われたことだ。自分でもできていないことを人に言うなんて、俯瞰《ふかん》で考えるとひどく滑稽《こっけい》……。

……いや、待てよ。

「……ベル」

「ん？　な、なんだ？」

俺は半ば無意識にベルの名を呼び、彼女に向けて右手を掲げた。ベルは不思議そうな顔をしながらも、同じように右手を掲げ、俺はハイタッチのようにしてその手を軽く叩く。

「ナイスッ！」

「……お、おう」

パンッ！　という小気味の良い音と、その行為に首を傾げるベル。それはひとまず置いておいて、俺はもう一度エーデルワイスに向き直った。

やはりベルはすごい。彼女は無意識だろうけど、彼女がそう言わなければ、俺はこの考えに至らなかっただろう。

自分に自信を持つこと。

その言葉は、依然として俺にはピンとこないままだ。

だけど、いまこの状況の彼女にとってなら……！

「エーデルワイス、お世辞じゃなくて、マジでどんどん良くなってるんだよ。特にAメロの四小節目とか、俺が言わなかったのにちゃんとビブラートかけてくれたりとかして、すごいなって思った」

その可能性に気づくのと同時、俺はエーデルワイスに向けてそう言った。

すると彼女は、呆然《ぼうぜん》と俺のほうを見ていたが、やがて少しだけ口元をにやけさせながら、

「……え、え？　そう、ですかね？　いや、ベルさんたちがそうしてるの聞いて、勝手にそうしちゃったんですけど……余計なことじゃなかったです？」

「全然余計じゃないよ。声の強弱とかビブラートは、一通りやってからって思ってたけど、もうそれができてたからびっくりした。しかも聞いただけでできるってすごいね！」

「え、い、いや、そんなことは……えへへ」

手法、というにはあまりに稚拙《ちせつ》だ。後々になってそういうことをしていたとバレたら、バカにするなと怒られてしまうかもしれない。

しかし、それでも、

「でも、あとちょっとだけ……本当にあと八分音符ひとつ分とかなんだけど、その分だけ伸ばすと、もっと良くなると思うんだよね……もしアレなら、そこだけやってから帰る？」

「あ、はい！　そうですね、そっちのほうがキリいいですもんね！」

僅《わず》かな可能性を信じて、俺はその方法を試してみることにした。

「オ、オイ、プロデューサー。その……訓練もいいが、その前に、少しだけ夜食を食べてみたらどうなのだ？　ひとつだけでも良いのだが……」

気持ちを新たにしてＰＣを開くと、ベルがそう言いながら俺にバスケットを差し出してきた。

心なしか顔が赤いし、声もうわずっている。なんだろう、怒ってるのかな？

あ、そりゃそうだよね。せっかく作ったのに口もつけないなんて失礼だ。俺はお礼を言って
サンドイッチを受け取り、口をつけた。

……うん。まあ、うん……うん。

うん。キャラ的に料理が上手な感じじゃないとは思ってたけど……うん。びっくりするくらいその通りだった。逆にイメージ通りで安心した。

「ど、どうだ？ どんな味だ？ お、おいしいか？」

俺が謎の安心感に浸っていると、ベルがなぜかそわそわした様子でそう訊ねてくる。え、なに、感想とか言わなくちゃいけないものなの？ 女子に料理を作ってもらったことなんてないから、いまいちシステムが分からないんだけど……。

あ、アレかな。料理の訓練中とかなのかな？ だからダンスや歌と同様、忌憚《きたん》のない感想が欲しいってことなのかもしれない。

そういうことなら、と、俺はにっこりと笑いながらベルの肩に手を置いた。

彼女を見習って、少しハイテンションでアドバイスをあげることにしよう。

「大丈夫。最初からうまくできるヒトなんていないよ！ ベルだって頑張り屋さんなんだから、努力すればきっとまともに作れるようになるよ！ 自信持って頑張って！」

無言で喉をチョップされた。

デュラハン心はよく分からない。

そしてあっという間に時は過ぎ、訓練開始から九日目――つまり、エーデルワイスが出発する日の早朝。

ベルたちと同じ衣装に身を包んだエーデルワイスをステージに据えて、俺、ベル、ダロンシェは、観客よろしくホールへと集合していた。

キュリアだけはミンストオーディションの諸手続きのため不在だが、その代わりにゴーストバスターズやほかの演者たちも集結しているので、なかなかの人数だ。

訓練は概ね終わっているのだが、大勢の前でパフォーマンスをすることだけができなかった。だからB１のリハーサル兼お披露目会として、彼らに協力してもらったのだ。

もっともその表情はどこか固く、みんな自分の膝を見ていて、どうにも雰囲気は良くない。たとえるなら、化け物の人身御供《ひとみごくう》にされる直前の村人たち、みたいな感じだ。

「……な、なあ、旦那。疑うわけじゃねえんだけどさ……その、本当に、ホント～に、エーデルワイスの歌を聞いても……その、大丈夫なんだよな？」

村人その一・クレイドルが小声でそう訊ねてきて、ほかのみんなも俺の返答に耳をそばだてている。まあ無理もない反応だ。ゴーストバスターズたちは歌声の破壊力を体感済みだし、ほかの演者たちにもすっかりそのことは知られてしまっているのだ。

だからこそ、彼女の変化にはびっくりしてもらえるだろう。

俺はクレイドルの肩をポンポンと叩くと、

「エーデルワイス、早くみんなを楽にしてあげよう。準備はいい？」

PCを開きながら、エーデルワイスに向けてそう言った。

彼女はやや固い表情で、ひとつ大きく深呼吸をしてから、

「……いけます」

しっかりと、頷いてくれた。

俺もひとつ頷いてから、マジックリフレインを起動させ、つま先で三拍を刻んだ。

エーデルワイスと目配せをして、エンターキーを押す。

『弱虫な僕は　だけど強がりで　君をずっと守りたいよ』

切なさを想起させるシンセサイザーの旋律に、エーデルワイスの歌声が重なって――。

「お、おお……おお！　ぅおおおっ！」

「マジかよ……おい、どこが音痴なんだ、これっ!?」

それと同時、ゴーストバスターズも、演者たちも、驚愕《きようがく》の表情を浮かべた。

もちろん、テロられているわけではない。

『なにもしてなくて　なにもできなくて　なにも描けずに　なににも触れずに』

エーデルワイスの歌声に驚き、圧倒され、聞き惚れているのだ。

『自分の世界を　生きることだけに　時間使ってた　君に会うまでは』

そのクリアボイスは吸いつくようにしてメロディラインへと重なり、しっかりと音程の取れた歌声となってホール全体に染み渡る。ビブラートや声の強弱なんかもばっちりだ。

そこにはもはや、音痴だった頃の片鱗《へんりん》すらない。

先ほどまでの不穏な雰囲気など嘘のように、観客たちは壇上の歌姫を注視し、曲を聞くことだけに集中している。クレイドルも質問したことすら忘れてしまったように、口を半開きにして曲に聞き入っていた。

「……やっぱり、何度聞いてもすごい」

俺の横にいるダロンシェが話しかけてくる。

ちなみに彼女らには、すでにエーデルワイスの歌声を聞いてもらっている。お互いにとって良い刺激になると思ったので、合同訓練を何回もしてきているのだ。おかげでエーデルワイスは、歌だけでなく振り付けもだいぶできるようになっていた。

「そういえば、ちゃんと聞いてなかったけど、一体どんな訓練をしたの？」

その質問に、俺はほっぺたをポリポリと掻《か》きながら、

「……う～ん。そんな大層な訓練はしてないんだよね。どっちかっていうと、エーデルワイスのトラウマを克服することに終始した感じ」

「……トラウマ？　それが音痴と関係しているの？」

小首を傾げるダロンシェに、俺は舞台上で歌うエーデルワイスを見ながら、

「うん。あの子の場合、子どもの頃のトラウマが原因で、人前で歌うことが苦手になっただけみたいなんだ」

ひとくちに音痴といっても、その種類は多岐にわたる。音程が取れないタイプ、リズム感が

ないタイプ、自分の出しているキーが分からないタイプ……。

そして、人前で歌うことに緊張してしまうタイプ。

彼女は典型的なそのタイプだった。

彼女は幼い頃から、少しだけ音程の取りかたが下手なだけだったのだろう。しかし周りのローレライにバカにされたり、テロのようなリアクションをされたりしているうちに、自分がド下手だと思い込み、人前で歌うのが嫌になってしまったのだ。

「だからそのトラウマを克服するような訓練をしたら、ああやって歌えるようになったんだ」

「トラウマの克服って……具体的にどうしたの？」

「ひたすら褒《ほ》めまくっただけ」

だけということはさすがにないけど、一フレーズずつ彼女に歌わせてみて、それをキーボードのアプリを使って訂正し、再び歌わせ、あとはもう褒めちぎる。ほぼほぼそれの繰り返しだ。ダロンシェとベルのアドバイス通り、自信をつけてもらうことに終始したというわけだ。半信半疑ではあったけれど、それだけで彼女はメキメキと音感を取り戻していったのだった。

というか、もともとポテンシャルはある子だったのだ。苦手意識という蓋《ふた》を取り除いて、力を自由に出し入れできるようにしただけだ。

ほかのタイプの音痴じゃなくて本当に良かった。もしそうだとしたら、俺みたいな素人に治すのは無理だったろうし、時間ももっとかかってたと思うしね。

……まあ、ところどころで悶絶したから、やっぱり楽ではなかったんだけどさ。

でもそれくらい、安すぎる代償だと思っている。

俺が何回かぶっ倒れただけで、ひとりの少女のトラウマが消え、あんなに楽しそうにステージ上で歌わせることができたんだ。

それだけで充分だった。

そんなふうに慢心していると、それまでだんまりだったベルが不機嫌そうな表情で、

「……なるほど。つまり貴様は、九日間もの間、個室の中で、ほかの女を褒めちぎっていたというわけか」

「いや言いかた悪いな。ほかの女って……っていうか、な、なに？　何か問題あった？」

「……別に」

すげなく言うと、ベルは口を尖らせながらエーデルワイスを見て、

「ただ、最近のエーデルワイスの貴様に対する態度に合点がいった……というだけの話だ」

エーデルワイスの俺に対する態度？　べつにそんなにおかしいことはないと思うけど……。

そんなことを思っているうちに歌が終わり、割れんばかりの拍手と歓声が巻き起こる。

エーデルワイスは何回もステージ上で頭を下げてから、泣きそうな表情で俺たちに向けて駆け寄ってきた。

「プ、プロデューサーさんっ！　グス、あたし、やりました！　たくさんの人の前で、歌うことができましたぁぁぁアアアッ!!」

「うん、練習通り上手だったよ！　いや、練習以上だったかも！　もしかしたらエーデルワイ

ス、人前で歌うほうが上手になるタイプなのかもしれないね！」
涙目のエーデルワイスと両手で握手をしつつ、少し意識してその挙動を観察してみる。

彼女の俺を見る目はキラキラとしながらも、どこかトロンとしていて、非常にかわいらしい。

頬は僅かに紅潮していて、心の底から嬉しそうに俺の手を握っている。

まるで恋する乙女《おとめ》のような態度で、彼女は俺に接してくれている。

ということは、つまり……。

俺なんかにそんなリアクションをしてくれるくらい、うまくいったのが嬉しかったってことだね！　重畳《ちょうじょう》、重畳。

「……まあ、とにかく、アレだな」

そんなことを思っていると、俺とエーデルワイスの間に割って入りながら、ベルがひとつ咳ばらいをした。な、なんですか魔王様。さっきから急に対応が塩ってますけども。

そんなふうに思ったけど、次の瞬間には優しい笑顔を浮かべて。

「良かったな、エーデルワイス。貴様のことをバカにする輩《やから》など、もうどこにもいないぞ。思う存分、その美しい歌声をご両親へと聞かせてやるが良いっ！」

「……は、はいっ！　ぐしゅ、あ、ありがとうございます、ありがとうございます！」

ベルとダロンシェ、そしてゴーストバスターズや演者にもお礼の言葉を言いながら、彼女は再び泣きじゃくり、そして、笑っていた。

……音痴は治ったけど、泣き虫なのは最後まで直らなかったな。

そんなふうにほっこりしながら、カウンターまで歩いていって、ＰＣを置こうとした……。

その時。

「プロデューサーさん！　大変ですっ!!」

バンッ!!　と勢いよく扉が開き、これ以上ないほど焦った様子のキュリアが入ってきた。

冷静な彼女がここまで焦るのは珍しい。それまでのほっこりな雰囲気が霧散し、一同は緊張をみなぎらせたのだが、

「きょ、曲を聞いたり、口ずさんだりすると、服を脱いでしまう身体になっていました！　何を言っているか分からないと思いますが、キュリアにも分かりません!!」

「「「「……………」」」」

ネコミミ少女の発言に、しばしの沈黙を挟んでから、一同にまばらな笑いが起こっていく。

なんだ、冗談か。しかも、曲をかければ女の子が脱ぐって……Ｓ○Ｄクリエイトかロケット○ーベルみたいな着想だ。キュリアがそんな冗談言うとは……興奮するな。

「ビックリした～。血相変えてくるから何かと思ったら……あはは、キュリアでも冗談言うんだね」

俺が笑いながらそう言うと、キュリアは真っ赤な顔で俺のことを睨みつけて、

「キュリアがそんな冗談言うと思いますか!?　本当なんですよ！　さっき、広場で弾き語りを聞いていたら、いきなり、ぬ、脱ぎ出してしまって……」

「なるほど――じゃあ、やってみたまえ」

冗談めかしてそう言うと、俺はカウンターにPCを置いて、適当なMP3を再生。そのままエーデルワイスの横へと戻っていった。さあ、ロックンロールの始まりだ。

「ちょ、あなた何やって……わ、わっ！」

一瞬ブチ切れそうになったキュリアだったけど、唐突かつ不自然にその動きを止める。そして……。

「あ、あとでどうなるか分かっているのでしょうね!?　いますぐ曲を止めなさいっ!!」

なんとガチでローブを脱ぎ捨て、その下に着ているシャツのボタンを外し始めたのだった。

「……え、ちょ、キュリアッ!?　何してんのさ!?」

あまりの事態にみんなが硬直する中、俺がそう叫ぶと、彼女は涙目で、

「だから言ったじゃないですか、本当だと！　とっとと曲を止めなさい！」

その手はシャツの第二ボタンを外し、その隙間から見えてはいけないものが見えそうになっている。そこにきてようやくことの重大さに気づいた俺は、急いでPCを置いたカウンターに戻ろうとするが……

「はァおっ!!」

その途中で動きを止め、身体をくの字に折り曲げた。

――下半身が。

下半身の、あのヤツが、ロックンロールなことになっちまっているようだ。

「何をやっているのですか!?　早く音楽を止めてくださいっ!!」

必死の形相で叫ぶキュリアに、俺も必死の形相で身体をプルプルさせながら、

「いや、止めたいんだよっ!?　でもその……たつとたってるのがもろに分かってしまうというか、この状態でたつと痛いからたてないというか、いや、たってるんだけど……と、とにかく、たってるからすぐにはたち上がれないんだ！」

「このクズがあぁぁぁぁぁぁッ！」

その後、硬直から抜け出したベルが音楽を止めてくれたが、俺はキュリアとベルにものすごく強い力でひっぱたかれた。ついでに、事態を静観し、俺と同じように前かがみになっていたゴーストバスターズたちも、ものすごく強い力でひっぱたかれていた。


「……本当。キュリアはおかしな魔法にかけられている。ものすごく複雑な術式……一日二日で外すのは不可能と思われる」

それから数分後。キュリアの魔法を分析したダロンシェは、憤《いきどお》りを抑えるようにしてそう告げた。

現在ホールにいるのは、ベルたちとエーデルワイスだけだ。事情が事情なので、ほかの演者とゴーストバスターズにも席を外してもらった。

「……ふざけている。オーディション前日だというのに、一体誰がこんなことを」

閑散としたホールの中に、ダロンシェの静かな怒気が広がっていく。普段冷静な彼女にしては珍しいけど、大事なメンバーがこんなことになったのだから、キャラのひとつやふたつも崩

れるだろう。

「どうしてボクじゃなくてキュリアを狙ったの。人前で脱ぐ免罪符になったのに……っ！」

キャラ崩れてなかった。ブレずに変態だった。

「一応聞いておく。キュリア、犯人に心当たりはない？」

ひとしきり悶々とした後、ダロンシェは気を取り直すようにして言った。

「痕跡からして、魔法をかけられたのはおそらく十日くらい前。それがいまになって発動した模様。犯人はその前後でキュリアに接触しているはず。みんなもよく思い出してみて」

……そう言われてもな。キュリアに気取られずに魔法をかけるなんて、相当の手練《てだ》れだろう。そんな人が近づいてきたら、印象に残ると思うのだけど。

ん？　いや、待てよ。つい最近、強キャラ感が半端《はんぱ》ない人に会ったような……。

「……オルトファンク」

半ば無意識にそう言うと、四人がキョトンとしたように俺のほうを向いた。

そうしてベルが、なぜかものすごく嫌そうな表情で口を開く。

「……な、なんだ、パパがどうかしたのか？」

……ん？

「……え、いや、あの……オルトファンクっていう怪しいヒトと、九日前にここの入り口らへんで会った……っていう話をしようと思ったんだけど、えーと……」

ベルのパパってことは、つまり……。

「はあぁっ⁉　あ、あのヒト、大魔王様なの⁉」

めっちゃタメ語で喋っちまった、というやらかした感とともに、疑問も湧いてきた。なぜ一国の王様が、わざわざ寂れた劇場（失礼）に顔を出したのだろうか？　いや、娘が練習している劇場に来る、っていうのは自然なことなのかもしれないけど、娘のところに顔も出さないっていうのはおかしいし……。それに、なんか意味深な言葉を残してったような気もする。

「って、ていうかあのヒト、顔がライオンだったよ⁉　ベルのお父さんってことは、デュラハンなんじゃないの⁉」

「パパは数年前から、トランスフォームという高度な魔法によって、自分の身体をより屈強な生物へと作り替えているのだ……って、そんなことはどうでもいい！」

いやどうでもよくはないって。お父さんがある日突然、食肉目ネコ科になったらビビるって……なんて思ったけど、そんな指摘すら許さないような剣幕でベルは言う。

「詳しく話せ、プロデューサー！　パパと会ったのか⁉　ここで⁉」

豹変した彼女の態度にビビりながらも、俺はその時の状況を説明した。お忍びっぽい様子で来ていたこと。何やら意味深な言葉を言われたこと。なるべく細部まで話したところ、

「……クソ、パパめ、やってくれたな」

「あのお方なら、キュリアに魔法をかけることくらい、造作もないでしょうね……」

ベルとキュリアは、なぜか怒りに満ちたような表情でそう言った。

エーデルワイスは困惑したように、

「え、どういうことですか⁉　アイドル活動するっていう許可は、ちゃんと大魔王様に取ったんですよね⁉　だったらなんで、こんな邪魔するようなこと……！」

「……いや、パパならあり得る。というかむしろ、表立って許可を出したからこそ、こういった妨害工作に出てきたのかもしれん。あの男は昔からそういうことをしてきた」

ベルは苦虫を噛《か》んだような顔でそう告げる。今度は俺が首を傾げ、

「……え、いや、ごめん。全然分かんない。つまりどういうこと？」

「確かにパパからの許可は出た。しかしそれは『どうせうまくいかないから』という意図ありきでの話だったのかもしれない。やるだけやればわたしの気が済むと知っているからな……しかしその思惑は外れ、我々はこうして徐々に活躍をしてしまっている」

ずいぶんとスラスラ言葉が出てくる。親子だけあって思考が読みやすいのか、昔に同じようなことをされたことでもあるのか……後者だったらけっこう怖いけど。

「一度許可は出した手前、今更直接的にやめろとは言えない。だからこうして、間接的な手段で我々を潰《つぶ》そうとしていることは、充分考えられる」

「……いや、まさに大魔王の所業、って感じだけど、その……娘ひとりのために、そんな回りくどいことするかな？」

「する。今回はむしろやり口がぬるいほうだ。わたしが自分の部屋を持ちたいと言った時はひどかった。領内のエクソシストを集めに集め、ポルターガイストや金縛りなどの心霊現象を夜な夜な引き起こしたのだ。わたしがオバケ嫌いなのは、その時のトラウマがあるからだ」

……ヤベェな、あの食肉目のオッサン。さすがベルの親だけあってぶっ飛んでいる。いや、そこまでしないとベルが引かないのかもしれないけど、それにしたって裏工作が過ぎる。

「……すまない、みんな。ここ数年はそういったこともなかったし、戴冠式前におかしなことはしてこないだろうと高をくくっていたのだが……こんな形で迷惑をかけてしまった」

低頭……というか脱頭して一同に謝罪をするベル。

そうしてから彼女は、カウンターに立てかけていた剣を手に取る。

「わたしを心配するあまりの行動、と、いままでは大目に見てきたが、もう我慢できん……ちょっとパパのところに行ってくる」

その瞳孔は、全開に開ききっていた。

「――少し早いが、パパには世代交代してもらうとしよう」

俺とキュリアとダロンシェは、特に示し合わせるでもなく、同時にベルに飛びついた。

「えぇい、放せっ！　少しくらい痛い目を見るべきなのだ、あのアホ親父はっ!!」

「落ち着いてよベル!!　大魔王とケンカなんてしたら、それこそアイドルなんて続けられなくなるよ！　相手の思うつぼだって！　そしたら俺が！　俺の命がっ!!」

「大魔王様のこういった嫌がらせは、ベル様への試練という側面も持っています！　ご自分の部屋を手に入れた時もそうだったではないですか！　これさえ乗りきれば、もう余計なちょっかいを出してきませんよ、あのオッサンは！」

「みんな落ち着いて。折衷案を思いついた。キュリアの魔法をボクに移してもらうように大魔王に交渉する。そしたらボクは国家公認で露出ができる！　みんな幸せっ！」

喚き散らす三人を引きずりながら、ベルはほとんど速度を落とさずに出口へと向かっていく。

分かってはいたけど、とんでもないバカ力だ。まずい。このままじゃ本当に史上最強の親子喧嘩が始まってしまう。そんなことになったらアイドルどころじゃなくなるだろう。

いやまあ、ミンストに出られなければ、結局『アイドルとしての成果を上げられなかった』ってことになって、どのみち近いうちに活動を停止させられる恐れがあるわけだけど、だからといって大魔王のもとに乗り込んで解決するとは思えない。

一体、どうすれば……。

そんなふうに葛藤していると、エーデルワイスがベルの動線上へと立ちはだかって、

「と、止まってくださいベルさん！　止まらないと……テ、テロ、起こしちゃいますよ!!」

「…………っ」

その犯行声明に、ベルは（というか俺たちも）ゾッとしたような表情を浮かべ、ぴたりと動きを止めた。三人の全力にも勝るマスデストラクションボイス、おそるべしだ。

エーデルワイスは発言から一呼吸置いて、

「……あ、あたしが、Ｂ１に出るのやめて……キュリアちゃんの代わりに、ミンストのオーディション、出ます」

……非常に彼女らしい、優しい台詞《せりふ》を口にした。

「図々しいお願いですけど、あたしをアイドルのメンバーに入れてください！　合同練習をし

た時に、キュリアちゃんのパートは大体覚えました！　あと一日も練習すれば……！」

「ふざけるな」

ベルがあえて厳しい口調でそう言って、俺たちも大きく首肯した。ベルは続ける。

「貴様がこの九日間頑張ってきたのはなんのためだ？　Ｂ１に出てご両親を安心させてやるためだろう。本懐を見失うような者に、アイドルが勤まると思うなよ」

「で、でも……!?」

なおも食い下がろうとするエーデルワイスに、今度は俺が諭すような口調で、

「大丈夫だよ。君のおかげでベルも落ち着いたみたいだし、まだオーディションまで一日あるんだから、俺たちだけなんとかできるよ」

……いや、正直なんとかなるかは相当微妙なので、その申し出はものすごく魅力的だ。っていうか、なんならＢ１が終わった後、彼女をメンバーに勧誘するつもりだったし。

だけど、やっぱりダメだ。

「そうやって誰かの何かを犠牲にして問題解決するってやりかたは、できればしたくないんだ。一回そういうことをしちゃうと、次もそういう手段でどうにかなるかも……とか思っちゃうようになるかもしれないしね」

俺がそう言うと、エーデルワイスは何か言いたそうに口を開いたけど、しばらく間をおいて
『分かりました……』と言ってくれた。

決して納得したわけじゃないだろうけど、これ以上言っても俺たちの迷惑になると判断して

くれたのだろう。ここは絶対に甘えるわけにはいかなかった。

そう思ったのだが、彼女は最後の抵抗のように、こんなことを言ってきた。

「……でも、あたしの何かを犠牲にしないなら、オーディションに出てもいいんですね？」

「……え、う、うん」

戸惑いながらも首肯をする。Ｂ１とミンストのオーディションはほぼ同時刻だ。Ｂ１のほうが終わるのが早いけど、そこからこっちに帰るのに丸一日かかるので、どのみちオーディションに間に合うわけがない。

彼女が犠牲を払わない方法なんて、存在しないと思うのだけど……。

「わ、分かりました……それなら、もしかしたら……」

俺の考えとは裏腹に、彼女は妙案でも思いついたように何事かをブツブツと言い始めた。それは気になるところだったけど、俺は壁掛け時計に目をやって、

「エーデルワイス、ここまで付き合わせちゃってなんだけど、時間大丈夫？　そろそろ乗合馬車が来る頃だよ。着替えもしなきゃだし……」

「え、あ、うわっ！　本当、もうこんな時間！」

そこで彼女はいつもの雰囲気に戻り、カウンターに置いていた大きな荷物に向かってバタバタと駆けていった。

「ごめんなさい、行ってきます！　ベルさん、もう暴走してみんなを困らせたらダメですよ？」

「……あ、ああ。分かっている。はは、ありがとうな」

ベルがそう返事するのを確認してから、彼女はバタバタとホールをあとにしていった。

最後の最後までこっちの心配してるんだもんなあ。本当に優しい子だ。嫁にしたい。あの二の腕をぷにぷにしたい。

……と、そんなこと考えてる場合でもないか。

「……じゃあ、こっちはこっちでどうするか、ちゃんと考えてみようか」

ほっこりな雰囲気を消し去りながら言う俺に、一同も真剣な表情で頷いた。

猶予はあと一日。何か有効な打開策があるといいけど……。


そして、翌日――。

「お、おお。いよいよ、わたしたちの出番は次の次か。さすがに緊張してきたな……」

「ベル様、こういう時は『首』という文字を掌《てのひら》に書いて飲み込むと、落ち着くそうですよ」

結局、有効な打開策が見つかることなく、キュリアの脱衣魔法も解除することができないまま、俺たちは審査会場の舞台袖にいた。

審査会場になっているのは、老舗《しにせ》の中規模劇場『リーガル』だ。

中規模と言っても、その広さは体育館ふたつを繋げたくらいはあるし、ダークゴールドの大きなシャンデリアや天井画まである、絢爛《けんらん》豪華な造りだった。

大きなステージから五メートルほど離れた客席には、五人の審査員。更にその後ろには、数百人の観覧客や取材陣がひしめき合っている。そんな衆人環視の中、集まった数十組の演者たちは、自分たちの持ち得る最高のパフォーマンスを披露するのだ。

……いや、まあ、俺たちに限って言えば、正直『最高』ではないんだけどね。

結局ここで披露するものは、『三人用のパフォーマンスを二人用に作り替えたもの』ということになり、昨日一日はその練習に費やした。おかげでどうにか見られるものにはなったけど、もともとボーカルパートを補う形で三人用のパフォーマンスに組み替えたので、その完成度はいまいち中途半端なものになってしまった。

決して低くはない。でも群雄割拠のミンスト候補生の中で通用するかどうかは、微妙だ。

このパフォーマンスの持ち得る可能性に、審査員が気づいてくれればいいのだけど……。

「……では、次の者。ステージに上がって、名前と演目概要を述べてくれ」

そんなことを考えているうちに、俺たちの出番がやってきた。

……ここまできたら、やるしかないか。

俺たちはお互いの目を見合わせて、深く頷き合ってから、ステージ上へと歩いていった。

ステージ中央に到達すると、ベルは大きく深呼吸をして、

「名はベルとダロンシェ。演目概要は『アイドルパフォーマンス』。歌と踊りを使った演舞のようなものだ」

あえて堂々とした態度で言いきった。

審査員席の中央に座る女性は、側頭部に生えた角を触りながらにやりと笑って、

「……なるほどのう。おぬしらが件の者たちか。噂はほうぼうから聞いておる」

彼女の名はコートニー。ミンスト運営委員会の最高責任者だ。見た目は二十代前半くらいの黒髪キレイ系女子だけど、齢《よわい》云百年のエンシェントドラゴンらしい。

「一応言うておくが、奇抜なことをするだけの有象無象を出していたら、ミンストはここまでのイベントに成長しておらぬ。それを理解したうえで、この場に参じているのじゃろうな？」

いまは人間の姿をしているけど、その威圧感はすごい。その台詞を言っただけで、舞台袖で出番を待っている演者たちが震え上がってしまった。

だけどベルは、堂々とした態度を崩さないまま……。

……いや、

「……もちろん。きちんと、イベントに貢献できるものを……用意してきた」

ほんの少しだけ、後ろめたさを感じさせるような口調で、そう返した。

……くそ。三人のパフォーマンスだったら、きっとちゃんと返せていたのに。

「……ふむ。何か思うところがありそうな口調じゃが、まあ良い。口だけではないことを証明してみせよ」

その感情の機微をどう取ったかは知らないが、コートニーは促《うなが》すようにして俺たちに手を差し出す。いつでも始めていい、ということらしい。

俺は気持ちを切り替えつつ、ベルとダロンシェに目配せをして初期配置につかせる。

俺は舞台袖に捌《は》けつつＰＣを開き、キュリアは俺の横で耳栓（ここだけなんとも情けないけど）をした。

……やるしかない。最高の形じゃなくても、もうやるしかないんだ。

俺が決意を固め、ふたりに目配せを送ろうとした、その時――。

バンッ！

客席の最後方にある出入り口のひとつが、勢いよく開いて、

「ま、待ってください！　その審査、ちょ、ちょっとだけ待ってください！」

――ステージ衣装に身を包んだ天災ローレライが、会場へと闖入《ちんにゅう》してきたのだった。

「エ、エーデルワイスッ!?　貴様……こんなところで何をしているのだっ!?」

ベルは慌てた様子でそう叫び、俺も思わずステージに出てしまう。B1に出ているはずの彼女が、なぜこんなところにいるのだろうか。まさかB1に出るのを辞退して、とんぼ返りをしてきたんじゃあ……！

そんな最悪の想像をする俺に、エーデルワイスはステージへと続く階段を全力で駆け下りながら、持っている大きな荷物をごそごそと漁《あさ》って、

「B1、優勝しましたっ！」

なんともおもむろに、クリスタル製の大きなトロフィーを取り出して見せた。

「それで副賞の……あの、長老にお願いを聞いてもらう、っていうのを使って、この会場まで魔法で飛ばしてもらったんです！　だから、あたしの何かは犠牲にしてないです！」

「…………っ！」

『この大会の優勝者は、大魔導士である島の長老が実現できる範囲で、ひとつだけお願いを叶

えてもらえることになっている』

確かにダロンシェがそんなことを言っていた気がする。それなら確かに、何かを犠牲にしたってことにはならないけど、そんなとんでもない副賞を俺たちのために使うなんて……。

それに対して俺が言及する前に、エーデルワイスはステージ前までたどり着くと、俺たちを見上げながら、

「だ、だから、あの、ハァ……図々しいお願いですけど……ハッ……」

息せき切って、それでもはっきりとした口調で、

「――あ、あたしを、アイドルのメンバーに入れてくださいっ!!」

はっきりと、大きな声で、そう言いきってくれたのだった。

「………」

もう、答えは決まっていたけれど、一応みんなの顔を見てみる。

耳栓を外したキュリアはため息混じりに微笑を浮かべ、ダロンシェは珍しく少し笑い。

そしてベルは、いつものように快活に笑いながら、大きく頷いてみせた。

それを確認してから、俺は膝を折って、エーデルワイスに手を差し出しながら、

「いいに……いいに決まっているでしょっ!!　エーデルワイスにはお世話になりっぱなしになっちゃったけど、よろしくお願いします！」

「はいっ！　グ、グスッ……そんなことないです！　こちらこそよろしくお願いします！」

彼女は俺の手を取って、ステージ上へと飛び乗った。

……よかった。エーデルワイスがいれば百人力だ。リハーサルできないのは心配だけど、合同練習での動きを見る限り、なんとか大丈夫だろう。

彼女を交えたパフォーマンスならきっと、審査員のお眼鏡にかなうはず……っ！

「──おい、いつまで続けるのじゃ、その茶番？」

……その審査員だが、不機嫌もあらわに俺たちに冷たい声を浴びせかけた。

……まあ、そりゃあそうだよね。審査の途中にこんな個人的なやりとりをぶっ込まれたんだ。むしろここまで待ってもらってありがたい。

俺とキュリアは高速でエーデルワイスの手荷物を回収しつつ、

「ご、ごめんなさい！　もう始めるから……あ、そこにいるひとりは、追加のメンバーってことでお願いします！」

しれっとそう付け足しながら、舞台袖へと捌けていった。

コートニーはため息をつきながら、ぺこぺこと頭を下げるエーデルワイスに目をやり、

「まったく。Ｂ１優勝という手土産がなければ、即刻審査中止にしているところ……ん？」

そこでコートニーは、何かに気づいたようにエーデルワイスを注視して、

「おぬし、どこかで会ったことがある顔じゃと思っていたが……まさか、エーデルワイスか？」

「……そうですけど、あれ？　すいません、どこかでお会いしたことありました？」

「……会ったことがあるも、何も」

先ほどまでの強キャラ感が嘘のように、彼女はカタカタと小刻みに震えながら、

「……数年前、たまたま立ち寄った劇場でおぬしの歌を聞き、死んだ曽祖母に再会をさせてもらったことがある、者じゃ」

……………えーっと、つまり。

数年前、まだエーデルワイスが劇場に出て歌《テロ》っている頃、コートニーはその歌を聞き、俺たちと同じようにオーバーキルされたことがある、と……。

なるほど、なるほど。

――うん。超絶ヤバい。

そう理解するのと同時、コートニーはものすごい形相になりながら、

「こ、こやつらの審査は中止じゃっ！　B1優勝も何かの間違いじゃろう！　いますぐステージから引きずり降ろして……」

「パフォーマンス始めます！　照明魔法落として！」

コートニーの怒号をかき消すように、俺はカインドスピーカーで最大にした声をホール内にぶち上げるとともに、ベルたちに『やっちゃえ！』という目配せを送った。

こうなったらもう、強制的に始めてしまうしかない。

ホール全体が暗転していくのと同時に、俺はPCのエンターキーを押し、同時にマジッククリフレインを起動させる。

『弱虫な僕は　だけど強がりで　君をずっと守りたいよ』

流れ出した大音量の曲に、三人のアンサンブルが重なった。

「あ、おい……っ！」

コートニーはすごい勢いで立ち上がり、制止するような声を出すが、

「「「「おおおおおおおおおっ!!」」」」

何十、何百もの歓声によって、その声は再びかき消されることになる。

聞いたこともない音楽が爆音で流れ出し、色とりどりの光線束が暗闇の中を奔《はし》っているのだ。

初めて見る者からしたら、この演出だけでもこれくらいのリアクションにはなるだろう。

だけどもちろん、本当に驚いてもらうのはこれからだ。

ハニコムは、サビのワンフレーズを冒頭で歌ってからイントロが流れ、Ａメロが始まる、といった構成の歌だ。冒頭のワンフレーズは全員で歌い、Ａメロからはエーデルワイスがソロで歌うことになっている。

つまり、この天災改め天才ローレライのクリアボイスが、曲のほぼ最初からぶっ放されることになるのだ。

『――なにもしてなくて　なにもできなくて　なにも描けずに　なににも触れずに』

「「「「!!!っ」」」」

エーデルワイスがソロパートを歌い出すのと同時、観客たちは驚愕の表情を浮かべ、コートニーをはじめとした審査員も同様のリアクションをした。

この人数をいっきに魅了してしまうなんて、やはり彼女の歌声はすごい。

というか、昨日の朝よりも良くなっている気すらする。

Ｂ１での優勝がより大きな自信をもたらしたのかもしれない。そのクリアボイスはより透明に、しかし力強く一音一音を発声し、サビに続いて順調にＡメロとＢメロを歌い上げていく。

これからの練習次第で、彼女はもっともっとうまくなっていくに違いない。

もちろん、すごいのはエーデルワイスだけじゃない。

ダロンシェとベルによる完成度の高いダンスがあるからこそ、彼女の歌声が活きるのだ。

ベルとダロンシェが観客の視覚を楽しませ、エーデルワイスが聴覚を虜《とりこ》にする。

改めて考えると、この三人のハマりかたはヤバい。あるべき形に収まったかのような安心感と、もっといろんな面を見たいという高揚感が同時に持てる。

これだったら、きっと審査員も納得して……。

「……やはりすごいですね、エーデルワイスは。これでキュリアも、安心して仮メンバーから抜けられるというものです」

そんなふうに興奮していると、キュリアが普通に話しかけてきた。俺はギョッとしながら、

「……え、キュリア耳栓してるんじゃないの？」

「していますよ。観客の反応を見たり、唇を読んだりして会話しているだけです」

すげえな。いよいよハイスペックネコミミ少女かよ。なんて思いつつも、俺はやや申し訳ない気分で、

「なんかごめんね、キュリア。せっかく歌もダンスも覚えてもらったのに、こういうことになっちゃってさ」

「いいのですよ。あくまでキュリアは仮メンバーです。本命のメンバーが入ったらやめるつもりでしたし、これで事務仕事に徹することができます」

そう言った彼女だったけど、少しだけ頬を赤くしながら、パフォーマンスをするメンバーに視線をはせて、

「……まあ、どうしてもと言うのなら、たまには表舞台に立ってあげなくはないですけどね」

「生ツンデレありがとうございます」

「……なんですか、それ？　昼の動きがよく見えなかったのですが」

「なんでもないです。ありがとうございます」

……なるほど。なんだかんだで、このネコミミツンデレ少女も少しはアイドル生活を楽しんでくれていたみたいだ。無理やりやらせていた感があったから、少しだけ安心した。

事務仕事もあるから毎回とはいかないけれど、定期的にキュリアも交えてやることにしよう。

彼女が望むなら、ゆくゆくは四人編成にしてもいいしね。

それはそれで、また違ったハマりかたを見せてくれるはずだ。

俺がそんなことを思い、一番のサビが終わりかけた……。

――その時。

「……審査中止だと、言うておろうがあぁぁぁっっ!!」

キィイイイイインッ！

曲や歌声をかき消すような大音量で、コートニーが制止の声をあげた。さすがにパフォーマ

ンスが止まり、観客の大多数も顔をしかめながら耳を塞《ふさ》ぐ。

どうやら彼女もカインドスピーカーのような魔法が使えるらしいが、そんなことはどうでもいい。俺は思わずステージに飛び出て、自分でもびっくりするくらいの剣幕で、

「なにすんのさっ⁉　別に審査中止される理由なんてっ……」

「申し訳ないのう、皆の衆。こちらの不手際でこやつらの出演順を間違えてしまった。早急にプログラムを組み直すゆえ、しばし歓談をしていてくれ」

さっきの意趣返しのように、コートニーは俺の台詞を遮るように言ってから、スタッフに指示をして緞帳《どんちょう》を下ろさせた。観客たちのブーイングが聞こえてくるが、そんなことにはお構いなしといった様子だ。

……なんだ？　何が起こってる？　勝手に始めたのは確かにこちらが悪いけど、エーデルワイスは上手に歌っていたし、ベルたちのダンスも問題なかったはずだ。止められる意味が分からない。なぜ彼女は、ベルたちの努力を踏みにじるような真似をするのだろうか？

「よっこいせ、と……」

そんなふうに困惑していると、コートニーがステージへと上がってきた。

俺たちの敵意を一身に受けながら、彼女は不敵に笑う。

なんだ、なに考えてるんだ、この人？　返答によってはいくら俺だってブチ切れて……。

「素晴らしいな、おぬしら！　長年にわたって芸に携《たずさ》わる仕事をしておるが、斯様《かよう》に度肝を抜かれたのは久々じゃ！　かか、長生きはするものよう！」

「……え？」

予想に反してべた褒めをされたものだから、言おうとしていたことが喉につっかえてしまう。

その隙をつくようにして、コートニーは俺たちに近づいてくると、

「しかし、いくらなんでもほかの演者との実力差がありすぎる。多少の番狂わせなら歓迎じゃが、これではさすがにオーディションが成り立たなくなってしまうわい。ゆえに強制終了させてもらった。完全にこちらの都合じゃ。本当に申し訳なく思うておる。この通りじゃ」

言って、キレイな黒髪が地面につくような勢いで頭を下げる。

ミンストの最高責任者が、俺たちみたいないち出演者候補に、頭を下げたんだ。

これにはさすがに焦ったが、俺が動く前にエーデルワイスが、

「あ、いや、頭を上げてください！　そういう事情があったんなら、こっちは全然……よ、よくはないですけど、とりあえず頭を上げてください！　お願いします！」

と、あたふたした様子でコートニーに言う。

その様子を見ながら、俺は溜飲《りゅういん》が下がっていくのを感じていた。

実力が拮抗した者同士がぶつかり合うからこそ、オーディション兼プレイベントとしての面白みがあるのだ。ゲームバランスを崩壊させるような異分子が現れたら、そりゃあ運営側としては焦るだろう。それでもいきなり止めるのはひどいと思うけど、こうして真摯《しんし》に謝罪もしてくれている。不満がないわけじゃないけど、これ以上食い下がる気にもなれなかった。

それにしても……嬉しいな。やっぱりベルたちのパフォーマンスは、プロにも認めてもらえ

るレベルなんだ。ラタンでのライブでも充分手ごたえは感じていたけど、それとはまた違った肯定感がある。これならきっと、大魔王様にだって……！

「……そちらの言い分は分かった。誠意も伝わった。しかし実際問題、どうするつもりなのだ？　わたしたちをトリに回したとしても、結果は変わらないだろう。オーディションとしての体裁は保てても、出来レースのようになってしまうことは明白だぞ」

俺が慢心していると、ベルが鋭い指摘を放っていた。そうだ。口元を緩めている場合じゃない。とりあえずこの場をどう収めるかを考えないと。

と、気を引き締め直したその矢先、コートニーはさも当然とばかりの口調で、

「何を言うておる？　おぬしらはオーディションなどせずとも、審査員特別枠を使ってミンストに出てもらうぞ」

「ああ、なるほど。オーディションの優勝枠とは無関係にミンストに出れば……はあぁっ!?」

ベルがノリツッコミをした後に大声を出し、俺たちも似たようなリアクションを示した。

だっていまこの人なんて言った？　ミンストに——出場の座を懸けて、こうして何十組もの演者たちが争うようなイベントに……。

出てもいいって言ったの？　『二次会のカラオケ来ちゃいなよ』くらいの感じで？

困惑する俺たちをよそに、コートニーはワクワク顔で勝手に話を進めていく。

「オーディションはこのまま続行し、きちんと優勝者も出す。そしてその授与式の直後に、おぬしらにサプライズゲストとしてライブをしてもらう、という筋書きにするのじゃ。さっきは

出番を間違えてしまった、というテイでのう。なに、だいぶ苦しいが、皆おぬしらのライブを楽しみにしておるから、いちいちツッコむ輩もおらぬじゃろう」

「いや、違う！　オーディションの事後処理の手筈《てはず》とかじゃなくて！」

俺はそんなツッコミを入れた。それも大事なんだろうけど、それよりも！

「その……ほ、本当に、ミンスト出てもいいの？　そんなふわっとした感じで!?」

「というか、このままオーディションに居残られても困る。先にも言ったように、優勝者が決まったオーディションなど盛り上がらんし、参加者全員から不興を買うことになるぞ」

ま、まあ、それはそうなんだけどさ……。

「とはいえ……むべなるかなじゃのう。パフォーマンスの完成度は申し分ないとはいえ、確かに無条件でミンストに出場となると、心苦しいものがある、か……」

そこにきてようやくその思考に至ったらしく、コートニーは思案顔で顎《あご》に指先を添える。

その眼は、やけに爛々《らんらん》と俺を見ているように思えた。

……ヤバい。余計なこと言ったかな。この人、俺にいやらしいことするつもりだ。だとしたらかなりまずい。一回トイレに行く時間が欲しい。ただでさえチャイナドレスが激エロだと思っていたのに、あの巨乳で攻撃されたら三十秒と持たない。一回トイレで、

「おぬし、プロデューサーと言ったか？　おぬしがエーデルワイスの音痴を治したのか？」

俺が席を外す口実を考えていると、彼女は面白そうに俺に問う。俺は黙って頷いた。

「あのステージ演出もおぬしの魔法で相違ないか？」

これにも頷くと、彼女はとても妖艶《ようえん》に笑った。ヤバい。その視線だけでもう、もう！

「よし。良いことを思いついたわい」

覚悟を決めて前かがみになる俺に、コートニーは非常に楽しそうな視線を這《は》わせながら、

「プロデューサー、おぬし。ミンスト運営委員に加われ。それがミンスト出場の条件、というのでどうじゃ？」

「……え？」

――こうして。

波乱の予感を感じさせつつも、俺たちのミンスト出場が、決まった。

四章 ★ カーテンコールは終わらない

俺はただ、アイドルが好きなだけだった。

それだけだった。

――なのに、どうしてこうなった。

「では次の報告じゃ。『場外エリアに無料観覧ステージを複数設置、およびフードコートの増設』というプロデューサーの案じゃが、これを全面採用することとした。詳細については手元の資料を見てくれ。プロデューサー、説明を頼めるかのう？」

オーディションから更に三週間後の昼下がり。場所はリーガルの大会議室。

ミンスト運営委員の各班の責任者や、協賛企業の偉い人たちなど、そうそうたるメンツが居並ぶ中、

「え、えっと……これにより、毎年問題となっている、メインステージへの動員の偏《かたよ》りが、こう、大幅に解消することが予想され……」

俺はコートニーの隣の席で、企画のプレゼンのようなことをさせられていた。

今日は既決事案の最終報告日とあって、皆さんいつもより目がマジだ。やりづらいことこの

上ない。

まあ、こうやって会議に参加するのは初めてじゃないし、企画の発案やプレゼンは何度もさせられているんだけど、だからといってそう簡単に慣れるものじゃない。ミンストに出るための交換条件とはいえ、こんなにがっつり関わるものとも思ってなかったし……。

しかも集まったお歴々たちは、俺の下手《へた》くそなプレゼンを聞きながらふんふん頷《うなず》いて、

「……なるほど。無料観覧ステージとは考えたな。チケットが取れなかった者たちも楽しむことができるし、フードコートの収益増加にもつながる」

「ここの出演者たちに、オーディション落選者を中心に使うという案も秀逸だな。これならコストもかからんし、アマチュアパフォーマーのモチベーションの向上にもなる」

って感じで、やたらとべた褒《ほ》めしてくれるのだ。下手に突っ込まれるよりはいいかもしれないけど、俺はただ前の世界の知識を切ったり貼ったりしているだけなので、ひたすら申し訳ない気分だ。何ひとつとして俺の手柄じゃないのに、俺の評価だけが上がっていく。後々になってしっぺ返しがくるんじゃないかと、常にびくびくするようになってしまった。

……というかなぜミンストは、こんなにも前の世界のロックフェスに酷似しているのだろう？　さっきお歴々の誰かが言っていたように『フードコート』とか『チケット』っていう概念までも共通しているのだ。まあ、こういうイベントってどこでやっても似てくるものなのかもしれないけど、どのみち迷惑な話だ。全然似てないものだったらアドバイスできなかったろうし、そうなればこんな目にあうこともなかったのに。

……よそう。思考が八つ当たりじみてきた。

ともかく……ミンストまでの残り一週間。

化けの皮が剝《は》がれなきゃいいけど……。

「……ねえ。面白い企画を持ち込んでくれるのはいいんだけどさ、やるならもっと早く言ったほうが良かったんじゃない？　こんな直前で演者増やしたり、タイムテーブルを書き換えられたりとかしたら、スタッフさんも大変だし、演者のほうも混乱しちゃうんだけど」

俺の嫌な予感を的中させるように、パーカーのフードを目深にかぶった女性が、俺の説明を遮《さえぎ》って挙手をした。うわあ。ヤバいのに捕まっちゃったよ。

彼女はジャニス。業界最大手のサーカス団『シャングリラ』の団長だ。若干二十二歳にしてその座についた天才とのことだが、その気性は荒く、これまでも何度か嚙《か》みつかれている。あとパーカーの下にレオタードのような服を着ている。エロい。ボディラインがはっきりと分かってエロい。おっぱいはそんなに大きくないけど、お尻だ。彼女はお尻がエロいのだ。

そんな彼女に向けて、コートニーが苦笑しながら、

「その点については申し訳なく思っておるが、当日までに準備が間に合いそうな企画を選別して採用したつもりじゃ。それに前にも言うたが、プロデューサーをスカウトしたのが三週間前なのじゃ。演者たちに極力迷惑はかけんようにするから、大目に見てくれんかのう？」

「……まあ、姐《ねえ》さんがそこまで言うならいいけど、くれぐれもあたしらのショーに支障をきたすようなことはしないでよね」

そう言ってから俺をひと睨《にら》みし、金色の髪をくるくるといじりだす。

聞けば彼女、この街にきょうだいたちが住んでいて、その子たちを公演に招くのを毎年楽しみにしているらしい。だからイレギュラーになりそうな企画を持ち込む俺が気に食わないのだろう。何かにつけてケチをつけてきたり、いまみたいに既決事項を掘り返してきたりする。くそ、公私混同だ。マジ卍《まんじ》だ。今日の夜、ジャニスのことを考えながらエロいことしてやる。

「ほれ、おぬしもシャキッとせい。小娘に苦言を呈されたくらいでへこむでないわ」

ペシッと俺の頭をはたきながらコートニーが言う。そこで軽い笑いが起こり、微妙にピリついていた空気が霧散した。いままでも会議の空気が重くなったことはあったけど、そのたびにこうしてコートニーがフォローしてくれたのだ。正直めっちゃありがたい。

……まあ、つまりそれは、アウェーな空気だと俺が何もできず、オロオロしてしまうから、ってことなんだけどさ。

「あ……う、うん」

空笑《そらわら》いをしてから手元の資料に視線を戻した。たどたどしい説明を再開しながら、思う。

俺、こんなんで本当に大丈夫なのだろうか？

「ああ、美味《うま》い！　会合終わりで飲むビールは、なぜ斯様《かよう》にも美味く感じるのかのう！」

報告会をなんとか乗りきった俺は、コートニーとともに繁華街を歩いていた。

ミンスト一週間前とあって、その活気はいつもよりすごい。幅十メートルほどの煉瓦《れんが》道には亜人《あじん》と人間が溢《あふ》れ返《かえ》り、通り沿いに軒《のき》を連ねるお店の人たちをニコニコさせていた。週末の竹《たけ》下《した》通り・異世界版って感じだ。いや、飲食店の出店も多いからアメ横に近いかも。

……っていうか、ホントこの世界って、俺たちの世界の現代と酷似してるとこが色々あるよね。異邦人っていうのは昔からいたらしいから、もしかしたら日本人のひとりやふたりは過去に召喚《しょうかん》されていたのかもね。そんでこっちの世界にいろんな文化を持ち込んだ的な。

……いやいや。酷似しているのは『現代』の色々なんだ。昔に来た人がそれを知ってるのはおかしいか。やっぱりなんかほかに理由があるのかな……？

そんなことをぼんやり考えていると、出店で買ったビールとチキンを持ったコートニーが、勢いよく俺の肩にぶつかってきた。

「プロデューサー、おぬしも飲め、食らえ！　退屈な会合はこれで最後なのじゃぞ！　労《ねぎら》いの酒の一杯でも付き合わんか！」

「海賊かあんたは。っていうか飲みすぎないでよね。まだ仕事してるベルに怒られちゃうよ」

そう。この通りを抜けたところにある広場『憩いの公園』で、ベルたちはミンストの告知イベントをしているのだ。俺たちはその様子を見に向かっているところだった。

ちなみに、この告知イベントでベルたちのバックバンドを務めるのは、なんとＩＮＭＯＵ……もとい、インモラル・パープルのエルフたち三人組だ。

さっきの説明会でも言った通り、場外に無料観覧ステージを設けることになったのだけど、彼らはちゃっかりとその出演権を勝ち取っていたのだ。それならば、と、このイベント限定でバックバンドをお願いしてみたところ、恐縮しながらも引き受けてくれた。

何回かリハをやってみたけど、だいぶいい感じだ。派手さはなくなってしまったけど、アンプラグドならではの自然な音色が心地よい。こっちはこっちで好きな人もいるだろう。

……そう。つまり、俺なんていなくても、ベルたちは充分やっていけるのだ。

「せいっ！」

「ごもぅっ!!」

消沈する俺の口に、コートニーがいきなりチキンを突っ込んできた。危ない。美味しいとか熱いとかじゃない。骨が喉に刺さりそうになって、ものすごく危ない。

「ごえ……ちょ、いきなりなにすんのさ!?」

「腹が減っておるとくだらないことを考えてしまうものじゃ。とりあえず食え」

「…………」

考えてることが顔に出ていたのか、それとも彼女の洞察力がすごいのか……。

「おぬしは充分よくやっておる。ベルたちの育成も、ミンストの拡大も、おぬしじゃからできたことじゃ。つまり、おぬしにはそれだけの力があるということじゃ……そしてその力が必要な者は、まだまだたくさんおる」

……どうやら後者のようだ。彼女はビールをグイッと呷《あお》りながら、

「じゃから余計なことは考えず、いまはベルたちとミンストのことだけに集中せい。なに、おぬしの力でできんことは、わしがなんとかしてやるわい。演出に使う魔法も、増やしたかった

らどんどん言え。わしのを使ってド派手にしてやるからのう」

ポン、と俺のお尻を叩きながら言う。悩みを言う前から解決策を出されてしまった。さすが御年云百歳。若造のありがちな悩みなどお見通しなのだろう。

……ん。ちょっと待てよ？

「……コートニーってもしかして、俺の通販魔法と同じヤツ、使えるの？」

「……ああ。全く同じというわけにはいかんが、似たようなことならできるぞぃ。ほれ、カインドスピーカーと同じような拡声魔法を、オーディションの時にも使ったじゃろう」

こともなげなその台詞《せりふ》を聞いて、ふと、ある可能性が頭をよぎる。

俺をこの世界に召喚した人は、依然として謎のままだ。

しかし、この国に数人しかいないくらいの、高位の魔法使いであることは分かっている。

その人が使える魔法でなければ、被召喚者である俺に授けられないという。

で、コートニーは高位な魔法使いでもあるわけで、俺が使えるのと同じ魔法を使えるわけで、チャイナドレスのスリットからチラリとのぞく太ももが激エロなわけで……。

最後の一個はともかく、え、なに？　もしかして、この人が……っ！

「おぉ、見えてきたのうっ！　かかっ、思ったよりも人が集まっておるわぃ！」

たどり着いた可能性を言葉に出す前に、目的の広場へと到着してしまった。

噴水の前に設置されたステージでは、ベルたちがパフォーマンスを繰り広げていて、それを中心として大きな人だかりができていた。プロデューサーとしては大変嬉しいことだけど、これじゃあ落ち着いて話はできないだろう。

……仮に彼女が俺を召喚したとしても、いままで何も言わなかったことを考えると、何か理由があって秘匿《ひとく》しているのかもしれない。もう少し考えてから切り出してみよう。

そんなふうに思考を切り上げた時、

「よう、プロデューサーにコートニーさん。会議お疲れさん」

そんなことを言いながら、俺たちに近づいてくる人物がいた。

……あ、そっか。今日は人の多い場所でやるから、彼らに会場の見回りをお願いしてるんだった。

俺も彼に向けて軽く手を振って、

「うん、そっちも見回りお疲れ様。順調にいってるみたいだね」

「まあな。特にトラブルもなかったし、ベルたん……いや、ベル様もかわいいしなっ!!」

そう言って彼は、自身のスキンヘッドを叩きながら呵々大笑《かかたいしょう》と笑った。

そう。彼——というか会場の見回りをしている彼らは、俺がこの世界に来た時、ベルのボディガードをしていた男たちなのだ。

ベルがアイドル活動をしていると知った——知られると面倒なことになりそうだったので、キュリアが情報操作をして隠していたんだけど、とうとう誤魔化しきれなくなったのだ——彼らは、自分たちにも何かさせてほしい！　と、俺に詰め寄ってきたのだ。

いい歳したコワモテのオッサンが、五人がかりで、詰め寄ってきたのだ。しかも、全員デュラハン族なので、生首を外しながら。

ゴーストバスターズとは違う意味で、超怖かった。

そういうわけ（？）で、彼らにはとりあえずファンクラブに入ってもらい、主にはベルたちのボディガードのようなことをしてもらうようになったんだけど、今日はライブ会場の見回りを引き受けてもらったのだ。こうして滞《とどこお》りなくライブが進行しているところを見ると、その役割を充分にまっとうしてくれているらしい。

……っていうか、こんなにおっかない人たちが見回りしている中で、悪いことしようとする人なんていないよね。お客さんの何人かは、ものすごく怯《おび》えた目で彼らを見ているし。

ともあれ、彼らが頼もしい存在であることは事実だ。どこの世界でもアイドルの身辺警護っていうのは大事なことだろうから、その辺は彼らにカバーしてもらうとしよう。

って、ますます俺のやることが減っている気もするけど……。

そんなネガティブなことも思いつつも、スキンヘッドと雑談しているうちに、ライブが終わったようだ。

ベルは大きな声で観客たちに向けて言う。

「みんな、ありがとうっ！　以上でわたしたちの出番はおしまいだが、この後もかっこいい演者たちがたくさん出るぞ！　是非とも最後まで見ていってくれ！」

大きな拍手の音と歓声。それに負けないくらいの『えー、もう終わりっ!?』という不満そうな声が飛んでくる。

そんな悲喜交々《ひきこもごも》のコールの中、ベルは誇らしげに胸を張り、ダロンシェは眠たげに手を振り、エーデルワイスは申し訳なさそうにペコペコしていた。

この三週間で、彼女たちは急激に知名度を上げていった。

オーディション以来、ベルたちの活動範囲は大きく広がった。ラタンでの出番に加え、こうしたプレイベントでの出張ライブ、有名な楽団とのタイアップイベントなんていうのも参加させてもらった。

その結果がいまのこの光景だ。ライブをした先々でたくさんのファンを獲得し、こうしてベルたち目当てでイベントに足を運んでくれる人たちも多くなっていった。ファンクラブの会員数ももうすぐ三桁の大台に乗ろうとしている。

ミンストの一翼を担うコンテンツとして、ベルたちが受け入れられつつあるのだ。

……とはいえ、いいことばかりでもない。

彼女らを人気コンテンツたらしめたのは、プロデューサーという男の活躍があったから、という噂が流れ始めてしまったからだ。

流したのはおそらく、ミンストの協賛各社やスポンサーの人たちだろう。俺が斬新なアイディア（実際には元の世界のフェスのパクリだが）を持ち込み、規模を拡張していく様子を見て、『とんでもない影響力を持っているやつがいる。どうやらそいつはベルたちのプロデューサーらしい』なんてことをほうぼうに話したのだ。

的外れもいいところだが、それを話しているのも影響力が大きい人たちなので、相応の信憑性とともに噂が拡散してしまったようだった。いまじゃどこに行っても『実態はよく分からないけど、とりあえず顔を売っておくべき人』みたいな扱いを受けていて、申し訳なさで吐きそうになる。それは俺が我慢すればいいだけかもしれないけど、ベルたちのパフォーマンスが色眼鏡で見られてしまうのが怖いんだよね。

「……おい、プロデューサー」

またも気落ちした顔になっていたのか、コートニーにお尻をひっぱたかれた。

「喜ぶべきことまで悲観してどうする。余計なことは考えず、素直にこの光景を喜べ。そして目に焼きつけておけ。おぬしらが作り上げた光景じゃ」

「……うん。そうだよね。ごめん、大丈夫」

そうだ。この光景は俺たちが作ったものだ。誇らしいものだ。面映《おもは》ゆいものだ。

——怖い、だなんて、思っちゃいけない。

「では、今日のプレイベントの成功を祝して、そして一週間後に迫ったミンストの成功を願って、あと、プロデューサーがもう会議に出なくても良いこととか……とにかく、諸々のことを祝して、乾杯っ!!」

ところ変わって、城内にあるベルの私室。

家主の生首アタッチメント娘は、左手に生首を、右手にジュースの入ったグラスを持ち、その両方を高々と掲げた。

プレイベントを終えた俺たちは、ラタンに行って反省会をした後、そのまま帰ってきて軽い慰労会をしていた。いつもなら遅くまで練習するのだけど、ミンスト一週間前なので静養メインのスケジュールに切り替えたのだ。実際、歌もダンスもほぼ完全に仕上がっているから、もうそこまでやることもないしね。

そんなこんなで始まった慰労会なのだけど、なぜかエーデルワイスはそわそわしながら、

「あの、でも、ここでこういうことをしちゃって、大丈夫なんでしょうか？　こう、あたしみたいなのが魔王城でこんなことするなんて、恐れ多いというか……」

もごもごと言う彼女に、ベルは実にこともなげに、

「何を言っているのだ。わたしたちは仲間なのだ。仲間を自宅に招いて悪いわけがあるものか。場所が魔王城だろうがどこだろうが関係ない。自分の家だと思って力を抜くがよい」

いや関係あるわ。魔王城の魔王の部屋で力を抜くって、それはもう死んだ勇者がすることだわ。なんてツッコミも頭をよぎったけど、少なくとも俺はこの環境にすっかり慣れてしまった。エーデルワイスもじきに慣れるだろう。たぶん。

いっぽう、ダロンシェはすっかりこの環境に順応した様子で、ロッキングチェアの上でダランとくつろぎながら言う。

「それより、大魔王の動向が気がかり。本当にまだ出張から戻らないの、キュリア？」

そう。三週間前に俺たちの妨害行為をして以来、オルは隣の領に出張に出ているのだ。

……いや、というか。

「大丈夫です。間者《かんじゃ》からの連絡では、あと一週間、つまりミンスト当日までは戻ってこないそうです……くくっ、出張そのものがキュリアに仕組まれたものと知らず、マジメに外交をしているようですよ、あのオッサン」

……とのことだ。一国のトップの出張を仕組むって、この腹黒ネコミミ娘、一体どんな手を……？　と思ったけど、なんか怖いから聞くのはやめておいた。

ともかく、これでオルから妨害を受ける心配はほぼなくなった。息のかかった部下たちは何人かいるみたいだけど、いずれも動けないようにしてあるのだとか。

会議も今日で終わったし、これでなんの憂《うれ》いもなく、一週間後のミンストに臨めるのだ。

「あ、そうそう」

俺はポケットをごそごそと漁《あさ》りながら、ベルの前まで歩いていって、

「ベル、これあげる。ダロンシェに協力してもらって、名札を作ってみたんだ」

キョトンとする彼女の手に、ポケットから取り出したものを渡した。

「……へぇ？」

なぜか頬《ほお》を紅潮させながら、ベルは手渡されたものに自分の生首を近づける。

青いサテンリボンで丸く縁どられたネームプレートだ。中心部はくるみボタンで、その下から二本のテールが垂れている。いわゆるリボンロゼットというやつだ。

それを渡している様子を見て、ダロンシェが半眼で……というかジト目で俺を眺めながら、

「……プロデューサー。サプライズプレゼントをする時は、もっと演出を凝らすもの。裸で渡

すとかもありえない。ボクがあげた小箱はどうしたの?」

「え、あの小箱って、これ入れるためのやつなの? すぐ開けるんだからよくない?」

「……もういい。君はおそらく、一生童貞」

「なにそれ、どういう呪い⁉ プレゼントを箱に入れないと一生童貞なのっ⁉」

そんなやりとりをする俺とダロンシェに、ベルは混乱したように口を挟む。

「ちょ、な、なんなのだ⁉ いつの間にこんなものを……⁉ それに、名前の上のこの文字……」

くるみボタンの中央に刺しゅうされた文字を見ながら言う。そこに書いてあるのは、

「デミ、カ……?」

「そう。デミカ。君たちのユニット名だよ」

なんと俺たちは、いまのいままでユニット名なしで活動していたのだ。我ながらアホすぎる話だが、どこに行っても『ベルたち』とか『アイドル』とかで通じてしまったものだから、ついついそのままにしてしまっていた。

まあ、いいのが思いつかなくて、ハニコム作者の名前を使っちゃったんだけど、俺たちはハニコムという曲を中心にして集まった仲間なのだ。誰からも文句は出ないだろう。

そう思っていたところ、なぜかベルは顔を真っ赤にしてプルプル震え出して、

「こ、ここここ、これを、わたしにくれるのか⁉ 貴様が手作りしたものを……こ、このわたしにっ⁉」

「う、うん……」

いや、ベルだけじゃなくて、全員分あるんだけど……なんて言葉を挟む間もなく、ベルは受け取ったそれをキラキラした目で見ている。怖い。オーバーリアクションが怖い。

「でも、あの、あんまり上手にできなかったから、別にライブで使わなくっても……」

「バカを言うな！　貴様がせっかく作ってくれたものだぞ!?　末代まで大事に使うわ！」

いや怖いわ。と思ったけど、どうやら気に入ってくれてはいるようだ。

……いや、それどころか。

「グス……うぅ、嬉しいぞ、ほ、本当に、えぐ、すごく……すごく嬉しいぞ！」

ものすごい勢いで泣き始めたのだ。

「大げさすぎるってば。そんな大層なもんじゃ……」

「いや、こんな素晴らしいものをわたしのために……わたしだけのために作ってくれたかと思うと……くぅっ！」

言いづれぇ！　みんなの分もあるよ、って、超言いづれぇよっ!!　なんだったらキュリアの分まで作ってあるよ！

「ありがとう、プロデューサー！　デミカというユニット名も素晴らしい！　ハニコムの作者の名前を使ってくれるとは粋な計らいだ！　感謝するぞ！」

ベルはぐしぐしと涙を拭《ぬぐ》ってから、両手で持った自分の顔を、ずい、と俺に近づけて、

「そして、わたしたちを――デミカをここまで導いてくれて、本当にありがとう！」

泣きはらした顔で、一生懸命に笑いながら、そんなことを言ってくれた。

「貴様がいなかったら、わたしたちは自分を押し殺したまま生きていたに違いない。貴様が示してくれたから、アイドルという生きかたを選ぶことができたのだ。貴様が引っ張ってくれたから、たくさんのファンを笑顔にすることができたのだ。本当に、本当に感謝している」

ベルの言葉に、ダロンシェとエーデルワイスは微笑《ほほえ》みながら頷いて、

「ありがとう、プロデューサー。君がいなければ、ボクはいまも無意味な露出を続けていた。建設的かつ合法的なカタルシスを見つけることができて嬉しい。プロデューサーのおかげ」

「あ、あたしも、プロデューサーさんにレッスンしてもらって、歌うのが楽しいことなんだって思い出せました……あ、あと、えへへ、誰かを好きになるって、いいことだなって……思えたり、とか……あ、いえ！　それはともかく、本当にありがとうございます！」

最後にキュリアが、少しだけ照れ臭そうに口を尖《とが》らせて、

「キュリアは特にありませんが、ベル様をこんなに活き活きとさせていただいたことには、まあ、感謝の念を感じていないくもないです……ありがとうございます」

ちょ、ねえ、やめてよっ！　なにそれ⁉　なにこのどえらい死亡フラグっ！　怖い怖い！

ヤバいヤツじゃんこれ！　この後エグい死にかたするヤツだよっ‼

と、俺は全力でツッコミを入れようとしたのだけど、なぜか言葉が出ないし、みんなのリアクションもおかしい。少しだけ驚いたような表情をした後、なぜか優しく微笑んだのだ。

一瞬後《おく》れて、その理由が分かった。

「……おい、プロデューサー。大げさすぎるのではないか？」

俺は、泣いていた。

更に一瞬後れて、そりゃあそうだ、とも思う。

こんな嬉しい言葉を、こんな真正面から、こんなタイミングで言われたのだ。

こんなのまともに受け止めたら、泣くに決まっている。

……でも、違うんだ。

「い、いや、嬉しいよ？　そんなん言ってもらえて、ひっく、し、死ぬほど、嬉しいんだけどさ……」

いつかきちんと言わなくていけない。

そう思っていたことを、俺はとりとめのない言葉で口にした。

「……俺、ひっく、そんなこと言ってもらえる資格……ないんだ……だって俺、ただのドルオタで、童貞で、ストーカーで……本当、グス、なんにもできないやつで……」

言わなくていいことまで言っている自覚はあった。けど、一度言葉にしてしまったら止まらない。ここ数週間で溜め込んでいた不安が、堰《せき》を切ったように溢《あふ》れ出《だ》してしまう。

「曲作りとか、アドバイスも、前の世界の知識を参考にして言ってるだけだし、魔法だって、本当は俺の力じゃないのに……ぐしゅ、実力以上に評価されて、話がどんどん大きくなって、それが、すごく怖くて……逃げ出したいとか思っちゃって……うぐっ」

プロデューサーとして……いや、そうでなくても相当情けないことをうじうじと言う俺に、

しかしベルはフラットな視線のまま、

「なるほど、なるほど。自分の実力以上の評価を受けて、いろんなところから期待をされることに、怖気《おじけ》づいてしまった……と？」

「……………うん」

やや間《ま》を開けて頷く。

それを確認すると、彼女は自分の生首を両手で持ち、

「うぬぼれるな馬鹿者がっ！　貴様が凡人だということくらい、最初から分かっておるわ！」

「おぐっ！」

振り上げた自分の頭で、俺の頭をぶっ叩きやがった。

そのまま、ずい、と生首を俺に押しつけて、

「それなのに、我々を必死で助けてくれたではないか！　悩みながらもできることを探して、最良の形に当てはめてくれたではないか！　そういう姿勢に敬意を表しているのだ！」

「……え」

と、言いながら顔を上げると、ダロンシェとエーデルワイスもうんうんと頷いて、

「同意。アイドルへの愛情が常軌を逸している点と、音楽的センスが優秀な点以外、プロデューサーは普通の人間。最初からそれ以上でもそれ以下でもない評価。過度の期待はしていない。強《し》いて特筆する点をあげるとしたら、ボクと同じ――変態の臭いがするということ」

「……あ、そ、その辺は、あたしも思ってました。その、この中の誰かが前かがみになった時

とか、目がものすごくギラッとしてましたから。あ、いや、だからその、へ、変態っていうわけでもないと思うんですけど、なんていうか……普通の男の人なんだな、って……」

「…………」

うわ、ヤベェ、めっちゃ恥ずかしくなってきた。なに俺、めちゃくちゃ痛いヤツじゃん。めっちゃ自意識過剰なヤツみたいになってるじゃん。いや、実際そうなんだろうけどさ……。

……いや、でも待てよ。

「でもベル、ことあるごとに俺のこと褒めたり、なんでか分かんないけど、顔を赤くしてたりしてたじゃん？　あれってどういう……ぐぎゅっ!?」

「うるさい黙れっ！」

ベルは少し顔を赤くしながら、もう一度俺のことをぶん殴った。なにこの突然の暴力。力でねじ伏せられた感が半端《はんぱ》ない。

そうツッコミを入れる前に、彼女は再び俺に顔を突きつけた。

初めて会った時と同じ、ひたすらまっすぐな眼差しで、俺を見る。

「とにかく！　わたしたちは、プロデューサーが成し遂げてきたことだけを見ているわけではない。その過程……わたしたちと真摯《しんし》に向き合ってくれたことや、無理難題を必死でこなしてくれた姿勢に対してお礼を言っているのだ！　おとなしく受け取っておけ！」

「…………っ」

……ああ。

なんだろう。

ここ数日悩んでいたのが、バカバカしくなってきた。

みんなが俺のことを誤解したまま、間違った評価が浸透している？

誰も俺のことを理解しないまま、無責任に期待をしている？

やっぱり俺はバカだ。そうじゃないだろう。

こんなにも良き理解者が、こんなにも近くに、最初からいてくれたじゃないか。

なのに俺は、遠くにいる知らない人たちの意見に振り回されて、期待されてるとか思い込んで、それに応えなくちゃいけない、とか、いっちょまえのことを思ったりして、勝手に自分を追い込んで……。

「…………っ」

「ん？　お、おい、なんだ!?　なにをす……ぐあっ!?」

俺はおもむろにベルの頭を手に取ると、そのおでこに自分のおでこを叩きつけた。

突然の俺の奇行に、ベル以外の三人が固まる中、ベルはおでこをこすりながら俺を睨みつける。そしてなぜかほっぺたも少し赤くしながら、

「……なんなのだっ、貴様！　いきなり何をする!?」

「ごめん。ちょっと自分に喝入れたくてさ」

ちょうどいいところに、ちょうどいい生首があったもんだから、つい。

「……うん。そうだよね。ごめん！　俺、ポンコツのくせして色々考えすぎてた！」

最後にぐしぐしと目を拭ってから、俺はみんなに向き直った。

「そんな嬉しいこと言ってくれて、こちらこそありがとう！　でも、大きいライブの前だからって、俺がやることは変わらないよ。精一杯頑張ることだけ。あと、みんなの力を合わせることだけ」

そう。俺はただの変態のドルオタなのだ。無理に気負う必要なんて、最初からないのだ。

いままでやってきたことを、いままでやってきたようにするだけなのだ。

「そんで、その結果としていまがあるわけだから、変に構える必要なんてないって思うんだ。いままで通り全力で踊って、歌って、いままで通り最高のステージを作って、いままで通り、来たお客さん全部をデミカのファンにして帰らせてあげようっ!!」

「ふははは、そう、それだ！　やはり貴様に景気の良いことを言ってもらわないと、何も始まらんぞ！」

先ほどのこと（魔王のおでこを喝入れに使った件だ）など忘れたように、ベルは再び自分の頭を高々と掲げながら叫んだ。

「先ほどにも言ったように、この男はただの凡人だ！　しかし、我々にもたらした利益は計り知れないものがある！　この恩義に報いるため、ミンストでのライブを成功へと導き、この偉大なる凡人の力を世に知らしめてやるのだっ！」

魔王の激励によって、レイスは相変わらずの半眼で、ローレライはニコニコしながら、猫頭族《キティ》は苦笑しつつ。

「おーっ」「はいっ!!」「……ええ」

その右手を握り、上に向けて突き上げた。

魔王が同胞とともに、アイドルという力でこの世界を支配しようとしている。

無力な俺はなすすべなく、その光景を見ていることしかできなかった。

そう。どこまでいったって、俺は無力な凡人だ。すごいのは彼女たちなのだ。

だけどそんな彼女たちが、俺を必要としてくれているのは事実なのだ。

だったら、世間の声なんて気にする必要はない。

いままで通り、自分のできることを全力でこなして、この世界征服に貢献するだけだ。

彼女たちのおかげで、そんなふうに思考のスイッチを切り替えることができたのだった。

「ところで、プロデューサーさん。先ほどの話で、理解の及ばない部分があったのですが」

そんな心模様の俺に、キュリアはこともなげな口調で問う。

なんだろう、別におかしなことは言っていなかったと思……。

「『ストーカー』とは、一体どのような意味の言葉なのですか？」

「…………っ」

この質問をどう切り抜けるか。そんな死活問題に、俺の思考のスイッチが切り替わった。

慰労会をそうそうに切り上げ、件《くだん》の質問もなんとか切り抜けた（ストーカー＝好きな人をすごく見守りがちな人）俺は、足早に自分の部屋へと戻っていった。

燃えている。

ここ数日、頭を埋め尽くしていた不安な気持ちが消え失せて、ものすごく思考がクリアなのだ。俺が初めて曲を作って、動画サイトにアップした時も、こんな状態だった気がする。

いまなら、いままで以上にかっこいい曲が書けそうな気がするんだ。

そんな思いに胸を躍らせながら、大して長くもない距離を勇ましい足どりで進む。

それにしても……当たり前っちゃ当たり前かもしれないけど、『死亡フラグ』なんていうのは、やっぱり物語の中だけの概念なんだなあ。美女四人に嬉しいことを言われて、トラウマを打ち破って、いままで以上の力を出している時なんて、トリプル役満の死亡フラグだ。ゾンビ映画とかだったら、この後ゾンビがいっぱいの部屋とかに入るヤツだろう。

しかし俺はいたって元気だし、ゾンビより危険な首取れ女子の庇護《ひご》下にいる。危険要素なんて全くないのだ。

人の評判とか、死亡フラグとか、俺は余計なものばかりに囚《とら》われていたらしい。

そんなこと気にせずに、もっと肩の力を抜いて生きなきゃね。

なんて思っているうちに部屋に着いた。そのままドアを開け放って、

「──やあ」

「…………っ」

……先ほどまでの思考を、深く後悔した。

「早めに帰ってきてくれて助かったよ。気配を消して待っているだけ、っていうのも、退屈だ

からね。ま、ＰＣいじって暇潰《ひまつぶ》ししてたけど」

俺のベッドの上で、当たり前のようにくつろいでいたのは——オルトファンク。

ゾンビよりも首取れ女子よりもヤバい。この国の大魔王様だった。

「……だ、誰か来てっ!! 大魔お……ぐぅっ!!」

俺が大声をあげる間もなく、オルは流れるような動作で俺の口を塞《ふさ》ぎ、部屋の中に引きずり込んだ。そのままドアを閉められ、身動きも封じられる。

——そして、その後。

俺は、死亡フラグの餌食《えじき》となったのだった。


視点・ベル。

「～♪」

鼻歌を歌いながら、わたしは城内の廊下を舞うように歩いていた。

右手に生首を、そして、左手にリボンロゼットの名札を持ちながら。

これはプロデューサーがわたしにプレゼントしてくれたものではない。

たったいま、わたしがプロデューサーのために作ったものだ。

慰労会が終わった後、わたしはダロンシェの家まで赴《おもむ》き、無理を言ってこれを作るのを付き合ってもらっていたのだ。初めてだったから二時間ばかりかかってしまったが、かわいらしくできたと思う。

後日に作って渡すのでも良かったかもしれないが、ダメだった。プレゼントされたあれを見ていると、顔がにやけてしまい、浮足立ってしまい、部屋の中でゴロゴロとやってしまい、生首もゴロゴロ転がしてしまい、いても立ってもいられなくなってしまったのだ。

いますぐにでも感謝の気持ちと、それに見合う何かを返したい。

そんなふうに思って、今日のうちに作り上げ、渡しに来たのだった。

それに、これを渡す間だけは、プロデューサーと一緒にいられるしな。

……いや、でもこんな時間に行って、迷惑だとか思われないだろうか？　う、鬱陶《うっとう》しいとか思われたらどうしよう。いやでも、やつのことだから喜んで受け取ってくれるとは思うが、それはやつが善人だからであって、心の底では違うことを思っているのでは……？

……最近、いつもこうだ。気が付いたらプロデューサーのことばかり考えている。違うことを考えようとしても、思考のどこかにやつの声や姿が混じるのだ。

しかも妙なことに、それが嫌ではない。むしろ心地よいとすら感じている。もっとやつのことを考えたいし、話がしたい。一緒にいてほしい。ずっと見ていたい。

いまは少しマシになったが、少し前などは――ちょうどエーデルワイスを仲間にするくらいのころだ――ひどかった。プロデューサーが一生懸命になっていたり、すごいことをしていたりすると、無意識にやつのことを眺めてしまっていたのだ。気を抜くといまでも危ない。

……この気持ちがどういったものなのかは、うすうす分かっている。

しかし、どうして良いかが全く分からない。

秘めたままにしておくのが一番良いのだろうが、それでは辛《つら》い。わたしはもっとやつのそばにいたいのだ。しかし、それ以上の関係を築こうにも、お互いに立場というものがあるし、そもそもそういった関係がどういうものなのか、わたしには抽象的にしか分からない。

そんなことがグルグルと頭の中を巡っていたのだが、どこかで考えるのをやめた。

『これから』よりも『いま』どうするか考えるほうが、わたしたちにとっては重要だからだ。

胸に芽生えたこの感情は、確かに大事なものだ。

しかし、いまはアイドル活動を軌道に乗せることのほうが先決なのだ。

それがひと段落した後、ゆっくりとどうするかを見つけていけば良い。

大事なものだからこそ、時間をかけて考えて、きちんとした答えを出すのだ。

とはいえ、いまはまだその時ではない。その時に備えて、考える材料をたくさん収集しておく段階なのだ、と。少し身勝手なことを承知で、そう思うようにしている。

わたしがこの思いを抱いていることは、誰にもバレていないはずだしな。

「……よ、よし。行くぞ」

口の中だけでひとりごちて、プロデューサーの部屋の前で足を止める。

しかし困った。こんな時間にやつの部屋を訪ねるのは初めてだから、なんと言って入っていいかさっぱり分からない。我々の先祖は、死人の出る家を深夜に訪れ、タライいっぱいの血液をぶちまけていたらしいが、礼儀としてそういうのを用意したほうが良いだろうか？　しかしあれは動物保護の観点から中止になったらしいし……。

……ええい、グダグダ考えていても仕方ない。ままよっ！

「ふははは、プロデューサー！　先ほどはよくもやってくれたな！　貴様から受けたこの恩義、いまこそ倍にして返してくれようぞっ！」

少し恥ずかしかったが、精一杯にかわいらしい台詞を言いながらドアを開け放つ。そのままズカズカと部屋の中へと入るが、

「……プロデューサー？」

部屋の中にやつの姿がないことに気づき、立ち尽くす。

窓は開きっぱなしで、カーテンが夜風になびいていた。

「……トイレか？」

いや、ここに来る時にトイレは通ったが、人の気配はなかった気がする。

となると夜の散歩か。窓を開けっぱなしにして行くなど、臆病なあの男にしては珍しいが。

仕方なくイスに腰を下ろす。ＰＣでも見ながら時間を潰そうと思っていたのだが、なぜかここにも見当たらない。気分転換に外で作業をしているのだろうか？　だとしてもこの時間だ。すぐに戻ってくるだろう。

……楽しみだな。これを渡した時、やつはどんな反応を示してくれるだろうか。作業中だったら悪いと思ったが、そうではないようなので、そこまで邪魔に思われることもないだろう。となれば喜んでくれるはずだ。えへへ、少しお話もできるな。

ああ、早く帰ってこないかな。

なんてことを思いながら、やつの帰りを心待ちにしていたのだが……。

その夜、やつは部屋に戻ってこなかった。

その次の日も。次の次の日も。

――この日を境として、プロデューサーは我々の前から姿を消した。


「…………」

晴天だった。

からりとした陽光の照射は、大地にくっきりとしたコントラストを生み、乾いた空気に適度な温度を吸わせている。その柔らかな陽気を孕《はら》んだ風は、青々と茂った草原の葉と、ミンストに集まった人々を静かに撫でていた。

よっぽど嫌なことでもなければ、空を見上げて胸いっぱいに空気を吸い込むだけで、幾《いく》ばくかの爽快感が得られる。そんな天気だ。

絶好の行楽日和《びより》にしかし、わたしは舌打ち混じりに晴天を見上げ、忌々《いまいま》しい気持ちで目を眇《すが》めた。眩《まぶ》しさのためにではなく、空気の乾燥のためにでもなく。

結局、今日――ミンスト当日に至るまで、プロデューサーの姿が戻ることはなかった。

失踪初日には城中を、二日目には町中を、三日目以降は領内全てに捜索範囲を広げたのだが、それでも見つからなかったのだ。

まあ、パパの仕業ともなれば、いくらでも隠し場所はあるのだろうが……。

「……ベル。顔、気を付けて。誰か殺そうとしている時みたいになってる」

「………………」

ダロンシェの指摘によって我に返る。

わたしたちデミカはいま、ボディガードとともに、宣伝のためにミンスト会場を練り歩いている最中だ。本来ならばプロデューサーの捜索にあたりたいところだが、そうも言っていられない。

ミンストは領の郊外にある草原で行われる。そこにいくつかの特設ステージや、サーカスに使うような巨大なテント、フードコートなどを設置して、一日限りのお祭り会場に仕上げるのだ。

例年のことながら、その賑わいはすごい。各ステージの前にはものすごい数の人が集まっていて、ステージ以外の場所でも絶え間なくヒトが動いている。まさにお祭り騒ぎの様相だ。

……本来ならこの中を、プロデューサーと一緒に歩いている予定だったのに。

「だから、ベル、顔。ヒト、寄ってこない」

「わひゃっ！」

わたしの態度を見かねたように、ダロンシェはわたしのお尻を思い切り摑《つか》んだ。

「プロデューサーなら、キュリアと家来の人たち、それにクレイドルとかラタンの人たちも探してくれてるでしょ。ボクたちはボクたちで、やるべきことに集中すべき」

……それは、分かっている。

分かっているのだが……っ！

沈黙するわたしに、今度はエーデルワイスも励ますような口調で、

「だ、大丈夫ですよ！　プロデューサーさんなら、きっと帰ってきてくれます！　あたしの……いや、あたしたちの晴れ舞台ですよ!?　あの人が見逃すわけないじゃないですか！」

「…………」

根拠のない言葉だ。説得力など皆無だし、それは言っている本人も重々承知だろう。

しかし、いまはその可能性にすがることしかできないわけで……。

「……ふーん。プロデューサー、まだ戻ってきてないのね」

そんな声が背後から飛んできたので、睨むようにして振り返る。

そこにいたのは、パーカーを羽織った女だ。

確かジャニスとかいう名前で、ミンストの大トリを任されているサーカス団『シャングリラ』の団長だったと思う。

プロデューサーが誘拐された――もちろん、大魔王が主犯などとは言えないが――件は、コートニーを通して一部のスタッフに通達されている。演者には報告していないはずだが、彼女くらいの大物になると情報が入ってくるのだろう。

「このまま帰ってこなかったらどうすんのよ？　あんたらの出番は中止？」

「……それを知ってどうするのだ？」

「お客さんの流れを把握する都合で、一応知っときたいのよ」

ポケットに手を突っ込み、不遜《ふそん》な口調で訊ねてくる。その態度は気に障《さわ》ったが、その件で影響を与えてしまうのは紛れもない事実なので、答えてやることにした。

「……中止だ。プロデューサーのマナがないと、舞台演出ができないからな」

厳密に言えば、舞台演出だけであれば、コートニーがなんとかしてくれたかもしれない。彼女はプロデューサーと類似する魔法が使えるからだ。

しかしプロデューサーはPCごと消えているのだ。曲がないのでは如何《いかん》ともしがたい。

インモラル・パープルの力を借りることも考えたが、さすがにここまでの大舞台でできるほど仕上がっていなかった。

……いや、仮にそれらがなんとかなったとしても、やはりわたしたちは辞退するだろう。

もちろん、プロとしては間違った選択だ。我々は金銭の対価としてパフォーマンスを提供する立場の人間なのだ。プロデューサーがいないのなら、似たような魔法を使ってライブを成立させるべきだろう。それが仕事というものだ。

しかし、観客はデミカのパフォーマンスを見に来てくれているのだ。

なのに、デミカとして仕上げていないものを、デミカとして提供するのは、ひどく失礼なことのような気がしてならない。だからわたしたちはこの一週間、代理の手段を探すことよりも、プロデューサーを探すことに全力を注いだのだ。

……まあ、その成果が現状なのだから、偉そうなことは言えないのだが。

こちらのそんな思いなど知る由《よし》もなく、ジャニスは続ける。

「出る場所はコモドステージ。順番はいまから二時間後でいいのよね？」

「……ああ」

「そ。邪魔したわね」

本当に聞きたいことだけ聞くと、彼女はあっさりと身をひるがえしていった。

なんだったのだろうか。わざわざ出向いてまで確認するほどのことでもないというか、誰かスタッフに聞くのでも充分に事足りる用件だったようにも思えるのだが……。

そんなことを思っていると、ジャニスは唐突に足を止めて、

「……後悔しないのね？」

「……え？」

振り返りもせずに言われた一言に疑問符が漏れる。彼女はほんの少しだけ振り返り、

「ミンスト出場って、パフォーマーにとってのある種のゴールみたいなもんよ。その出演を辞退するなんて、控えめに言って大馬鹿野郎よ。しかも新人のくせに、個人的な理由でそんなことするんだから、今後誰からも使いたくないって思われても仕方ないわ」

そこでもう少しだけ振り返った彼女と、軽く視線が触れる。

たったそれだけのことなのに、全身にピリピリとした痛痒《つうよう》が走った。

怖い。

いままで数多《あまた》の死線を乗り越えてきたわたしが、そう感じている。

「あと二時間もあるんなら、似たような魔法を使える人をかき集めれば、まだなんとかなるかもしれないわよ。っていうかあたしらなんて、演者で怪我人が出たりするとそうやって穴埋めするしね。必死こいて頭下げて回って、それでもなんとかステージを成立させるのよ」

いや、死線なら彼女だって、何度も乗り越えているのだろう。

衆人環視の中、一分《いちぶ》の失敗も許されず、笑顔でパフォーマンスをやりきるという、死線を。

何回も、何十回も、何百回も、何千回も、乗り越えてきたのだろう。

文字通り、我々とはパフォーマーとしての格が違うのだ。

「……そういうこともできるけど、辞退なんかして、本当に後悔しないのね？」

そんな彼女に睨まれ、仕事《パフォーマンス》との向き合いかたを問われているのだ。

怖いに決まっていた。

……しかし。

「しない」

それでもわたしは、即答する。

「わたしとダロンシェとエーデルワイス。そして、キュリアとプロデューサー。ミンストへの出番は、この五人で勝ち取ったものなのだ。ならばそのステージも、五人で作り上げるものでなければならない」

それに、と言葉を挟んで、ジャニスと正面から目を合わせる。

ものすごく痛くて怖かったが、構わず続けた。

「プロデューサーは必ず帰ってくる。だから、大丈夫だ。心配してくれてありがとう」

「……あ、そ」

てっきり怒られるかと思ったが、あっさりと剣呑《けんのん》なオーラを消し去った彼女は、再び歩を進めていった。本当になんだったのだろうか？

彼女は去りざま、思い出したように右手を少し上げて、

「そうそう。憩いの公園でのライブ、あたしも見てたわ。かっこよかった」

「……あ、ああ。ありがとう」

憩いの公園とは、つい先日わたしたちがプレイベントをやった繁華街の公園だ。なぜ唐突にその言葉がここで出てくるのかも不明だったが、

「あ、ベルさん。そろそろ時間です。キュリアちゃんとかクレイドルさんにも戻ってきてもらって、そろそろ本格的に準備を始めないと……」

エーデルワイスの一言によって、現実的な問題へと思考が切り替わる。

ジャニスが言ったように、わたしたちの出番まで、残りおよそ二時間ほどだ。

その時までにプロデューサーが帰ってこなかったら、その時はもう……。

「……とにかく、控室に戻ろう」

「…………」

ダロンシェの言葉に悄然《しょうぜん》と頷いてから、わたしたちは踵《きびす》を返した。

現在時刻・十四時半。

デミカの出番の十六時半までにプロデューサーが帰ってこなければ、わたしたちは……。

「おお、おぬしらか！　どうじゃ、プロデューサーは見つかったか⁉」

控室のある中央テント入り口の手前で、速足で歩くコートニーと出くわした。手にはたくさんの書類を持ち、背後には数人のスタッフを引き連れ、そして顔の周囲には映像魔法で映し出した各ステージの様子を表示している。誰がどう見ても分かるほどに忙しそうだ。

いや、実際にとんでもなく忙しいのだ。ただでさえ動き回らなければならない身の上なのに、プロデューサーに割り振られた仕事までこなしているのだから、当たり前と言えば当たり前だ。

……というかこの女、この量の仕事をプロデューサーに振る気でいたのではあるまいな。

「目下捜索中。迷惑をかけてごめんなさい」

わたしがボーッとしてしまっていると、ダロンシェが代わりに答えてくれた。コートニーは深いため息を吐《つ》くと、

「あやつめ、呑気《のんき》に誘拐なんぞされおって。おかげで仕事しかできんわい。本来なら今時分、シャングリラのサーカステントの隅っこで、こっそり酒を飲んでいる算段だったのにのう」

おどけたように言う。我々のために軽口を言ってくれているのだろうが、目が微妙に笑っていない。そして算段の内容も妙にリアルだ。

そんなふうにコートニーの人間性を疑っていると、彼女は取り巻きのひとりに目配せをし、お互いに軽く頷いてから、再びわたしに目を合わせた。

「では、おぬしらの出番を大トリに回す。それならイベント終了のギリギリまで、やつを待てるじゃろう」

「いや、気持ちはありがたいが、我々の出番をずらして大トリにしても……はぁっ⁉」

あっさりと放たれた爆弾発言に、わたしは思わず生首を取り落とし、エーデルワイスとダロンシェも大きく目を見開いた。

彼女の言う通りのことになれば、確かにあと六時間くらいは猶予ができるが……。

「……わ、我々のような新参者を、大トリに回す、って……で、できるのか？　そんな、とんでもないこと？」

「ああ。勝手を承知で進めさせてもらったが、おそらくなんとかなる。大トリのシャングリラには話がついておるし、協賛各社にもおぬしらのファンは多いからのう。まあ、わしの発意でなければ、絶対に通らん意見じゃが」

恩着せがましい言いかたなわけではなく、おそらくそれは事実だ。個人規模のライブならともかく、ここまで大きなイベントの大トリをすげ代えるなど前代未聞だ。最高責任者の権限を行使しなければ――いや、それにしたって、だいぶ無茶を働いてくれているのだろうが――まず叶わないような采配だろう。

というか、シャングリラに許可は取ってあるのか。だとしたら、先ほどジャニスがこちらの様子を見に来たのも、それと何か関係しているのだろうか？　いや、だとしても色々と中途半端な対応だった気もするが……。

驚きやら疑問やらで硬直していると、再びダロンシェが話を進めてくれた。

「どうしてボクたちみたいな新人に、そこまでしてくれる？」

コートニーは少しきょとんとした様子で、

「どうしてもこうしてもない。おぬしらのライブを、ここに来た観客たちに見てもらいたいからじゃ。あんなに素晴らしいものを見せずに帰らせるなど、イベントプランナーとしての名折れじゃゃし、プロデューサーにも申し訳が立たんわい」

「…………っ」

……危なかった。

気を張っていなければ、わたしはきっと、また泣いてしまっていただろう。

ミンスト運営責任者が――数多の演者を見て、数多の評価を下してきた猛者《もさ》が。

こんなにもわたしたちのことを褒め、こんなにも必死にライブを成立させるように動き回ってくれている。

言葉にできないほど、ありがたい。

エーデルワイスは言葉の重みに耐えられなかったようで、ボロボロと涙を流しながら、

「ぐしゅ、あ、ありがとうございます！　わたしたちのために、そんなことまで……グス、プロデューサーさんが戻る保証なんてないのに……ほ、本当に、ありがとうございます!!」

「……お、おう。分かった。分かったから、少し感情をコントロールしてくれるかのう。その調子で大声を出されると、頭が痛くなってくるというか、死んだ曽祖母の手招きが見えるとい

うか……と、とにかく、泣きやむのじゃ。テロるのをやめるのじゃ」

エーデルワイスと距離を取りながらそう言うと、仕切り直すようにコホンと咳払いして、

「といっても、いいことばかりではない。おぬしらにはミンストの大トリというとんでもない重責がのしかかることになるし、ライブができなかった場合、大なり小なりバッシングを受けることにもなるじゃろう。大手の演者ならともかく、おぬしらのような新人がそのようなことになったら、しばらくは活動できない状態になるやもしれん」

初めて会った時と同じ、冷厳な光を黒瞳の奥に灯《とも》し、わたしの顔をまっすぐに見た。

「その全てを受け止める覚悟は、あるのじゃろうな？」

「無論だ」

即答をするとともに、ダロンシェとエーデルワイスの顔を見る。

まずはダロンシェが、いつも通りの半眼で、しかしどこか精悍な顔つきで、

「そこまで目をかけてもらっているのだから、それくらいのリスクは背負って然《しか》るべき。なんだったらボクがステージで脱ぐことも条件に加えてもいい。いや、加えてほしい」

続いてエーデルワイスが、少し臆しながらも、精一杯気丈に振舞うように、

「そ、それに、プロデューサーさんは絶対に戻ってきます！　戻ってこなかったら……そ、その時は、魔王城でテロ起こしちゃいます！　それくらいの覚悟ですっ！」

「それは困るが……まあ、その心配もあるまい。なぜなら、プロデューサーは必ず帰ってくるし、ミンストのトリにふさわしいステージを、我々と作ってしまうのだからな！」

最後にわたしが高らかに宣言すると、コートニーは冷厳な雰囲気を霧散させ、代わりに目いっぱい大きく笑って、わたしのお尻をひっぱたいた。

「その意気や良しっ！　では、その方向で進める。ひとまずおぬしらは、予定通りリハーサルに入っていてくれ。追って新しい指示を通達する」

そうとだけ言い残すと、彼女は速足でテントに入ってしまった。その後ろ姿に頭を下げてから、わたしたちは顔を見合わせる。

……さあ、準備は整ったぞ、プロデューサー。

あとは貴様が帰ってくるのを、万全の状態で待つだけだ。


『――以上でわたしたち「シャングリラ」の公演は終了となりますっ！』

メインテントの中央に設置された、大きな楕円形のステージの上。

バニーガールの格好をした獣人の少女がそう言うと、ステージを囲う形で設置された観客席から、割れんばかりの拍手が巻き起こった。

「…………」

映像魔法で映し出されたその様子を、我々は眺めていた。

誰も何も言わず、消沈した面持《おもも》ちで、ただ。

わたしたちがいまいるこの場所は、メインテントのすぐ脇にある『ベヒモスステージ』の控室だ。もともとはもっと小さなステージでやる予定だったのだが、大トリをすることになったので、会場で二番目に大きなここを使わせてもらうことになったのだ。控室もそれなりの広さがあって、わたしたちの出番の準備のため、スタッフがせわしなく出入りしている。

——もっとも、シャングリラの公演が終わったいまとなっても、まだプロデューサーは帰ってきていない。

つまり、このカーテンコールが終われば、わたしたちの出番は来ないまま、ミンストが終わるのだ。

わたしたちの周囲に展開された、いくつかの映像魔法を見やる。

そこに映し出されているのは、ベヒモスステージの前で、わたしたちの出番を待ってくれている観客たちだ。動員数三千人近くのイベントのトリとあって、その人数もすごいことになっている。ステージのすぐ前にあるスタンディングエリアはいっぱいになり、その後ろのシートゾーンにまで人だかりが伸びていた。

五百人……いや、下手をすれば、もっといるかもしれない。

ほかの映像魔法を見る。そこには、最後の悪あがきとばかりに会場を探し回るゴーストバスターズやボディガード、そしてミーアとラタン付きの演者たちの姿が映し出されている。

そしてこの控室には、ばっちりライブの準備を整えたわたしたちと、憔悴《しょうすい》した様子で戻ってきたキュリア。同じく疲れきった様子のコートニーがいる。

これだけ多くの人を、思いを、努力を残したまま。

わたしたちは何もしないまま、ミンストが終わってしまうのだ。

「……ベル様」

あえて感情を排したかのような声で、わたしの背後からキュリアが呼びかける。

「終わりです。一度城に戻って、本格的にプロデューサーさんを探す態勢を整えましょう」

「…………っ」

その宣言に、エーデルワイスは手で口を覆い、ダロンシェも眉根を寄せながら瞑目《めいもく》する。コトニーも髪をぐしゃぐしゃと搔《か》きむしり、会場を探索していた一同と、出入りしていたスタッフにも絶望感が伝播《でんぱ》していった。

一縷《いちる》の希望が途絶え、それを糧《かて》として動いた一同が、心をへし折られた瞬間だった。

こんな引導を渡すようなこと、誰だってしたくないに決まっている。その役を率先してやってくれたキュリアには感謝せねばならない。本来ならばわたしの役目なのだから。

しかし……。

「……まだだ」

プロデューサーからもらったネームプレートを、しっかりと握りしめたまま。

わたしはまだ、その場から動くことができずにいた。

「……まだ、カーテンコールが終わっていない」

「……じきに終わります」

「まだ終わっていない」

「もう終わります」

「……まだ、終わっていない」

「……ベル様っ！」

キュリアがわたしの頭を抱え上げ、まっすぐにわたしと目を合わせた。

どちらの目からも、大粒の涙が溢れ出ていた。

「……終わりです。城に帰りましょう。ライブができないのに、わたしたちがここにいることが知れたら、お客さんたちが混乱します」

「…………っ！」

……分かっている。

いましていることが、ただの悪あがきだということも。

もう、終わりだということも。

分かっているのだ。

分かっているのだが……っ!!

「……ねえ、ダロンシェちゃん？　シャングリラの人たち、なんか様子がおかしくない？」

「うん。なんだろう？　ステージの上に広がって……」

その時、エーデルワイスとダロンシェが、映像を見ながらそんなやりとりをしていた。

涙目でそちらを見ると、確かに妙だ。先ほどまでカーテンコールをしていた演者たちが、各々の曲芸道具を手に、ステージ上に広がっていったのだ。締めの演出とも思ったが、観客やスタッフの困惑した様子も映し出されているので、そういうわけでもなさそうだ。

そんな微妙な空気の中、バニーガールは両手を上げ、満面の笑顔を広げた。

『それではこれより、第二部公演を始めます！』

「………………は？」

高らかなその宣言とともに、ステージ上の演者たちは一斉に曲芸を始め、それまで首を傾《かし》げていた観客たちを大いに沸かせ始めたのだ。

「……お、おい、なんじゃ!?　こやつらは何をしておるのじゃ!?」

と、コートニーが声を荒らげるのも無理はない。普段の公演ならいざ知らず、ミンストでは決められた時間内に演目を終わらせることになっているのだ。

なのに彼らは、当然のように演目を継続し、

「さあさあさあ！　シャングリラのサプライズ公演が始まるよっ！　ここでしか見られない運《うん》斤成風《きんせいふう》が目白押しだ！　ここで帰ったら絶対損をするよーっ！」

そんな煽《あお》り文句まで付け加えて、一部公演（？）の時以上に観客を盛り上げている。

まるで、観客たちを帰らせることを、阻止するかのように。

これは、一体……？

「おい、そこのおぬし！　誰かこの状況を説明できる者を連れてくるのじゃ！」

コートニーがスタッフのひとりに向けて言い放つが、そのスタッフが動くより先に、

「……もう来てるわよ」

大きなハットをかぶり、ピエロ調のベアトップドレスに身を包んだジャニスが、唐突に入室

してきた。コートニーはその姿に食らいつくように、

「おぬし、どういうつもりでこんなことを……」

「プロデューサー、まだ帰ってきてないのよね？」

その詰問を華麗にスルーして、ジャニスはわたしたちに向けて問う。

「……ああ。配下の者には領内外を、友人にはミンスト会場を探してもらっているが、まだ見つかっていない」

わたしがためらいがちにそう言うのを確認すると、そこで初めてコートニーへと向き、

「姐さん、お願い。責任はわたしが取るから、プロデューサーが帰ってくるまで、シャングリラの公演を続けさせて」

「なっ……!?」

そう言って頭まで下げる彼女に、驚愕《きょうがく》の声が漏れてしまう。

「……なぜ、ですか？　プロデューサーさんが帰ってくる保証などないのですよ!?　どうしてあなたが、そこまでデミカに肩入れをするのですかっ!?」

キュリアの問いかけの通り、わたしたちと彼女には縁もゆかりもない。どころかプロデューサーを毛嫌いしているような話すらあったはずだ。それなのに、なぜ……？

その質問にジャニスが答えるよりも先に、展開された映像魔法のひとつ――インモラル・パープルのエルフたちが、こちらの異変に気づいたように、

『げっ!?　姉ちゃんっ!?　そこでなにしてんだよっ!?』

「「「………………え？」」」

という一同の疑問符の先で、ジャニスはひとつため息を吐くと、大きなハットを取った。

露《あらわ》になったその耳は、先端がピンと尖っている。

それは、エルフ族の大きな特徴のひとつだ。

……そういえば、ジャニスのきょうだいたちがこの街にいる、と、プロデューサーから聞いた覚えがある。

「……このクソ愚弟ども。あんたらこそ、なんでなんもしないのよ。プロデューサーのおかげで無料観覧ステージにも出られたし、憩いの公園でライブもさせてもらったんでしょ？」

まさか、こんなに身近にいるとは思わなんだが……。

『な、なんもしてないわけじゃねえよっ！　こうやって探し回って……』

「見つけられないなら意味ないわよ。そもそも、こんだけ領地の内外を探し回ってるってのに、この会場にいるわけないでしょうが。それより、とっとと楽器ぶん取ってきて、あたしらみたいにどっかのステージをジャックしな。あんたらの下手くそな演奏でも、少しくらいは客を足止めできるでしょ。ほら、これ聞いてるほかの連中も！」

サーカス団の団長というよりは、どこかの反社会勢力のような言い分だったが、段々と彼女の暴挙の理由が見えてきた。

プロデューサーのおかげで日の目を見ることができたインモラル・パープル。その姉であるジャニスはその恩義に報いるべく、掟破りのアンコール公演を敢行し、観客を帰らせまいとしている、と。どうやら、そういうことらしかったが……。

「オ、オイ、ジャニス……我々のために、本当に、ここまでしてもらっていいのか？」

恐る恐る訊ねる。彼女は無感情にこちらを見ると、

「いいのよ。さっきの話、聞いてたでしょ？　愚弟どもがプロデューサーの世話になったみたいだから、その借りを返してるだけ」

「いや、そうではなくて……」

日中に彼女とした会話を思い出して、少し恐ろしい気分になりながら、

「わたしたちは、貴公らのプロ意識とは相反する考え方で、ライブに出ないという選択肢を選び取ったのだ……そんな我々のために、ここまでしてくれて、いいのか？」

そこで初めて、ジャニスの表情に変化が現れる。もっとも、怒っているふうではない。『こいつは何を言っているんだ？』とでも言いたげな、疑問の表情だ。

「……いや、プロ意識の在り方なんて、ひとりひとり違うもんでしょうよ。百人演者がいれば、百通りのそれがあるから面白いんじゃない」

やがて口を開いた彼女は、わたしが両手で抱えた生首へと近づきながら、

「あんたらがそれを正しいと思ってて、覚悟さえ持ってれば、それでいいのよ……まあ、そういう覚悟がなかったら、ミンストの大トリなんて譲ってなかったけどね」

「…………」

ポンポン、とわたしの頭を叩きながら、諭すように言う。

……まずいな、ジャニスが男だったら、猛烈に惹《ひ》かれていたかもしれない。

いや、しかしわたしにはプロデューサーがいるしな……どうすれば良いのだろうか？

そんなバカげた思考を繰り広げていると、またもエーデルワイスがぼろぼろ泣き出して、

「うぅ、ぐしゅっ、あ、ありがとうございます、ありがとうございます……！　インモラル・パープルのみんなには、いままで以上にたくさん、うちのホットサンドあげますねっ！」

「いや、そういう目的じゃ……って、え、なに!?　頭が割れるように痛いっ！　なにこれ、どういう現象っ!?」

「……おい、小娘ども。先ほどから、誰の許可を得て、勝手なことをほざいておるのじゃ？」

そこで話に乱入してきたのは、コートニー。

ミンストの最高責任者は、初めて会った時以上の威容を纏《まと》いながら、ジャニスを睨み据えた。

「だ、だから……責任はわたしが取るから、わたしらのパフォーマンスを、続けさせて、って……」

さすがにひるんだ様子のジャニスに向けて、彼女は大きく息を吸い込むと、

「責任を取るのはこのわしじゃっ！　わしの全権限を持って、おぬしの提案を全面採用し、これより『ミンスト・延長戦』を決行するっ!!」

控室いっぱいに響き渡るような声でそう宣言すると、スタッフ全員に向けて、

「まだエリア内に残っている演者をかき集めろっ！　これより追加のタイムテーブルを再編成し、一時間……いや、三十分以内に発布する！　もろもろの問題はひとまず後回しじゃ！　と

にかく客を帰らせないことに全力を注げっ！　まずは場内アナウンスの準備じゃ！」

突然すぎる無茶苦茶な指示に、しかしスタッフは誰ひとりとして不平を漏らすことなく、大きな返事とともに控室から走り去っていった。

「さて、忙しくなるぞぃ。ジャニス、おぬしも手伝え」

「はいよ。はは、懐かしいわね、このドタバタ感。一回目のミンストの時みたい。こうなったらもう、初期メンバーにも手伝ってもらおうよ。ほら、発起人のあの人とか呼んでさ」

「かかっ。呼んだら本当に来そうじゃのう、あのバカタレは」

そんなやりとりをしてから、コートニーとジャニスは不敵な笑顔を残して部屋をあとにする。

別室にでも籠《こ》もり、タイムテーブルを作ってくれるつもりなのだろう。

そして、映像魔法の向こう側では、

『……う、うおおおおおおおおおっ！　俺たちの、歌を聞けぇぇエエエッ!!』

インモラル・パープルが、ジャックしたステージの上で演奏を始め、

『はいーっ!!　世にも珍しい、スケルトンの骨ジャグリングっすよー!!』

『はいーっ!!　いまなら先着二名に、僕らの第五基節骨もあげるっすよーっ』

『スーパー・ヴァンパイア、ハリソン＝ファーのショート・ショート・モノマネ・ショーッ!!舞台俳優デイビット・パウターが、馬車を乗り過ごした時の一言……スターット!!』

ウーリーとシャーディー、そしてハリソンも、同じようにステージ上でパフォーマンスを繰り広げ、

『こっちはオタ芸のレクチャーだっ！　こいつをマスターすれば、デミカのライブを百万倍エロい目で……いや、楽しむことができるぜっ！　いまなら無料で教えてやらあァァッ!!』

ゴーストバスターズとボディガードたちは、フードコートのど真ん中でオタ芸を始めた。

みんなが——これまでデミカと関わってきた者たち全てが、一丸となっている。

「……おい、プロデューサー……見えているか？」

各々ができる限りのことをして、デミカのステージを作ろうとしてくれている。

「みんな……みんな、貴様の帰りを待っているのだぞ。貴様の帰りを信じているのだぞっ！」

こらえていた涙が溢れて、止まらなかった。

「みんな、貴様に会いたいのだ！　貴様が必要なのだ！」

叫んだところでやつには届かない。そんなことは分かっている。

「だから……グスッ」

それでも、何かしたくて。

当事者であるわたしたちが、何もできないのが歯がゆすぎて。

わたしはそうして、叫び続けることしかできずにいたのだった。

「……早く……早く、帰ってこい！　プロデューサァァァァァァッ!!」

「うん。ただいま」

その時、そんな声とともに、ガチャ、と、ドアが開き、
ものすごく普通に、ＰＣを持ったプロデューサーが、帰ってきた。

「「「「…………………………うぉぉぉォォウッッ!!？？」」」」

あまりの気安さに硬直した後、一同は大体そのような声をあげた。

……いや、帰ってこいとは言ったが、こう、もっとドラマチックな展開を想定していたというか、こんなにもヌルッと戻ってくるとは思わなかったというか……。

い、いや、とにかく！

「プロデューサーッ！　貴様、プロデューサーなのだな⁉　本物なのだなっ⁉」

わたしはあらん限りの速さでやつに駆け寄ると、その両肩をガタガタと揺すりながら、

「いままでどこに行っていたのだ⁉　誰にやられた⁉　怪我はないか⁉　少しやつれていないか⁉　とりあえずご飯にするか⁉　それともお風呂かっ⁉」

「だいじょ……おえっ！　大丈夫！　大丈夫だから、落ち着いて、揺するのやめてっ！　なくなる！　首から上が取れてなくなるっ！」

なんて言いつつも、やつは至近距離にあるわたしの胸元を見たり、身体を引きはがすふりをして二の腕の下に手を滑り込ませようとしてきていた。

良かった。どうやら本物のプロデューサーのようだ。

そんなふうに安心していると、ダロンシェもプロデューサーに歩み寄ってきて、

「詳しく話を聞きたいところだけど、いまはとにかく時間がない。可及的速やかにライブを始めるべき」

「うん。迷惑かけてごめんね。そのつもりなんだけど……」

そこでやつは、どこか歯切れの悪い態度で言う。

できることなら言いたくないが、言わないと前に進めない。そんな態度だ。

「……その前に一個だけ、確認しなくちゃいけないことがあるんだ」

しかしやがて意を決したように、そんな前置きを落として——。

その後、やつの言った言葉を。

わたしはしばらく、理解することができなかった。

「キュリア。なんで俺を誘拐したの？」


視点・プロデューサー。

俺が質問するのと同時、全員の視線が一斉にキュリアに集中した。

いや、俺が言わなくったって、きっと彼女に注意は向いていただろう。

なぜなら、

「……全員その場から動かないでください。一歩でも動いたら、会場ごと爆破します」

キュリアは膨大な魔力を右手に集め、牽制するようにして一同を睥睨《へいげい》したからだ。それと同時に部屋全体に結界魔法が張り巡らされる。おそらく入退室を禁止するためのものだろう。

意外だな。少しくらいシラを切ると思っていたのに。

まあ、一週間前のあの夜。俺とオルが会った後、キュリアはがっつりと俺に姿を見せて誘拐したのだから、ある程度は腹をくくっていたのだろう。

……考えてみると、キュリアの言動や行動は、最初から少しおかしかった。

脱衣魔法がかかった時は、それを解除する方法を探すようなことをしていなかったと思うし
――っていうかまず、脱衣魔法っていうところからしておかしいし――、そもそも、彼女ほど優秀な人材だったら、俺なんかの意見になんて頼らず、ベルをプロデュースする手段を考え出せたはずなのだ。なのに、あくまでもサポート役に徹し、自分から積極的に意見を言うことも少なかった。

ひとつひとつは小さなほころびだ。しかし、それらを繋《つな》げて全体的に見てみると、こんなふうにも思えてきてしまう。

ベルをアイドルとして成功させる気なんて、最初からキュリアにはない。

「なん……で……？　なんで……こ、こんなこと、するのだ？」

全員が言われた通りに――というか、事態が飲み込めずに――硬直する中、ベルは小刻みに震えながら問う。

……キュリアが裏切っていたという事実を、心の底から拒むようにして。

「……何か、事情があるのだろう？　く、黒幕がいるのだろう？　パパに脅《おど》されていたのか？　それとも、ほかの大臣や権力者たちの誰かか!?」

俺も最初はそう思っていた。

そう、思いたかった。

……しかし、

「いいえ。誰からもなんの命令も受けていません。キュリアの独断のもと、大魔王様の仕業に見せかけて、色々妨害工作を仕掛けたのです」

あえて感情を排したような声音《こわね》で、キュリアははっきりとそう告げた。

……ああ、ちくしょう。

やっぱり、そこはそうなのか。

一週間前のあの日、オルは俺に接触をしてきた。

キュリアが妨害工作の犯人で、俺を誘拐する可能性があることを、伝えるためだ。

本来ならキュリアの身柄を拘束したいのだけど、そのやり口は巧妙で、犯行に及ぶまで全く尻尾《しっぽ》を出さなかったらしい。そんな状態で無理やり拘束をしたら、それこそベルのオルに対する不信感を募らせてしまう。できれば現行犯逮捕をしたいが、オルも部下たちもその現場に居合わせることができるか分からない。だからこうして予防線を張りに来た、とのことだった。

話を聞いた後も半信半疑だったが、その夜にキュリアに誘拐され、地下牢の更に下にあった隠し部屋へと軟禁されてしまった。

そこまでやられてしまったので、さすがに彼女が『黒幕』であることは信じざるを得なかったのだけど……。

その『理由』に関しては、違うものであってほしかった。

「なんで、こんなことするの？　キュリアはずっと昔から、ベルの味方だったんでしょ？」

何も言えなくなるベルに代わってダロンシェが問う。そのポーカーフェイスは崩れ、声も僅《わず》

かに震えている。対するキュリアは無感情を保ちながら、

「味方ですよ……しかし、やりたいことを野放図にやらせ、ただそのあとをついていくだけ、ということがその定義なのであれば、違います。それはただの思考停止であって、本当にその人のことを考えているとは言えません」

そこで少し怒りのような感情が垣間見えた気がしたが、次の瞬間には平坦な口調に戻り、

「キュリアは昔から、ベル様が暴走するのを止める役目でした。今回もそれだけです。このような活動がベル様の今後のためになるとは、どうしても思えないのです」

「で……でも、でも！　キュリアちゃん、そういうことは納得したうえで協力してくれてたじゃないですか!?　大魔王様を納得させるのにだって、協力してくれたっていうし……」

すがるように言うエーデルワイスに、しかしキュリアは冷淡な声音のまま、

「一度走り出したらベル様は止まりません。大魔王様が許可を出さなかったとしても、秘密裏に動き続けていたでしょう。だから一度、全力を出せる環境を整えてあげたまでです。それでダメだったら諦める、という条件を付けたうえでね」

それは当初からキュリアが言っていた言葉でもある。

まさかそれが、そのまま犯行動機に使われるとは思っていなかったが。

そこでキュリアは、少し自虐《じぎゃく》的な笑みを浮かべながら俺を見た。

「本来なら、もっとずっと前に断念してもらうつもりだったのですけどねえ。その男が頑張ってくれたものですから、計画が台無しです。まさか監禁から抜け出してくるとは思いませんで

した。一体、どんな手を使ったのですか？」

……なんだろう。妙にペラペラと喋ってくれる。何かの時間でも稼いでいるのかもしれない。

まあ、時間が欲しいのはこちらも同じなので、素直に答えるとする。

「オルが俺に、脱出用と護身用の魔法をくれたんだよ。姿を消す魔法とかね」

いきなり俺が現れたらスタッフを混乱させてしまうので、それを使ってここまで来たのだ。

『使えるのは一度きり』って限定条件だったから、使うの死ぬほど迷ったけど。

「本当は直接守りたかったらしいんだけど、キュリアの罠——ほかの領に出張に行かされちゃって、しばらく部下ともども動けそうにないからって、そういう手段を取ってくれたんだ」

あの日俺に会いに来たのも、相当の無茶を働いてくれたらしい。まあ、その甲斐あって俺はここに来られたのだから、その努力は報われたのかもしれないが。

……もっとも、この局面が乗りきれたら、の話だが。

もちろん、キュリアが抵抗することも想定していて、それに対処できそうな魔法もいくつか授かっている。なんとか隙《すき》を見つけて、その魔法をぶち込めればいいのだけど……。

このネコミミスーパー魔法少女が、果たして隙なんて見せるだろうか？

一応、もうひとつの奥の手も用意してあるのだけど、それはあまりにも他力本願というか、時間を稼いでいるとはいえ、間に合うかどうかも分からないというか……とにかく不確定要素が多い手段なので、それを頼りすぎるのはどうかと思うのだけど……。

「……そうですか。あのオッサン。最後までキュリアの邪魔をしてくれたのですね」

そんなことを思っていると、キュリアの右手に凝集していた魔力が、全身を包み込んだ。

「でもまあ、最後の最後にはキュリアが勝つっぽいので、もうどうでもいいです」

「……オイ、オイッ！　貴様……な、何をするつもりだっ!?」

ベルが鋭く吠える。怒っている、というよりは、絶望感を覚えているような声色だ。

「その魔法……それ、対象を魂ごと消し去る魔法……じ、自分に、かけているのかっ!?」

「「っ!!」」

ベルのその台詞に、一同は愕然《がくぜん》としながらキュリアに向いた。

しかし当の本人は自虐的な――しかし、どこか安らかな表情をしながら、

「ええ。こうすればイベントも中止になりますし、キュリアが死んでまで止めたとなれば、さすがにベル様もアイドルの道を断念してくれるでしょう。最初からこうすれば良かったのですが、生意気にも生き延びたいとか思ってしまいました。まことに申し訳ありません」

「許すっ！　いまならまだ許してやるから、いますぐその魔法を解けっ！」

「それはできません。申し訳ございません」

できないというのは、できるけど止める意思がないのか、それとも発動してしまったら止められないのか……分からなかったけど、俺も大声で説得に参加していた。これはさすがに想定外だ。俺が授かった魔法でどうこうできるレベルを逸脱している。もう奥の手に賭けるしかないのだけど、それはつまり、俺がすることは何もなくなるということだ。

この場で俺ができることは、全力で彼女に訴えかけることだけなのだ。

「ねえ、何してんの!?　マジで何してんのっ！　夢を諦めさせるために魂ごと消えてなくなるって……どういう規模でヤンデレしてんのさ！　怖いよ、重いよ、やめなよっ!!」

「ベル様の一番大事にしているものを奪おうというのですから、これくらいは当たり前です」

「いや、それが当たり前だったら、思春期の子どもを持った親の大半がいなくなるわ！　っていうか、こっちは一週間かけて、ようやく隙をついてシャバに出てきたんだよ!?　なのに一番最初に見るのが、女の子が魂ごと消え去るところってハードすぎるでしょっ!!」

「ふふ……やはりあなたは面白いですね……勝手を承知で言わせてもらいますが、キュリアは、あなたのことが好きです」

「……は？」

俺が言うのと同時に、ベルもなぜかピキ、と表情をひきつらせた。

それはともかく、このタイミングで何を言っているのだろうか。

「そして、ダロンシェとエーデルワイスのことも、好きです。ベル様が活き活きと練習されている姿も見るのも、好きです。短い間でしたが、アイドルとして活動させてもらっている時は、本当に……本当に楽しかった」

キュリアは、泣きながらそう言っていた。

……ミンストのオーディションの時、彼女が言っていた台詞を思い出す。

『……まあ、どうしてもと言うのなら、たまには表舞台に立ってあげなくはないですけどね』

彼女は少しだけ恥ずかしそうにしながら、そんなことを言っていた。

あの台詞は、ウソじゃなかったんだ。

やっぱりこの子は、したくてこんなことをしているわけじゃないんだ。

「しかし、キュリアは、ベル様――魔王ベルフェガルダ様のお目付け役としての責務があります。ベル様がアイドルを……こんなに楽しいことを続けていたら、きっと魔王の道には戻ってこられないでしょう。それはベル様にとっても、民衆にとっても、この国にとっても、決してあってはならないことなのです」

……やはり、それか。

ベルが魔王よりもアイドルとしての将来を選んでしまう恐れがあるから、その選択肢を潰してしまおう、と。

彼女の論旨は最初から一貫しているし、筋も通っている。

だけどさすがに極端すぎる。確かにベルは色々と暴走気味の子だけど、きちんと話をすれば聞いてくれることもあるし、人の気持ちだって汲《く》める子だ。

それを誰よりも分かっているのは、キュリアのはずなのだ。なのになぜ、こんな極端な手段に出てしまうのだろうか。

ベルのことを分かっているからこそ、本当に諦めさせるのにはこれくらい必要だと判断した、とか、好きなモノを奪うからにはそれ相応の代償を払う必要があるから、とか、ベルの理解者だからこその理由があるのかもしれないけど、こんなのは絶対に間違っている。じっくりと将来について話し合う余地は、まだまだあるはずなんだ。

キュリアの命を使ってまで止める必要なんて、絶対にない。

「オイ、キュリアッ！　ああ……お願いだ、やめてくれっ！」

キュリアの身体を包む魔法が、ひと際まばゆい光を放ち、彼女の存在感が徐々になくなっていく。いよいよヤバそうな雰囲気になってきた。

ああ……クソ、まだなのか……っ!?　彼ならきっと、この事態を止められるのに……っ！

俺の思いを踏みにじるようにして、キュリアは目を閉じ、儚《はかな》げに笑うと、

「お慕い申し上げております、ベル様。キュリアの最後のわがままと思って、どうか立派な魔王として、この地に君臨――」

彼女が辞世の句を刻もうとした、その時。

ベヒモスステージを映した映像魔法の夜空に、まばゆい光を放つ何かが映るのが見えた。

それは流れ星みたいな速さで観客の頭上を通過し……。

ガドォォォォォォォォンッ!!

更にその先――この控室に向けて、落っこちてきやがったのだ。

「「「「えええええええエエエエエエっ!?」」」」

テーブルやイス、ケータリングの食べ物とともに、俺たちはなすすべなく吹っ飛び、部屋の壁に身体を打ちつけられた。逆にそれだけで済んだのがすごいが、おそらく彼が、何かしらの

措置を取ってくれたのだろう。

そう。流星みたいな勢いで降ってきて、キュリアの身体を掴み上げた、その人物は、

「術式解除、っと……。ついでに、しばらく魔法も使えないようにもしておくね」

オルトファンク＝ハウザーフリント。

突如として舞い降りたそのライオンは、キュリアの身体から魔法の光を霧散させた。

……良かったたぁぁぁぁぁ。ギリギリだったけど、なんとか間に合ったみたいだ。

「パ、パパ!?　どうしてここに!?」

吹っ飛んだ生首もそのままに、ベルが愕然としながら問う。オルは魔法で作った縄のようなもので、気絶したキュリアの身体を拘束しながら、

「プロデューサーくんに頼まれて、映像魔法でここの様子をいつでも見られるようにしておいたんだ。で、なんかヤバそうなことになっていたから、使っちゃいけない魔法使って来ちゃった」

……そう。これが俺の奥の手だ。

我ながら情けない話だが、何かあったら助けてもらうため、オルにモニタリングをお願いしていたのだ。だからといって間に合うかどうかは分からなかったが、さすが大魔王だ。強キャラ感MAXの方法で膠着《こうちゃく》状態をぶっ壊してくれた。

「っていうかパパ、もともと今日ここに来たいって思ってたんだよ！　あー、間に合って良かったーっ！　ベルちゃんの歌とダンス、絶対見たいって思ってたからさー！　これからやるん

でしょ？　衣装めっちゃかわいいねっ！　舞台袖とかで見ていいのかな!?　うわー、マジ楽しみすぎるんだけどっ！」

ついでにシリアスな雰囲気もぶっ壊してくれたようだ。それもありがたいんだけど、なんかイメージ崩れたな。溺愛《できあい》してるっていう話だったけど、娘の前だとこんなキャラなのか。

と、それはともかく。きちんと感謝の気持ちを言葉に出しておこう。

「ありがとう、ホンットありがとう、オル！　超怖かった！　マジでもうダメかと思ったよ！」

「いや、むしろギリギリになってしまって申し訳ない。本来ならキュリアが自供した時点で、こっちにいる俺の部下が彼女を現行犯逮捕する手筈《てはず》になっていたんだけど、直前で連絡が取れなくなっちゃったんだ……たぶん、この子に拉致《らち》されたんだと思う」

……なるほど。俺を探すっていう名目で好き勝手に動き回れただろうし、その辺の措置は抜かりなく、って感じか。キュリア本人もそんなようなこと言ってたしね。ある程度泳がせておいて、直前になってから拉致る、っていうのがまたうまい。どんだけ暗躍慣れしてんだ、このネコミミ諜略少女は。

「で、俺は俺で、外交の仕事が終わったのが本当についさっきだったんだよね……まあ、それもなんか不自然な引き留められかただったから、もしかしたらこの子の手が及んでたのかもしれないんだけどさ」

彼は肉球でポンポンとキュリアの頭を触《さわ》りながら言う。もしかしたら、っていうか、たぶんそうだ、って思えてしまうところが怖い。

「それで改めてこっちの様子を確認してみたら、キュリアが禁術を使っているのが見えたから、慌《あわ》てて来た次第さ。いや、マジで焦ったよ……本当は個人規模での領をまたいだ転移魔法って、国際協定とかで使うのダメだって言われてるんだけどね……」

ボソッ、と付け足された一言に背筋が凍る。そんなグレーなことでもしないと、この状況を止められなかったのかと考えると、改めて危ない状況だったんだって思い知る。

キュリアを止める第一の保険が、俺に魔法を授けるってこと。第二の保険がオルの部下たち。そんで最後の手段として大魔王御大が登場って感じだったんだろうけど、それでダメなら本当にダメだったのだろう。協定違反をさせちゃったのは申し訳ないけど、その奥の手を発動してもらって本当によかった。

いや、厳密に言えば、オルは俺に忠告をしに来てくれた時も、協定違反をしてこっちに来てくれている。キュリアの目を欺《あざむ》くために、多少の無理をする必要があった、ってことらしい。

つまりある意味で、キュリアは開戦前にもオルに奥の手を切らせていた、ということになる。

マジで末恐ろしい十二歳児だ。ほかにもオルはいくつかの保険を用意していたんだろうけど、それが発動していないってことは、キュリアが潰したってことだろうしね。

結果、オルは二回も奥の手を使うことに——それはもう奥の手と言わない気もするけど……——なったってわけだ。余裕で助けてくれたように見えたけど、内心は結構冷や冷やだったに違いない。まさかキュリアが自滅するような魔法を使うとも思ってなかったろうしね。

……ん？　でも待てよ。ってことは、キュリアが術を構築した時に向こうを出発して、あの短時間でここに到着したってこと？

改めてすげえな、大魔王保険。これで急な事故やヤンデレに見舞われても安心だ。あとで月々の保険料を聞いておこう。

その大魔王だが、どういうわけか申し訳なさそうに頭を下げて、

「なんて、全部言い訳だね。何かあったら助けに行く、なんて偉そうなこと言っておいて、情けないよ。でも、ベルちゃんのトラウマになるようなことにならなくて、本当によかった」

「……だね。本当にありがとう」

と、俺がもう一度頭を下げた時、ふとあることに気づいた。

……待て。おかしいぞ。この食肉目、ベルにいくつもトラウマを作ってきた親バカパパだよね？　なのにそういうことは気にするって……もしかして自分が親バカって自覚ないのかな？　だとしたらそれはそれで大問題な気がするけど……。

「……プロデューサー。マズい。さっきの爆発で、お客が混乱してる」

と、そんなこと考えている場合じゃなかった。ダロンシェがそう言う通り、スタンディングエリアのところどころから悲鳴じみたものがあがり、部屋の周囲では騒然としたスタッフの声が聞こえてくる。いまここに入ってこられたら、説明するのに相当時間を取られてしまう。その間にお客さんたちが逃げ出してしまうことも考えられるだろう。

俺は少し考えてから、意を決してＰＣを開いた。

「いますぐ始めよう」

「え、い、いますぐですか!?　この混乱してる空気の中で!?」

テンパったように言うエーデルワイスに俺はひとつ頷いて、

「混乱してるからこそ、早く始めて安心させてあげたほうがいい。そうしたら『この爆発も含めて演出だった』って思ってもらえる。念のために一曲目のハニコムが終わったら『やりすぎちゃってごめんなさい』ってみんなで謝ろう」

「し、しかし、プロデューサーはこのステージで演出するのは初めてだろう!?　わたしたちはリハーサルができたが、貴様は大丈夫なのか!?」

「なんとかなる。っていうかなんとかする。必要なら手動で色々操作するよ。とにかく、こっちの都合で起こした『迷惑』を『演出』に変えられるのはいまだけなんだ。迷惑をかけた責任はちゃんと取るけど、それはそれ。いまはとにかく、お客さんを安心させてあげよう！」

そこまで言うと、みんなも腹を決めたように、俺の目を見ながらしっかり頷いてくれた。

俺も力強く頷き返してから、ステージへ繋がる出口に視線を向け……、

「……って、オル。なに？　なんか俺、面白いこと言った？」

ようとしたところで、オルがニヤニヤしながら俺を見ていることに気づく。

彼は軽く首を振り、どこか父性的な口調で、

「いーや。頼もしくなってくれたなあ、と思ってさ。これなら安心して娘を預けられるよ」

……え、お義父《とう》さんって呼んでいいんですか？　と言おうとしたところで、彼は何かの魔法を展開させ始めた。

「でもどうせ登場するなら、かっこいいほうがいい。こういう状況にしてしまったのも俺のせいだし、俺が空けたあの穴から、みんなをステージに飛ばしてあげるよ」

「え、マジで!? 助かる！ じゃあ先にみんなを飛ばして、俺は少し後《おく》れて舞台袖に……」

「ちょ、ちょっと待ってくれ、パパ！ そんなに時間は取らせない！ ほんの一瞬だ！」

焦った様子でそう言うと、ベルはオルに近づいていった。

「キュリア。わたしのわがままのせいで、こんなに思いつめさせてしまって、すまない」

……いや、オルに抱きかかえられたままのキュリアに向けて、か。

「しかし何をされたって、わたしはアイドルになることを諦めるつもりはないぞ。かといって、魔王の仕事をおろそかにするつもりもない。そのふたつを両立させるための方法を模索するために、こうしていま、全力でアイドルの道を歩んでいるのではないか」

キュリアに意識はない。だからこれは、ベルのけじめのようなものだろう。

そんなことをしている時間、いまはない。

でも俺たちは、それが終わるのを、ただ黙って待っていた。

「それは伝えたはずなのに、理解してもらえていなかったのだな。残念だが、だったら行動で示すのみだ……我々のこれからを、しっかりと見ていてくれ」

最後にキュリアの頭をそっと撫でると、ベルは静かに瞑目し、

「……時間を取らせた。もう大丈夫だ！ キュリアのためにも、最高のステージを作ろう！」

やる気スイッチを全開のＯＮにした顔で、大きな声でそう言ってくれた。

「うん。じゃあオル、やっちゃってっ！」

「はいよ、っと」

オルが指先を動かすと、三人がふわりと浮いて、七色の光の尾を引きながらステージまで飛んでいった。すげえ、マジでめっちゃフォトジェニック。でも俺がやる時は光をオフにしてもらおう。

その演出の甲斐あってか、三人がステージに降り立つのと同時に、混乱や不安の声が薄れ、段々と歓声へと塗り替わっていった。

良かった。思ったよりもスムーズにライブへ移行できそうだ。

「プロデューサーくんも、もう飛ばしちゃっていいかい？」

「うん……っていうか、色々巻き込んじゃってごめんね。俺を飛ばしたら、どっかに隠れててね。コートニーには、あとで俺からちゃんと事情を説明しておくからさ」

俺がそう言うと、なぜかオルはキョトンとした表情で、

「え、なんで？　いいよ。せっかくここまで来たんだから、姐さんには俺から事情を説明しておくよ。スタッフの混乱を収めるのも大事だし」

「いやいや、大魔王がこんなところにいたら、それこそ大混乱……って、え？」

いまこのオッサン、コートニーのこと『姐さん』って言った？　ジャニスが言うみたいに。

それって確か、コートニーのごく親しい人の呼びかただったような……。

「あれ？　言ってなかったっけ？」

ふわり、と俺の身体を浮かしながら、さも当たり前みたいにオルが言う。

「姐さんと俺、知り合いだよ。っていうか俺、ミンストを作った初期メンバーのひとりだし」

「……え?　お、うおおおおおおっ!?」

という悲鳴の尾を引きながら、俺はステージにすっ飛んでいった。

あのオッサン、このタイミングで気になることを……!!　とは思ったけど、さすがにそれについて熟考している時間はない。

俺は舞台袖に降り立つと同時に、三人に目配せを送る。首肯《しゅこう》が返ってくるのを確認してからPCのエンターキーを押し、魔法を発動させた。

デミカのステージが、始まる。

『弱虫な僕は　だけど強がりで　君をずっと守りたいよ』

三人の声が溶けるようにして重なり、会場全体へ響き渡っていった。

それと同時に、色とりどりの光線束が縦横無尽に飛び回り、今日イチの歓声をあげる観客たちの姿を照らし出していく。

Aメロまでの短い間奏の途中、ベルとエーデルワイスが動きの揃《そろ》ったダンスを披露し、ダロンシェは出たり消えたりを繰り返しながら、その周りを跳ねるようにして踊り回る。

薄いスモークと色鮮やかな光線束を纏ったその姿は、とても幻想的に見えたはずだ。

やがてAメロが始まる直前となり、メインがエーデルワイスへと切り替わる。

『なにもしてなくて　なにもできなくて　なにも描けずに　なににも触れずに

自分の世界を　生きることだけに　時間使ってた　君に会うまでは』
完璧《かんぺき》にメロディラインと一体化した、透き通るようなクリアボイス。
それが会場の空気を浄化するようにして吹き抜け、聞いたことのある者には一層の盛り上がりを、初めて聞く者には驚嘆を運び入れていく。
とんでもない破壊力を持っているだけに、彼女の歌は使いどころが難しい。本来ならサビで強調させるのが効果的なのだけど、ハニコムではあえてAメロとBメロから使っている。
ハニコムのサビには、彼女の歌声と同じくらい、強力なものを仕込んであるからだ。
『明るいところを　君とふたり　歩けたらなんて
思ったら　いまの僕じゃ足りないと　思ったんだ』
やがてBメロが始まり、三人の動きが揃ったダンスへと切り替わる。
センターがベルへと入れ替わり、ほかのふたりは少し下がって、
サビが始まる。
『弱虫な僕は　だけど強がりで　君をずっと守りたいよ
泣き虫な僕は　だけど欲張りで　君をずっと見ていたいんだ』
それと同時に、ベルのソロダンスが始まると、
「「「「「うおおおおおぉぉぉぉぉォォォォォォっ!!」」」」」
集まった観客がほぼ一斉に歓声をあげ、会場の空気をビリビリと震わせた。
バク転や宙返りなどのアクロバティックな動きを多用しながらも、そのひとつひとつを定位

置でぴったりと止め、すぐさま次の動きへと繋げていく。

圧倒的なまでのダンスのキレ。

当初からそれを持っていた彼女は、訓練によって立体的な動きをも取り入れ、こうしてダンスとして活かせるものとして昇華させたのだ。アイドル的なダンスとはまた少し違うけれど、視覚的なインパクトは絶大だ。

『相応《ふさわ》しくないなら　補えばいい
君とずっと居られる　ぶんだけ
そんなことが　言えたらいいな』

サビの最後で首を取り外して投げ、大きくターンをしてからまた装着する。そんな演出で軽い笑いと驚きを誘ってから、ベルはほかのふたりと動きを揃えた。

会場の空気は充分に温まり、彼女らのパフォーマンスに釘付けになっている。スタンディングエリアの後ろのほうでは、ものすごい数の人影が、ステージに向けて駆け寄ってくるのが見て取れた。

その光景に、俺はまた泣きそうになってしまった。

受け入れられている。

アイドルという概念すらなかったこの世界で、アイドルの歌が、ダンスが、演出が。

アイドルという存在が、受け入れられているんだ。

こんなの、泣きたくもなるに決まっている。

『少しずつだけど　君に近づいて　やがて追い越して　また追い越されて
　少しずつだけど　こんな僕だって　やればできるって　教えてくれてた』

　間奏が終わり、二番のAメロが始まる。彼女たちは再び、自分の個性を存分に活かしたパフォーマンスを繰り広げ、観客たちを大いに盛り上げていた。

　……アホか俺は。泣いている暇なんてない。

　ハニコムは、みんなの個性をこれでもかっていうくらいに詰め込んだ、ライブの摑みとしての曲だ。完成度は高いけど、そのぶん覚えてもらいづらい。

　それに対してこれ以降の曲は、振り付けが簡単だったり、メロディがキャッチーだったりするので、非常に覚えやすく、みんなが真似しやすいのだ。

　デミカは完成度の高いパフォーマンスを披露するだけじゃなくて、みんなで歌ったり踊ったりして楽しめる曲も提供できる。

　そんな認識を、このライブを通してみんなには知ってもらいたいのだ。

　だから泣いている暇なんてない。デミカの魅力を余すことなく伝えられるよう、頑張ろう。

　何もできない俺だけど、できないなりにできることを探して、精一杯頑張るんだ。

　そう思った矢先、

「ベルちゃーんッ‼　ああ、めっちゃかわいい！　かわいすぎるよベルちゃん！　こっち向いて！　目線こっちに……え、オイ、なんだよ、放せよ！　舞台袖は関係者以外立ち入り禁止⁉　知らないよそんなの！　俺大魔王だよっ⁉　この国で一番偉いんだからね⁉　一族根絶やしにされたいのっ⁉　君の地元ごと吹き飛ばしてもいいんだよっ⁉」
俺の背後から、そんなパワハラ&モラハラ&魔王《まお》ハラ発言が聞こえてきた。
……ひとまずあのオッサンを黙らせることに、精一杯の努力をするとしよう。

終章 ★ アイドルを愛した。フォトジェニックなことになった

大幅な時間延長を試みた今回のミンストは、なんとか終わった。延びた時間は四時間ほどだったけど、別に協賛各社に迷惑をかけたわけでもないし、お客さんを無理やり引き留めたわけでもない。延長戦に参加してもらった演者たちには、もともとの出演料に加えて幾ばくかの謝礼を渡したみたいだけど、それも全体の収益から考えれば微々たるものだったようだ。

ただ、最後まで尽力してくれたスタッフには、+αの報酬が支払われなかったらしい。それを心苦しく思っていたのだけど、コートニーをはじめとした一同は、なぜかニコニコとしていた。曰く。

「今回のことではっきりしたが、やはりミンストは一日公演では短すぎるわい。今回の動員数や顧客満足度を精査して、次回はツーデイズ……いや、スリーデイズ公演を視野に入れてもいいかもしれん。かかっ！ おぬしのおかげでその足がかりができたわ」

とのことだ。もっとも、そう言った直後にコートニーはぶっ倒れ、その後三十二時間くらい寝ていたらしいから、やはり相当の無茶をさせていたようだ。感謝の気持ちとともに、来年も

参加させてもらえるのであれば、その時はまた全力で協力しようと思った。

倒れる瞬間、スリットからのぞいた彼女のパンツを見ながら、そう思ったんだ。


その延長戦をするきっかけを作ってくれたシャングリラだが、見返りらしい見返りを受け取ろうとしなかったのだ。ＩＮＭＯＵ……もとい、インモラル・パープルたちがジャニスの弟だということは聞いているし、俺が彼らの手伝いをしてきたのも事実だ。ジャニスはその恩返しをしただけだと言ってくれたが、ここまでのことをしてもらって何もしないわけにはいかない。

そう言ってしつこく食い下がったところ、ジャニスは根負けしたように、

「……じゃ、じゃあ……今度、あたしの買い物に……い、一日、付き合って、ょ……」

と、なぜか顔を真っ赤っかにしながら言ってきたのだ。いやいやいや、そういう冗談いいから、と。真剣に答えてよ、と返したところ、地獄みたいな顔になって、それ以降一切口をきいてもらえなくなってしまった。やはり彼女の生態は謎だ。

後日、その話をインモラル・パープルにしたところ、申し訳なさそうな表情で『すいません。姉ちゃん昔から、好きな人はイジメちゃうタイプなんスよ……』と、わけの分からないことを言っていた。意味が分からない。それじゃあまるで、俺がジャニスに好かれているみたいじゃないか。そんなことあるわけないよ、と言ったら、今度は残念そうな顔をしていた。

まあいい。人生は長い。また彼女らと対バンすることも、この先何度もあるだろう。そういう機会を利用して、少しずつ返せるものを返していけばいいのだ。

歩き去っていく彼女のパンティラインを見ながら、そう思うことにしたのだ。

そして尽力してくれたといったら、なんといってもラタンのみんなとゴーストバスターズ、そしてボディガードたちだろう。彼らにも深謝をしたところ、ひとりひとりが誇らしげな反応をするとともに、ミーアがこんな朗報を届けてくれた。曰く、

「ハリソンたちがステージをジャックしたのをきっかけにね、ラタンの知名度もいっきに上がったんだよ。しばらく満員御礼だろうね。デミカのネームバリューなのは否《いな》めないけどさ、まあ、あいつらだったらこの波を利用して、ちゃっかり自分たちのファンも獲得するだろうさ……ついでに、ラタンの固定客もね、ぐへへっ」

とのことだ。一番ちゃっかりしているのは、ミーアだと思うんだけどね。

ちなみに、どんなに忙しくなっても、ラタンでのライブは定期的にしていこうと思っている。原点を大事にする、っていうのはアーティストの共通認識みたいなところがあるけど、俺の場合は少し違う。

ミーアの胸チラが見たいからだ。

そんな感じで、ライブが遅延したことで迷惑をかけた人たちへの挨拶回りは終わった。なんだかんだで二日くらいかかってしまったけど、みんな笑顔で許してくれたので幸いだ。

そして、それから更に三日後のいま現在。俺が何をしているかというと……。

「うおお、すっげ！　これが初代アイドルのミナミ・サ○リって人なのかい⁉」

「うん。っていうか、この頃からアイドルっていう言葉が使われ始めただけなんだけどね。もうちょっと前からそういう位置づけだった人はいるよ。いしだ○ゆみとか園○りとか。動画見る？　いま見ても普通に超かわいいよ」

「見る見るっ！　いや、すげーなプロデューサーくん。よくこんなの持ってるねっ！」

大魔王・オルトファンクの私室で、彼にアイドル動画を見せながら、アイドル談義で盛り上がっている最中だった。

……いや、なにこのカオスな状況。どう説明すればいいのだろうか。＃《ハッシュタグ》になんてつけていいか全然分からない。＃大魔王　＃素は意外とかわいい　＃でも生首取って動画見てる　＃ライオンの生首超怖い、とかだろうか？

ある申し出をするため、俺はミンストが終わった日から、オルに謁見《えっけん》の申請を出し続けていた。しかし出張から帰りたてで何かとバタバタしていたようで、なかなか捕まらなかったのだ。

ようやく謁見が叶った今日、しかし彼は『まあまあ、用事はあとで聞くから、とりあえず動画でも見ながらゆっくりしようよ』なんて言って、俺を私室に連れ込んだのだった。

まあ、私室になるのは仕方ないか。

「いやあ、いいものを見せてもらった。君をこの世界に召喚《しょうかん》して、やっぱり正解だったよ」

……そういう類《たぐい》の、誰にも聞かれたくない話もあるだろうしね。

そう。俺をこの世界に召喚したのは、このオッサンだったのだ。

実は彼、俺が前にいた世界に行き来する魔法を編み出しており、何度か旅行を繰り返すうちに——といっても膨大な魔力を喰《く》うらしいから、年に一、二回くらいだそうだけど——すっかりその文化に惚れ込んでしまったようだ。特に影響を受けたものは持ち帰り、こちらの世界でも地味に普及させていたのだとか。

ハンバーガー、プッシュ式のシャンプー、チャイナドレス、週七日制、二十四時間制……などなど、この領内で前の世界の色々が散見されたのは、どうやらそういう事情があってのことだったらしい。ミンストもロッ○ンジャパンに影響を受け、コートニーやジャニスに協力を仰《あお》いで作り上げたものらしいしね。

ちなみに、オルが自分の姿をライオンに変えたのも、レゲェが好きすぎたからなのだとか。戻る気になれば元の姿に戻れるらしいけど、それにしたって影響のされかたが半端《はんぱ》ない。タトゥーを入れるような感覚で食肉目になるとか、本場ラスタファリアンの人もリアクションに困るんじゃなかろうか。

それはともかく、アイドル産業も、彼が気に入った文化のひとつだった。

だから愛娘《まなむすめ》のベルがアイドルに憧れていると知った時は、小躍りしたくなるくらいに嬉しかったそうだ。かわいい娘がかわいいアイドルになんてなったら、かわいすぎてかわいい性心疾患とか起こしてしまうのではないか、と心配をしたほどだ、と言っていた。

コイツ気持ち悪《わり》ぃ、と思った。

それはさておき、アイドル好きのオルとしては、ベルのアイドル修業を全力で後押ししたいところだが、周囲の目があるのでそういうわけにもいかない。あくまでも魔王を継がせることを前提としつつ、やりたいのなら少しはやってもいいよ、というスタンスを堅持する必要があったのだ。

そこでドルオタの誰か――つまり、俺を召喚し、ステージ演出をするのに都合のいい魔法を授け、ベルをプロデュースさせることを思いついた。

そうしてうまいこと、アイドルとしての人気を出させるようにする。そうすれば魔王の継承を先送りする口実にもなるし、オルはかわいいアイドルになったベルを見ることもできる。ついでに俺の命も救うことができる。

ものすごく大魔王本位の行動だけど、確かに誰も損はしていない。ついでとはいえ、俺なんて命まで救われているのだ。色々とツッコミどころはあったが、文句が言える立場ではなかった。イザって時には助けてくれたしね。

……ん？　でもちょっと待てよ。

「……あのさ、俺を召喚した時に、オルの目的とか、俺がすべきこととか、色々説明してくれれば良かったんじゃない？」

やはり俺はアホだ。そんなに特大のツッコミどころを放置して納得していたなんて。

実際その通りだ。そのほうがやることが明確になったし、俺が死を覚悟することもなかった。キュリアの罠にだってハマらずに済んだかもしれない。

疑問に満ちた目でオルを見ていると、彼は実にこともなげに、

「え、だってそういう説明しちゃったら、君が必死でプロデュースしてくれるかどうか分からないじゃない。命を懸けてプロデュースしたからこそ、いまの結果があるんでしょ?」

……うん。びっくりするくらい、彼の私情だ。彼の『娘をアイドルとしてデビューさせるため、異世界人を召喚して、ブラックな環境で使い倒しちゃえ☆』計画の通りだ。

怒っていいところなのかもしれなかったが、俺は何も返せなかった。

実際、その通りだったからだ。前の世界での俺は、最低限の生活はできるのをいいことに、大事なところで全力が出せず、地下アイドルのストーカーをするところまで落ちぶれてしまった。今回のアイドルプロデュースも、何かしらの安心材料があったら、それに甘えてしまっていたかもしれない。

結局俺は最初から最後まで、大魔王の掌《てのひら》で踊らされていたのだ。

まあ、いまとなっては、全然悪い気はしないんだけどね。

「……あ、あれ?　怒らないのかい?　いまちょっと、ビビりながら言ったんだけど」

そんなことを思っていると、オルがビクビクした様子でそう訊《たず》ねてくる。つくづくかわいらしいオッサンだ。こうやって見ていると、一国のトップには見えないんだけどな。

「もういいよ。確かにその通りだし。オルもそれくらい本気で、ベルをアイドルにしてあげたかったってことでしょ?」

アイドル好きに悪いやつはいない……かどうかは知らないが、少なくとも彼と俺の利害は一

致していたし、本当に危ない時には助けに来てくれた。だからもういいのだ。

「うん。それはもちろん、そうなんだけどさ」

そう思った、その時、

「俺、まだこの国の元首として、やりたいことが色々あるんだよねえ」

オルの目がスゥッと細められて、野心的な光を灯《とも》したのが分かった。

「聞いているかもしれないけど、王位継承権のある者は、十六歳で正式に魔王の座に着くことになり、その権限を行使することが許されるんだけど……何かしらのやむを得ない事情があれば、その時期を先延ばしにすることができるんだ。例えば、王位継承権のある者が、莫大な国益を生み出すような存在になる……とかね」

ん？　あれ？　それって、つまり……。

「つまり、ベルちゃんがアイドルとして人気を博している間は、俺がこの国の元首として君臨することができるんだよね」

……ああ。

そこも、ものすごくあなたの私情が絡んでらっしゃったんですね。

「ちなみにそっちの世界では、アイドル産業の市場規模って、年間で一五〇〇億円以上なんだってね。こっちではいくらくらいになるかな？　国営化したうえでの試算を出してみようか？　それと、ベルちゃんが魔王だってカミングアウトするタイミングをうまくすれば……ふふ、いい感じに国民を扇動できるよね、きっと」

うわこのオッサンマジ怖《こ》えっ！　誰だよかわいい系なんて言ったの！　娘の夢を政治的に利用して、民意とお金をむしり取るつもりじゃないか！　やっぱりただの大魔王だったよ！

「ふふ……キュリアを助けるのがギリギリになってしまったのは計算外だけど、逆にそれくらいで済んだのが僥倖《ぎょうこう》だ。ベルちゃんをアイドルデビューさせるにあたって、二の矢三の矢は用意してあったんだけど、まさか一発目でこんなにうまくいくとは思わなかった。素晴らしいよプロデューサーくん。全てが成功した暁《あかつき》には、君には爵位を与えよう」

なんかめっちゃ大魔王っぽいこと言ってる!!　爵位とかいらない！　48人のアイドルに『先生♡』って呼ばれたほうが嬉しい！

そんなふうにテンパりながら背筋を凍らせていると、オルは元のかわいい系の笑顔を取ってつけて、

「な～んてね。俺はただ、かわいいベルちゃんのかわいいアイドル姿を見ていたいだけさ。それ以外のことなんてどうでもいいんだよ～」

「いやウソつけぇッ!!　無理だよもうそのキャラ！　なにライオンがネコかぶってんのさ!?　いま完全にマジの目だったよね!?　完全に大魔王の目ぇしてたよねっ!?」

「ホントだって。俺がアイドルを好きってことも、ベルちゃんを溺愛《できあい》してるっていうのも、全部本当なんだ。でも……」

そこでまた彼は、酷薄《こくはく》な光を目の奥に灯し、

「……君があんまり腑抜けたかじ取りをしていたら、俺みたいに悪いことを考えている誰かに、

船頭を代わられてしまうかもしれないね」

「…………」

……なんだ。そういうことが言いたかったのか。

だったらこんな回りくどい言いかたじゃなくて、はっきり言ってくれれば良かったのに。

「そんなことはさせない……っていうか、できないと思うよ」

俺はオルの目をまっすぐに見返しながら、言う。

「だって、デミカを利用して何かを作れる人はいるかもしれないけど、デミカと一緒に何かを作っていけるのは、俺しかいないもん」

何回も言うように、俺はこの世界に召喚された時のままだ。弱虫で泣き虫で童貞の、何もできないただのドルオタだ。

だけどそんな俺を受け入れて、立ち上がるのを手伝ってくれる人が、いる。

その人たちがいる限り、俺は何度だって立ち上がることができる。

その人たちが必要としてくれる限り、俺はどこまでだって歩いていける。

そういう覚悟が、できたのだ。

だから、大魔王の言いなりになんて、絶対になってやるもんか。

「ふぅ……ん。まあ、そうだよね。ちょっとくらい脅《おど》しても、ぶれないか」

オルはそう言って面白そうに笑うと、今度こそ柔和な笑顔を浮かべる。

なんの含みも思惑もない、ただの友人に向けるような優しい笑顔だ。

「試すようなことをして悪かったね。あの時にも思った通り、やっぱり君は大丈夫そうだ」

そう言って、あの時と同じように、右手を差し出してきた。

……なんだろう、嬉しいな。大魔王としてではなく、ベルの父親としてでもない。素のままのオルが、俺のことをひとりの男として認めてくれたような気がする。

そう解釈するのは都合がいいかもしれないけど、今後オルと話す時には、もう少し警戒を解いてもいいのかもしれないな。いままでは肩書（と顔面）を気にしすぎて、いちいち身構えてしまったのだ。少しでも俺のことを認めてくれているのなら、ある程度はフランクに接したほうが、オルからしても楽なのかもしれない。

そう思いながらおずおずと手を握り返すと、オルは一層深く笑って、

「これからも娘のことをよろしく頼むよ、デミカP」

「こちらこそ、よろしくお願いします。はは、その名前で呼ばれるの、久しぶり……」

………………………………ん？

……………………あれ？

……なんで、それ、オルが知ってんの？

「……なるほど。やっぱり君がデミカPか」

俺がフリーズしていると、オルはしたり顔で俺から手を放しながら、

「いや、半分くらいしか確証がなかったんだけど、いつか君が気を抜いた瞬間に仕掛けてやろうって思ってたんだ。はは、まさかの正解でびっくりだよ。っていうか、すごいな。それに関

してはホントに何もしてないんだけど……こんな偶然、あるんだねえ」

「…………」

このオッサンとはやっぱり、一定の距離を保つようにしよう。

「……なんで分かったの？」

「いや、だから確証があったわけじゃないんだって。ただ、人の曲は意地でも使わなかった君が、ハニコムだけは当たり前のように使っていたからさ。デミカの名前も平気でユニット名にしてたし、もしかしたらそうじゃないかな、って」

愉快そうに分析を口にする。推理が当たって嬉しかったのか、それともあっさりと罠にはまった俺が滑稽《こっけい》だからなのか、どちらにせよすげー腹立つ。

……そう。確かに俺がデミカPだ。

ベルがアイドルを目指すきっかけになった曲――ハニコムの作曲者は、俺なのだ。

ベルのプロデュースをしようと決めたのも、それが大きな要因だ。俺の曲を聞いて影響を受けたと聞いて、ついつい嬉しくなってしまった。凡人らしい凡庸《ぼんよう》な理由だった。

……とはいえ、

「……それ、ベルには言わないでよね。デミカPって、あの子の中ではめっちゃすごい人になってるっぽいから、俺みたいのがその正体って知ったら、がっかりすると思うからさ」

いままで何度か言いたくなったけど、そういう理由で隠し通してきたのだ。それをこの愉快犯大魔王にぶち壊されては困る。

そう思って釘を刺したのだけど、彼は相変わらず楽しそうな口調で、

「相変わらず君は、おかしなところを気にするね。まあ、俺が知りたかったのは個人的な興味からだし、誰かに言うようなこともないから、安心していいよ……俺にとっても、そっちのほうが都合がいいしね」

そう言ってからオルは、なぜか急に不機嫌そうになって、小声でぼそぼそと、

「……ベルちゃん、ただでさえプロデューサーくんにアレなのに、このうえで君がデミカPだってことが分かったら、どうなるか分かったもんじゃないからね」

「……え、ごめん、なに？」

よく聞き取れなかったのでそう問うが、オルは軽く肩をすくめて、

「なんでもないよ。それより……」

そこでオルはちらりと扉のほうを見ると、なぜかニヤリと笑って、

「……うん。そろそろ来る頃だと思ってた」

「……え？」

俺が小首を傾《かし》げた、その時、

「大変だぞっ、プロデューサー！」

バンッ！　と勢いよく扉が開いて、デミカの三人が入室してきた。大魔王の部屋に無断で入るくらいだから、よっぽどの緊急事態なのだろう。

……いや、もしかして、恐れていたアレだろうか？

「デミカのファンがラタンに殺到し、『いつになったらデミカのライブをやるんだ⁉』と、大騒ぎをしているらしい！　どんどん人も増えているっ！」

……恐れていたソレだ。

マジか。思ったよりも早かった。クソ。呑気《のんき》に動画鑑賞なんてしてる場合じゃなかった。

ミンストで華々しいライブを作り上げ、たくさんの観客を魅了したデミカ。

しかしいま現在、実は活動休止状態にあるのだ。

あのライブをきっかけに、ファンが爆発的に増え、下手《へた》にライブができない状態になってしまったのだ。

ライブが終わった直後、デミカとは何者なのか、次のライブはいつか、ファンクラブに入りたい、などの問い合わせが、ミンストの窓口に殺到した。更にはスポンサーになりたいという企業や、うちの劇場でやってほしいという経営者まで次々に名乗りをあげ、一時は軽いパニックのような状態にまでなってしまった。

今後の活動は未定のため、諸々の方針が決まったら追って発表をする、と、コートニーが直々にステージへと上がって説明し、なんとかその場を収めたのだが……。

「ミンストのライブから五日。ボクたちはなんの声明も発表していない。業を煮やしたファンたちが暴挙に及んだ模様。いまはゴーストバスターズやベルのボディガードたちが抑えてくれているけど、このままではとても危険」

ダロンシェの言う通り、これだけ日数がたったのになんの動きも見せない俺たちに、ファンが怒ったのだろう。それにしたってお行儀が悪いが、こちらの準備が間に合わなかったのも事実だ。

……いや、というか。準備しようにもできないのだ。

なぜなら……。

「それで、プロデューサーさん！　例のお話は、大魔王様から許可がもらえたんですか⁉」

切羽詰まったように言うエーデルワイスに、俺は視線を逸らしながら、

「……へ、へは……いや、あの……まだ、話ができていないっていうか、なんていうか……、」

愛想笑いをする俺に、三人の目がスゥッと細められていった。ベルが代表するように、

「……オイ、まさか、本題の話もできていないのに、ふたりで呑気にPCを見ていた……などとほざくのではなかろうな」

その声に、オルは俺のことを咎《とが》めるように見据え、

「なんだって、プロデューサーくん。何か俺に申請があったのかい？　『まああとりあえず動画でも見ましょうや』なんて言うから付き合ったけど、緊急の案件を棚上げにするなんて、どうかしているよっ⁉」

どうかしてんのはアンタの顔と保身スキルだファァックッ！　なんて思ったけど、三人からは見えないように、オルは俺の背後に何かを押し当てている。チクリとした感触があるから、おそらく爪だろう。そこまでして娘に嫌われたくないのか、このオッサン……。

なんて思っている時間すらもったいない。俺は改めて、大きな声で用件を言った。

「オル！　キュリアの身柄を解放して！　また彼女を仲間として引き入れたいんだ！　説得は俺たちがするから、お願いっ！」

そう。俺たちが動けない理由は、たったひとつ。

キュリアが不在だからだ。

実際、彼女の罪状は曖昧《あいまい》だ。ひとまず拘禁されてはいるものの、どんな処罰になるかは決まっていない。俺たちを裏切ったのは事実だけど、それはベルやこの国の今後を慮《おもんぱか》ったうえでの行動だし、何かの罪に抵触したわけではないのだ。

そして先ほど、意図せずオルの本音を引き出すこともできた。

その事実を伝えて、うまく説得さえすれば、きっとまた俺たちの仲間に戻ってくれる。

「……ふぅん。キュリアをねえ」

オルは面白そうに口の端を歪ませた後、一言。

「うん。いいよ」

「いや、なにも心情的なことだけで言ってるわけじゃないんだよ!?　スポンサーとかの対応をするってなると、どうしても事務所みたいなものを立ち上げなくちゃいけないでしょ!?　その運営を任せられるのが、キュリアしかいないんだよ！」

「うん。だから、いいよ」

「俺だとこの世界の情勢とかに疎《うと》いし、いつまでもコートニーに頼ってるわけにもいかない！　だから絶対にキュリアの力が……え？」

俺は下げていた頭を上げてオルの顔を見る。

「……え、い、いいの？」

「うん。というか、彼女自身も迷いながらの犯行だと思うんだよねえ。だって本当にベルちゃんを止めるつもりだったら、ＰＣを壊すとか、プロデューサーくんを殺すとかすればよかったわけだし」

……怖いことをさらりと言う。実際その通りだけど。

「それに、優秀すぎるから忘れがちだけど、彼女はまだ十二歳の女の子だ。人生経験が少ないのに知識が多いと思考が偏《かたよ》る。そのうえで追い詰められて、今回のような暴挙に及んでしまったのかもしれない……俺も彼女に色々任せすぎてしまった」

反省した様子でそう言って、改めて俺たちに向き直る。

「今後はそんなことにならないように、君たちが人生経験を詰め込んであげてよ」

「パパ……」

ベルは感極まったようにそう言って、オルに思いっきり抱きついた。

「ありがとう、パパ！　疑ったりしてすまなかった！　大好きだっ!!」

「うおっふ！　べ、ベルちゃん！　そんな大胆な……スーハー、スーハー、ホラ、みんな見てるからっ！　ほら、放しなさっ……スーハー、スーハーッ……ゲホ、ゲッホッ！」

……うん。やっぱりこのオッサン。かわいい系じゃないや。ただのヤバい顔をしながら娘の髪の匂いをむせるほど嗅《か》いで興奮している系だ。

ん？　待てよ。もしかしてこのシチュエーションを作り出すために、あえて俺に用件を言わせなかったのか？　まさか暴動が始まることまで見越して……？

そう考えると、キュリアが暴走した時、ばっちりなタイミングで駆けつけてくれたのだって、どこかで様子をうかがっていたからじゃあ……。

……よそう。考えるのは。どんどんこのオッサンが怖くなっていく。いろんな意味で。

それに、そんなこと考えてる暇もないしね。

俺のその考えに呼応するようにして、ダロンシェがいつものように半眼で言う。

「プロデューサー、事態は時間とともに悪化していく。とりあえず現地まで行くべき。そしてボクが服を脱ぐべき。これ大事っ！」

するとエーデルワイスが、いつものように弱気な態度でビクリと身じろぎし、

「ひぃっ！　そ、そんな怒った人たちの前に、行くんですか……⁉　オエ……オエッ……めっちゃ緊張してきました……いま歌ったら、そこにいる人たち全員、静かにしちゃいそうです……」

最後にオルから離れた——オルは今生《こんじょう》の別れのようなテンションだ——ベルが、いつものように大きく胸を張りながら口を開く。

「……どうするのだ、プロデューサー？」

「……うん」

デュラハン。レイス。ローレライ。

三人の亜人種アイドルの女の子に注目されながら、俺は——。

「とりあえず現場に向かおう。準備が間に合わなかったのは確かにこっちが悪いけど、今回のこれはお行儀が悪すぎ。謝罪はしっかりするけど、今後こういうことがあったら、そういう人たちはライブには出入り禁止って、はっきり言おう」

いつも通りに、普通の指示を飛ばした。

「そのうえで、一週間後にライブをすることを確約する。その一週間でどうにかキュリアを説得して、事務所設立の準備を始めよう。すぐに全部をどうにかしなくてもいいんだ。ただその準備をしているってことを伝えて、お客さんたちに納得してもらおう！」

これまでもそうしてきたように。そして、これからもそうであるように。

この『いつも』の積み重ねが、やがて俺たちにとっての力になることを信じて。

俺は、指示を飛ばすのだ。

「いいね、プロデューサーくん。相変わらずの的確な指示だ。よし、俺がラタンまで飛ばしてあげよう」

俺自身が飛ぶとは言っていない。

「いや、ちょっと待って!?　こっからラタンまでって結構距離あるし、ここ魔王城の最上階だし……あふんっ！」

ふわりと、俺たちの身体が一斉に浮き、同時に部屋の奥にある大きな窓が開いた。

「どうせ登場するなら、かっこいいほうがいいだろう？」

「いや、かっこよさ求めてな……うお、うおおおおおおォォォォッ!?」

異世界の空を。亜人種のアイドルたちとともに。

フォトジェニックな七色の光を纏《まと》いながら、俺たちは飛んでいった。

あとがき

こんにちは、作者のジョニー音田《おんだ》というものです。

まずは拙作を手に取っていただき、まことにありがとうございます。少しでもあなたの琴線に触れるものがあったのなら幸いです。

今回は久々のオリジナル小説……なのですが、実は拙作の企画自体は二年以上も前から持ち上がっていました。ですが音田の未熟さゆえに思うように筆が進まず、改稿を繰り返し、時に主人公すらも変え（当初はバンドマン上がりのロックなアイドルプロデューサーでした）、それ以外にも様々な紆余曲折を経て、どうにか刊行に漕ぎつけた次第です。

変態で童貞のドルオタが、美少女なのに色々と残念な亜人種娘たちをアイドルデビューさせるお話、いかがだったでしょうか？　皆様に楽しんでいただけるよう、全力を尽くしたつもりです。少しでも笑っていただけたのなら嬉しく思います。

拙作の刊行にあたり、今回もたくさんの人たちのお力を借りることとなりました。

中でも担当編集の渡辺さんに、拙作の企画原案を見て貰った際、「これなら（企画会議に）通せる」と言って貰えたのは大きかったです。その一言で背中を押して貰えなければ、二年以上もモチベーションを保ったまま改稿を続けることなどできなかったでしょう。

……いや、今思い返してみると、渡辺さんがその一言の後に「……いける、はず。きっと平気。編集長アイドル好きだし」みたいな言葉を付け足していた気もするのですが、気のせいでしょう。音田が勝手に「背中を押して貰った！」と勘違いして舞い上がっていた、なんてことはないでしょう。勘違いで二年以上も突っ走ったヤツ、とか哀れ過ぎます。っていうか渡辺さん、いけると思った理由が「編集長がアイドル好きだから」ってなんですか。あと最初の打ち合わせで僕が立て替えたコーヒー代、返して貰ってないです。返してください。

冷静さを失ってしまって申し訳ありませんでした。謝辞です。謝辞を述べているのです。

白狼《ばいらん》様、多忙な時期にたくさんのイラストを描き下ろしてくださり、まことにありがとうございます。キャラの細かい部分や服装のあしらい、小道具（キャララフの「関根みかステッカー」超カッコいいです！）まで作りこんでいただき、本当に感動しました。編集部より送られてきたイラストを見て、辛い改稿作業が嘘のように進みました。音田の未熟さゆえに、キャラの外見が伝わりにくい部分が多々あり、申し訳ありませんでした。またお仕事でご一緒できる機会があれば、その時までに成長しておけるようにします。

ジャンプｊブックス、並びにダッシュエックス文庫編集部の皆様、そして拙作の刊行に力を貸していただいた大勢の皆様方、本当にありがとうございました。皆様にいただいたものを還元していけるように精進しますので、今後ともお付き合いいただけると幸いです。

そしてもちろん、この本を手に取って下さったあなたにも最大限の感謝を。ここまでお付き合いいただき、本当にありがとうございました！　何かと勘違いしがちな作者ですが、今後とも全力を尽くしていきたいと思いますので、何卒、よろしくお願いします。

…………あと、あの、ホント、できればなんですけど、ファンレター的なヤツとか送ってもらえると、ものすごく嬉し……あ、もうページ数がっ、

２０１８年　夏　ジョニー音田

この作品の感想をお寄せください。

あて先　〒101-8050　東京都千代田区一ツ橋2-5-10
集英社　ジャンプ・ノベル編集部　気付
ジョニー音田先生　白狼先生

ダッシュエックス文庫

魔王をプロデュース！
ドルヲタの俺が異世界で
亜人種アイドルユニットのPになるまで

ジョニー音田

2018年8月29日　第1刷発行

★定価はカバーに表示してあります

発行者　鈴木晴彦
発行所　株式会社　集英社
〒101－8050　東京都千代田区一ツ橋2－5－10
03（3230）6297（編集）
03（3230）6393（販売／書店専用）03（3230）6080（読者係）
印刷所　大日本印刷株式会社

ISBN978-4-08-631262-2 C0193